LA MENTIRA DE ALEJANDRO

BOB VAN LAERHOVEN

TRADUCIDO POR
CESAR VALERO

Derechos de autor © 2021 Bob Van Laerhoven

Diseño de maquetación y derechos de autor © 2024 por Next Chapter

Publicado en 2024 por Next Chapter

Editado por Celeste Mayorga

Ilustración de portada por CoverMint

Edición estándar de tapa dura

Este libro es una obra de ficción. Los nombres, personajes, lugares e incidentes son producto de la imaginación del autor o se utilizan ficticiamente. Cualquier parecido con eventos, lugares o personas reales, vivas o fallecidas, es pura coincidencia.

Todos los derechos reservados. Queda prohibida la reproducción o transmisión total o parcial de este libro, en cualquier forma o por cualquier medio, ya sea electrónico o mecánico, incluyendo la fotocopia, grabación o cualquier sistema de almacenamiento y recuperación de información, sin el permiso del autor.

EL FIN DE LA CENSURA

1

Para ellos, nuestra sangre es una medalla merecida en la eternidad, Amén asesinos en contra de todos nosotros, nuestros hombres.

UN VERSO DE UNA DE LAS ÚLTIMAS CANCIONES DE SU AMIGO Víctor antes de ser torturado hasta la muerte. Atormentaba a Alejandro Juron mientras observaba la demostración alborotada el miércoles 19 de octubre de 1983 en Valtiago, la capital de Terreno.

La manifestación se había anunciado con gran pompa y boato como «una poderosa expresión de la voluntad del pueblo».

Los oradores aseguraban a los manifestantes que El Pueblo finalmente derrotaría a la junta del General Pelarón.

Su retórica inflada divertía a Alejandro:

—¡Hombro con hombro, forzaremos la puerta hacia la democracia prometida por el General Pelarón!

—Crucemos los dedos, tontos —murmuró Juron en voz

alta, un hábito adquirido después de años en confinamiento solitario.

Por lo general, energéticos y vibrantes de color, hoy, los grandes centros comerciales en la Avenida General Pelarón tenían el mismo tono hosco que las montañas de los Andes detrás de la ciudad. Aparecieron autobuses negros de la policía con ventanas blindadas al final de la calle.

Alejandro Juron se dirigió a la terraza de un café. Normalmente estaría repleta de trabajadores de oficina a esa hora del día, pero debido al alboroto, estaba vacía. Un tanque de la policía bloqueaba la carretera.

Hace años, Juron había sido el aclamado guitarrista de un grupo llamado *Aconcagua* que era famoso en todo el continente latinoamericano por sus canciones de protesta, pero no se sentía inspirado para participar en la marcha de protesta.

Los manifestantes estaban fuera de sí: la junta que gobernaba Terreno durante los últimos diez años no estaba al borde del colapso como decían los oradores. En los últimos meses, había hecho algunas concesiones para aparentar ser un poco menos dictatorial, pero Alejandro sentía que todo eso era solo una cortina de humo.

La crisis económica y las crecientes protestas populares habían obligado recientemente al General Pelarón a anunciar que «abriría la puerta a la democracia en el momento y de la manera apropiados».

La oposición, una pintoresca colección de grupos disidentes que a menudo estaban en desacuerdo entre sí, salió a las calles después del discurso del general como si la victoria ya estuviera al alcance de la mano.

Juron estaba seguro de que Pelarón había hecho esa promesa para obligar a sus opositores a salir a la luz y luego reprimirlos en aras de la «paz nacional».

Quería huir, pero sus ojos lo retuvieron, viendo la *fata morgana* que lo había atormentado interminablemente en su celda de prisión. Allí estaba ella, brillando en la niebla que se elevaba de charcos de lluvia matutina.

Lucía.

El nombre de su amor secreto sonaba fuera de lugar en estas circunstancias. Mientras los instintos de Juron le decían que saliera de allí, no podía apartar la mirada de una mujer en la multitud. Se había atado una bufanda sobre la boca, efectivamente amordazándose, y llevaba un cartel al cuello que decía «Fin a la Censura». Su coleta, el brillo aceitoso en su cabello: tal como Lucía solía llevarlo. «¿Podría ser esto una señal de que finalmente puedo liberarme de mi penitencia?»

Alejandro maldijo: tales eran los pensamientos de un cantautor romántico, no de un hombre que necesitaba mantener un perfil bajo. «¡Salgan de aquí!»

¿Qué lo detenía? Sabía muy bien que la melancolía era una creación nociva del ego. Después de diez años en La Última Cena, la gente de la prisión la llamaba «La Última Cena» porque la cena era la única comida que te daban el día de tu ejecución, la melancolía de Juron se había descompuesto como las medusas podridas que solía inspeccionar en la playa cuando era niño.

Un Peugeot blanco estaba estacionado más abajo en la calle, frente al Centro médico dental. Un hombre con gafas de sol y armado con una pistola salió y comenzó a disparar al azar.

La policía aprovechó el incidente para cargar contra la multitud. En un momento, los manifestantes eran una masa que avanzaba lentamente y, al siguiente, se dispersaron en todas direcciones como hormigas enloquecidas. El hombre retrocedió hacia su Peugeot y desapareció por la calle contigua.

La policía lanzó granadas de gas lacrimógeno. Alejandro asumió que el hombre del Peugeot era un agitador, un miembro de una de las facciones ultraconservadoras que tenían considerable influencia en Terreno. Al disparar en dirección a la policía, les había dado a los carabineros una razón para atacar.

Juron quería huir, pero notó que la mujer, con la boca todavía tapada y «Fin a la censura» todavía saltando en su pecho, corría en la dirección equivocada a través de las nubes de gas lacrimógeno. Se apresuró hacia ella. El ruido se había vuelto ensordecedor en ese momento: disparos intercalados con el arranque de motores de autos.

Juron alcanzó a la mujer y la agarró del brazo:

—Vas en la dirección equivocada, sígueme.

Ella lo miró, con los ojos enrojecidos por el gas. Juron señaló una calle lateral. Ella se dio cuenta de su error, y los dos corrieron hacia El Paseo de Lyon, una calle peatonal llena de tiendas.

Un par de jeeps de la policía aparecieron al final de la calle dirigiéndose en su dirección. Los edificios desaparecieron del campo de visión de Alejandro. Todo lo que podía ver eran los rifles apuntando desde los jeeps, como al final de un túnel. A pocos metros de distancia había una entrada al metro, así que agarró a la mujer y la arrastró hacia el interior. Apenas habían llegado a las escaleras cuando los jeeps pasaron afuera. Alejandro se estremeció al escuchar las balas perforando la pared por encima de sus cabezas. La mujer gritó algo incomprensible. Corrieron escaleras abajo y se dirigieron hacia los túneles del metro.

Juron miró hacia atrás. Nadie los había seguido. «Te preparas para lo peor, y esta vez, la suerte te sonríe», pensó, algo que no solía ocurrir. En el pasillo, iluminado con brillantez, que llevaba a la taquilla, empezó a reír y se detuvo en seco. La mujer soltó su mano. Lo evaluó, se quitó la mordaza de la boca y la guardó en su bolsillo.

—Tengo que tomar un tren —dijo ella, tan bajo que Alejandro apenas le entendió. Dudó por un segundo—: Gracias.

No era Lucía, por supuesto. Lucía estaba muerta, él lo sabía. Se vio reflejado en el cristal de la taquilla: el delgado bigote que había estado cultivando últimamente y las líneas gruesas a ambos lados de su nariz. Era pequeño y desaliñado, no el tipo de hombre con cabello brillante y bien peinado, no el tipo de hombre al que una mujer como esa miraría con admiración.

—Entiendo —dijo él, preguntándose si ella había notado que había estado bebiendo—. Nunca debes faltar a una cita con tu peluquero; lo entiendo completamente. —Sabía por qué estaba siendo desagradable. La ropa y peinado de ella indicaban dinero. Probablemente era una de esas feministas de izquierda que les gustaba relacionarse con «revolucionarios» parlanchines. Les permitía coquetear con la idea de que estaban «en la resistencia», luchando contra la junta y sus puntos de vista anticuados sobre el papel de hombres y mujeres.

Alejandro sonrió en respuesta a la sorpresa en su rostro.

—Que tengas un buen día. —Asintió y se alejó.

—¡Eh! —gritó ella—. ¿Qué vas a hacer?

—Tomar un poco de aire fresco.

—¿Volver a las calles?

—Soy un chico de la calle. ¿A dónde más debería ir?

—¿No puedo al menos comprarte un boleto de metro?

Alejandro se detuvo. Se suponía que un hombre de Terreno debía ser capaz de pagar su boleto de metro, incluso si solo había sido liberado de La Última Cena hace un par de semanas.

—¿No puedes oler que estoy sin dinero? —preguntó él. Tenía que asegurarse rápidamente de que la mujer lo despreciara; esa era la mejor opción.

—No era eso a lo que me refería —dijo ella nerviosamente. Miró hacia la salida—. Debería estar arriba, en las calles, con los demás.

—La solidaridad es una cualidad admirable en una persona

—confirmó Alejandro—. Pero no cuando balas reales están volando por ahí.

Ella pasó los dedos por su coleta.

—Deberíamos separarnos —dijo ella como si hubieran estado en una relación durante años—. ¿Y si la policía nos sigue hasta aquí abajo?

Alejandro podía verlo en sus ojos: se había dado cuenta de que él estaba bastante ebrio.

—¿A dónde quieres ir? Déjame comprarte un boleto; al menos te debo eso —dijo ella, con la cabeza gacha, rebuscando en su bolso.

—Voy a Canela. Te lo pagaré de vuelta en otro momento.

Ella sonrió por primera vez. Alejandro apartó la mirada. Caminaron hacia la taquilla. La mujer acercó su boca al cristal de la partición para asegurarse de que no escuchara su destino. Alejandro frunció el ceño. Había ocultado el hecho de que Canela, la zona de clase trabajadora, no era su destino final, sino el suburbio justo más allá en lo que llamaban la porqueriza.

—Oink, oink —murmuró él. Si era inteligente, y parecía inteligente, habría adivinado que vivía en la Porqueriza en este momento. La expresión en su rostro delataba que se sentía cada vez menos cómoda en su compañía.

Se dirigieron a la plataforma. Llegó un tren de metro gris. Ella le entregó su boleto.

—Así que, eh... este es mi tren... Adiós. —Dudó—. Y gracias de nuevo.

—Adiós.

Las puertas se deslizaron abiertas. La mujer entró.

—¿Cuál es tu nombre? —dijo Alejandro a través de la puerta cerrada—. Déjame escribir una canción para ti. —La mujer lo miró a través del cristal sucio y asintió cortésmente. Probablemente no había entendido. El tren comenzó a moverse. Alejandro lo observó salir de la estación, con los brazos levantados como si estuviera sosteniendo una guitarra. Todavía estaba de pie en la misma posición cuando llegó su tren.

Se bajó al final de la Avenida General Pelarón, un viaje de varios kilómetros, y dejó atrás los distritos adinerados, con la mirada fija en la Cordillera, ahora rojiza como una muralla almenada que se alzaba sobre la ciudad, con sus cumbres cubiertas de nieve.

Su pasado era como las montañas: inhóspito.

2

Permíteme contarte un secreto,
en el carrusel de mi corazón que late a ritmo de pitter-
   patter,
escogí un apodo para mí. Una rima divertida con mi
   pequeña morada
de madera en descomposición y lenta decadencia,
donde cada noche me llamo a mí mismo un piojo.

Alejandro se encontraba frente a la chabola que llamaba hogar, asqueado por el frío barro, el hedor y la pintura descascarada en el tablero de Coca-Cola que hacía de puerta. Lo apartó. La zona de trabajadores, conocida como Canela, daba paso a lo que todos llamaban el chiquero, un barrio de chabolas que albergaba a más de cien mil almas. Alejandro era consciente de que debía sentirse agradecido por la choza que sus antiguos compañeros habían logrado encontrar para él. Decenas de miles de personas en Valtiago estaban sin hogar.

Desde siempre, la fealdad había inquietado profundamente a Alejandro. Una vez le preguntó a su abuelo por qué las cosas se volvían feas.

—Quieres decir, envejecen —respondió su abuelo—. El mantenimiento, eso es la clave, Alejandro. Si mantienes las cosas en buen estado, conservan su valor, y a veces incluso aumenta.

El Alejandro de diez años se preguntó si conservaría su valor si se mantenía en buen estado. Pero su valía no había aumentado, eso estaba claro. Alejandro sabía por qué la junta lo había liberado recientemente de prisión. El gobierno arrojaba a los reclusos que consideraban fracasados para reducir la creciente población penitenciaria.

Tras el estricto régimen de La Última Cena, Alejandro se encontró en una sociedad que lo confundía. Diez años entre rejas lo habían convertido en un extraño en tierra extraña. En ese mismo período, la junta había logrado cambiar Terreno con la ayuda de los medios de comunicación. Nada era igual, ni siquiera la música. El Gobierno Nacional bajo la presidencia de Galero Álvarez había considerado la música como parte del patrimonio cultural del país; ahora, había sido reemplazada por una invasión de música disco estadounidense.

Rápidamente se dio cuenta de que la resistencia contra la junta se había vuelto subterránea y estaba particularmente viva en las partes más pobres de la ciudad. Sus limitados recursos les exigían presupuestar sus actividades, aunque sus planes seguían siendo bastante grandiosos en la escala de las cosas. Muchos habían olvidado a los héroes del pasado. Álvarez, quien se disparó en la cabeza cuando el ejército volvió sus armas contra la residencia presidencial, a menudo era mencionado con términos burlones como un «idiota marxista» que había llevado al país a un abismo económico.

Sin embargo, la noticia de la liberación de Alejandro se propagó rápidamente en la villa miseria. La gente le llevaba regalos al principio, en su mayoría hombres de mediana edad con hijos que no les tenían respeto. La mayoría de las personas mayores de treinta y cinco años aún admiraban a Víctor Pérez, el amigo fallecido de Alejandro y antiguo líder popular de la banda Aconcagua, como algo parecido a un héroe. Para ellos, la grandeza de Pérez como guardián de la singularidad cultural del país aún arrojaba un poco de luz sobre Alejandro Juron. Pero los jóvenes pasaban junto a él, indiferentes, con sus radios chirriantes pegados a sus oídos: *Whack-a Whock-a.*

Dentro de su choza, Alejandro regaba las plantas que intentaba cultivar en viejas cajas de cartón, con agua de una lata oxidada. Se aferraba a las pequeñas cosas que debían hacer su vida soportable. «Vivo gracias a la generosidad de personas que no tienen mucho más en la vida que recuerdos, —pensó para sí mismo, desanimado—. Tú también, Violeta. Hace más de quince años, me enseñaste a tocar la guitarra, y hace dos semanas, encontraste esta choza para mí. Apoyaste la cabeza en mi pecho y lloraste cuando me encontraste frente a La Última Cena después de mi liberación. Permanecí allí, parpadeando bajo la luz del sol, un zumbido en el oído. Puede que hayas envejecido, Violeta, pero aún crees en los antiguos ideales. Te vi actuar hace unos días para la gente del campamento. Pocos acudieron a escuchar tu voz ronca y tus canciones. Estabas tan animada como en los viejos tiempos, y tus ojos seguían brillando bajo tu cabello que adelgazaba, pero tus caderas eran más lentas y tu aliento más corto. Me aparté. Estoy bastante seguro de que me viste irme, y creo que sabes por qué».

Alejandro apretó los dientes, agarró una lata de Nescafé y encendió una llama bajo una cacerola de agua. La luz en su rancho estaba teñida de rojo por una lámina de plástico que utilizaba como ventana. Cuando hacía calor, la guardaba, pero el viento de los Andes podía ser frío y ventoso en la primavera.

Observó cómo las pequeñas olas de agua hirviendo chocaban en la cacerola con el mismo ritmo que los pensamientos en su cabeza. Un destacado escritor escribió una vez que el mar nunca dejaba de moverse, porque si lo hiciera, todos nosotros nos asfixiaríamos. Sintió que el vapor comenzaba a quemarle la cara. Algunos recuerdos eran imparables, especialmente los recuerdos del estadio de fútbol de Valtiago.

Diez años atrás, el ejército había reunido a los opositores de la junta en el estadio. Los recuerdos de Alejandro eran repugnantes: la bañera oxidada de agua hirviendo en la que forzaban a los prisioneros desnudos. Las porras eléctricas cargadas que usaban en los genitales de los prisioneros, cómo despedían chispas azules en la oscuridad. Los gritos constantes que rebotaban en cada pared.

Recuerdos que hacían crujir los dientes: la naturalidad con la que sus torturadores llevaban a cabo su tarea, su impunidad.

¿Por qué el mundo miraba hacia otro lado? El presidente Nixon había aplaudido la junta de Pelarón cuando tomó el poder en 1973 y usó palabras como 'orden', 'calma', 'prosperidad económica' y 'aliado'.

¿Había dado Nixon carta blanca a Pelarón porque el general constantemente se refería a los opositores de Nixon como comunistas y terroristas? ¿O porque la junta había tomado enormes préstamos 'en nombre del pueblo' y dejado a los ciudadanos con la factura?

Alejandro intentó torpemente retirar la cacerola del fuego, pero se le escapó de la mano y el agua cayó por la pared de chapa detrás de la cocina de gas.

Moralmente, se enfrentaba a un abismo interior innegable. La mujer que le compró el boleto del metro era una sombra de carne y hueso, un fantasma que debía suprimir lo más rápido posible.

—Soy un idiota, un completo maldito idiota —dijo Alejandro mientras recogía la cacerola. Se rió y rebuscó bajo la tabla de madera que le servía de cama, el lugar más seguro para guardar su guitarra. Violeta Tossa la había guardado para él cuando estaba en prisión. Nunca debería haberlo hecho: la guitarra lo hacía rememorar el pasado. Ahora el instrumento parecía insistir en que compusiera canciones de nuevo en una tierra que había perdido su capacidad auditiva.

Toda la miseria en su vida tenía sus raíces en la atracción entre las palabras y la música. No fue amor a primera vista: gran parte de su juventud, la guitarra fue una favorita renuente. Violeta Tossa, un cigarrillo permanentemente colgando de sus labios, le enseñó con una paciencia inagotable cómo seducir al instrumento. Cambió por completo la vida de Alejandro el día en que le sugirió que conociera al legendario cantante Víctor Pérez.

Alejandro recordó el calor en el aire aquel día, el horizonte bajo inducido por las montañas, la masa de nubes que recordaban los cielos sombríos de Rembrandt. Violeta y Alejandro estaban sentados en el jardín de los padres de él. Violeta le había pedido que escribiera algo al estilo de Pérez un par de días antes. Alejandro había pasado toda la noche trabajando en los versos. Había estado bebiendo, y las palabras no eran exactamente cohesivas, pero se convenció de que el mundo debía escucharlas.

Tenía diecinueve años y pensaba que su nueva canción protesta superaba cualquier cosa que Pérez hubiera escrito. Cantó su canción y tocó con pasión. Pero los ojos de Violeta se estrecharon mientras escuchaba.

La reacción de Violeta a su actuación lo cortó como un cuchillo sin filo:

—¡Ahorra tu llanto, muchacho! —Cuando se reía, sus pechos maternales temblaban sobre su regordeta barriga—. Estás tratando de cantar sobre política.

—Por supuesto que lo estoy —respondió, haciendo pucheros ante su estupidez—. Querías algo al estilo de Pérez, ¿verdad? ¿No escribe él canciones protesta? Cosas anticuadas. Mi trabajo es el tipo de canción protesta que Dylan escribiría.

—¡Suenas como un sapo! —Violeta rugió de risa—. Si gritas así, volverás sordos a todos. Debes llenar sus corazones de pasión. Pareces un gringo gritando eslóganes en la televisión y volviendo loco a todo el mundo. —Tocó su guitarra—. Y esa guitarra, muchacho, no es un burro raquítico. No merece el castigo que le estás dando. Es tu primera novia, la que tenía el pelo más suave de lo que tu corazón frío puede recordar. —Tocó una melodía enérgica que lentamente se volvió melancólica y triste.

Cuando levantó la vista, vio el dolor en los ojos de Alejandro.

—Ánimo, muchacho, lo lograrás un día. Puedes hacerlo; puedes hacer que esa guitarra cante. Es la voz de la gente que perdió su lengua. —Hizo un gesto en dirección a la calle—. Sin palabras, todos ellos, mudos: todo lo que pueden hacer es esperar a que la muerte venga a buscarlos. —Violeta sacudió la cabeza, y astucia llenó sus ojos—. Tu guitarra tiene que dar voz a su silencio, seduciéndolos, jadeando, lamiendo, amenazando, gritando. Y puedes hacerlo si no te satisfaces tan fácilmente, por amor de Dios. No eres Dylan o Bob Seger. Eres Alejandro Juron, y tu alma pertenece aquí, en este lugar. Esos desgraciados afuera merecen *tu* voz y no una imitación falsa. ¡Vamos, toca una canción de Víctor Pérez!

Alejandro suspiró y rasgueó un acorde. ¿Cómo podía decirle a Violeta que solo le interesaba realmente la fama y que a menudo tenía dudas sobre esas canciones protesta terrícolas, por muy populares que fueran? La única forma de convertirse en una estrella en 1970 era con música pop. Víctor Pérez tenía una voz decente, pero el contenido de sus canciones era folclore. Los pobres siempre ganaban. En lugar de cantar sobre sexo y política como las estrellas pop estadounidenses, sus canciones eran cuentos de hadas. Alejandro estaba seguro de que las canciones de amor que escribía en secreto eran mejores que las canciones de protesta, ciertamente si quería hacerse un nombre. Los pobres de Terrano no querían oír hablar de sus derechos morales. Querían bailar al ritmo provocador del *amor ardiente*. ¿No entendía eso Violeta? Pero por muy anticuada que fuera, tenía que admitir que era y seguía siendo una profesora de guitarra inspiradora. Su madre, también patéticamente cursi, lo animó a tomar clases con ella, agregando que Violeta no aceptaba a cualquiera como alumno.

Alejandro se preguntaba cuánto tiempo podría soportar a Violeta. Una cosa estaba clara: estaba decidido a tocar en una banda de pop, pase lo que pase. Le ofreció una canción de Pérez como ella había pedido, concentrándose en el sonido de su voz y su guitarra. Quería adoración, incluso si solo era de Violeta, y cuando terminó, ella dijo:

—Mucha técnica y voz, pero un corazón renuente. Te pondré en contacto con Víctor Pérez. Todavía está buscando a alguien para su nueva banda Aconcagua. Quizás eso te despierte.

Eso fue en 1970, el año en el que se encontró, completamente asombrado, bajo la influencia de Víctor Pérez y descubriendo la riqueza del repertorio de Aconcagua. Trece años después, la radio vomitaba música pop estadounidense todo el día, y las canciones de Aconcagua estaban prohibidas. Alejandro tenía razón sobre el futuro de la música, pero no de la manera que había esperado. Ahora era un anciano en lo que respecta a la juventud nerviosa, y pensaba que *Flashdance... What A Feeling* de Irene Cara y *Girls Just Want To Have Fun* de Cyndi Lauper eran una porquería sin alma.

Alejandro dio la vuelta a la guitarra, olió la caja de resonancia y rasgueó un acorde. Sus dedos se deslizaron con seguridad por las cuerdas. Sorprendente cómo recordaban su camino a través de las escalas. Alejandro no tuvo que buscar mucho una melodía: emergió dentro de él, languideciendo de deseo. Podía pescarla de un depósito atemporal en el que cada nota era tan joven como el día en que nació. Pero las palabras se resistían. Después de lo que había vivido, parecían infantiles. Convulsionaban como la captura en la red de un pescador. Alejandro tomó las páginas gastadas de debajo de su almohada y leyó lo que había escrito unos días antes:

Botas aplastan la hierba bajo sus pies,
morteros dejan corazones en cenizas.
Pero fuera de su vista, la pasionaria sangra,
y la libertad se sopesa
contra una muerte vacía.

Tradicionalista y común. Nunca podría imitar el talento de Víctor para conciliar la tradición con la modernidad. Recordó cómo Víctor desestimó sus intentos de introducir canciones de baile divertidas en el repertorio de Aconcagua. Alejandro reaccionó añadiendo insulto a la herida: aquí tienes una canción sobre un gringo que quiere divertirse en Valtiago, ¿no, Víctor? ¿Una sobre Jesucristo perdido en los desiertos de Terreno? Pero mientras Víctor reía y negaba con la cabeza, Alejandro sentía envidia. Era joven, quería ser como Víctor, solo que diferente. O, mejor aún, ocupar su lugar.

Alejandro se dividía en pedazos como un mago que saltó demasiado alto. Finalmente, y a pesar de sí mismo, el sentido de justicia innato en Víctor empezó a afectarlo gradualmente, a influenciarlo, junto con la seriedad de Pérez, que se negaba a ceder incluso cuando los militares lo amenazaban y después de haber pasado su primera noche en la cárcel con huellas entrelazadas de porras en su cuerpo como resultado.

Alejandro no solo estaba enamorado y envidioso de su amigo; también estaba hechizado por Lucía Altameda, la esposa de Víctor.

Alejandro pasó los dedos por el yeso húmedo que formaba la pared junto a su cama. La línea de la mandíbula de Lucía.

Sacudió la cabeza y comenzó a cantar con voz de falsete, rasgueando una canción sencilla en su guitarra:

> *Hubo una vez un chico del campo*
> *un chico del campo terrícola*
> *un hombre en quien nadie podía confiar.*
> *Pero él pensaba que era un héroe*
> *un verdadero héroe popular,*
> *no, no, no bromees con el hombre.*
> *Tenía un amigo, un amigo de verdad,*
> *que tenía una esposa, una esposa honesta,*
> *y cuando ella lo miraba, bien, ahora, simplemente no*
>   *estaba seguro*
> *de que estuviera honestamente sin palabras,*
> *honestamente, ni una sola palabra.*
> *Era un hombre en quien no podías confiar,*
> *no era del tipo fiel*
> *nuestro popular héroe campesino.*

Entre dientes, como tantas veces había hecho en La Última Cena, murmuró:

—Puede que haya sido inútil, Víctor, pero gracias a ti, poco a poco llegué a creer en la fraternidad, en la hermandad de los hombres. Todo lo que te faltaba era un halo, patrón santo de *lamer el trasero*. —El halo había sido enviado al cielo diez años antes después de que treinta y cuatro balas se incrustaran en el cuerpo de Víctor Pérez. El oficial que disparó el tiro final mientras Víctor yacía moribundo en el estadio recibió el apodo de 'Príncipe de la Noche'.

Alejandro se dirigió al exterior, se detuvo, cegado por la luz repentina del sol, y murmuró:

—¡Hice penitencia por creer en cuentos de hadas! ¿Me escuchan, espíritus de la Cordillera? —Se derrumbó en un ataque de risa. ¿Hasta dónde podría llegar la locura?

EL FIN DE LA CENSURA

—Quítate de en medio, borracho —dijo un adolescente en una bicicleta oxidada, sudando mientras avanzaba por el barro entre los ranchos.

—Así que —dijo Alejandro, mirando el barro a sus pies—. Si esa es tu respuesta, espíritus de la Cordillera, mocosos que me llaman borracho, entonces creo que es hora de tomar una copa.

3

Esa misma tarde, con un velo de nubes de color fuego en el cielo que volvía rojo anaranjado los barrios bajos, la policía de seguridad paramilitar asaltó el chiquero. La junta no quería que el ciudadano promedio supiera que apenas podía mantener el control en el barrio.

Oficialmente, la razón del asalto era «neutralizar a los infiltrados comunistas». La cúpula policial no quería, o no podía, ver que algunos de sus hombres en el terreno se estaban aprovechando de un floreciente comercio de drogas de mala calidad exigiendo una parte de las ganancias. Esos policías advertían a los traficantes con los que hacían negocios de que se acercaba un asalto.

Los traficantes esperaban a la policía con AK-47 rusas y ametralladoras Daewoo K1 surcoreanas en los techos de los ranchos. Los «cerdos» no podían usar sus vehículos blindados en las estrechas calles fangosas de la favela. Los habitantes siempre llevaban consigo bolsas de supermercado usadas. Estaban por todas partes. ¿Y qué había en las bolsas que llevaban los vagos que trabajaban para los traficantes de drogas y se hacían llamar «soldados»?

Si los «soldados» tenían valor y cerebro, obtenían una Uzi israelí, una gran arma, precisa como una serpiente venenosa. Los menos talentosos recibían Daewoos, torpes, incómodos, con un retroceso torpe. Pero ¡oh la la!, ¡qué potencia de fuego, qué capacidad de disparo tremenda! No solo mataban a sus oponentes; los despedazaban.

Los policías avanzaron en formación cerrada por los callejones. ¡Vaya! Las bolsas de plástico cayeron al suelo, salieron las armas. Caos y destrucción al ritmo de ráfagas frenéticas. Los policías tenían chalecos antibalas, cascos y ligeros M16. Tenían la ventaja de su equipamiento. Los guerreros de la favela llevaban camisetas sobre sus bocas, conocían cada rincón del terreno y eran mayoría.

El humo de pólvora llenó el aire. Los informantes habían dicho a los traficantes que una casa de ladrillo amarillo sería el objetivo del ataque. Los policías sabían que contenía una gran cantidad de cocaína. No había muchas casas de ladrillo en el chiquero. Los policías avanzaron hacia la ubicación, pero tuvieron que luchar por cada centímetro de terreno.

José Melo, cabo de las fuerzas especiales, sudaba profusamente bajo su pesado equipo de protección. El sol colgaba bajo en el cielo, pero aún era furiosamente caliente. Las hormigas rojas de la favela debían ser eliminadas, destruidas, aplastadas. Eso era todo lo que valían.

Los policías llegaron a un cruce y fueron recibidos por disparos desde arriba, las balas rebotando a derecha e izquierda, la adrenalina disparándose. ¡Los perros sarnosos se habían refugiado en los nuevos techos!

—¡Cúbreme! —José gritó a su compañero Rodrigo. Rodrigo disparó a su antojo mientras José pateó la puerta más cercana de un rancho y corrió adentro, con el arma lista. El lugar estaba vacío. Tenía solo una ventana, fácilmente destrozada con la culata de su M16. José disparó a los techos al otro lado de la calle. Rat-tat-tat, completamente automático.

Gritos, no completamente automáticos, creciendo y menguando.

José se asomó por el borde del alféizar de la ventana. ¿Dónde estaba Rodrigo? De reojo: una figura en uniforme de combate, en el suelo, brazos y piernas extendidos. José frunció el ceño, miró fijamente. La sangre goteaba de la boca de su amigo. José maldijo, desperdició una lluvia de balas en techos que ya estaban vacíos. Un sonido áspero detrás de él lo hizo girar. Un niño de poco más de diez años le apuntaba con una pistola. La pistola temblaba, se sacudía, se estremecía. Ojos fijos, muy oscuros, brillantes como el estaño.

José se quedó dónde estaba, agachado, y sonrió oblicuamente:

—Vamos, chico, no juguemos. Si no me matas con tu primer disparo, eres un niño muerto; te dispararé en pedazos y te daré de comer a los perros en la calle. Lo digo en serio. ¿Estás dispuesto a correr ese riesgo? ¿Quieres ser un hombre? Entonces adelante, ¡dispara! —José golpeó su pecho con la esperanza de que el niño disparara a su chaleco antibalas. Entonces tendría la posibilidad de sobrevivir al disparo. La boca del niño temblaba. Un niño guapo con labios llenos, una nariz aristocrática, ojos inteligentes. Un indeciso: José podía sentirlo.

—Hay otra opción —susurró José, dulce como el azúcar—. Tú sales de aquí. Yo espero un par de minutos y luego me largo yo mismo, y nadie sale herido. Deja que los grandes hagan el trabajo, chico. Entonces podrías vivir lo suficiente como para saber lo que es estar con una mujer. —Mientras hablaba, su mano izquierda se movió inadvertidamente hacia su bota, donde había escondido su cuchillo arrojadizo. A José le gustaba jactarse ante sus colegas de que podía ganar más dinero en el circo que con las fuerzas especiales: «puedo atravesar las pelotas de un mosquito desde diez metros».

—¡Las pelotas de un mosquito! —José rugió mientras la

hoja dejaba su mano. El niño saltó al sonido, recibió el cuchillo en el vientre, se dobló, tropezó hacia un lado, disparó un tiro en la pared de cartón yeso. Convulsionando y sangrando profusamente, el joven cuerpo cayó al suelo. José pateó la pistola fuera de su alcance. Un .38, notó su cerebro profesionalmente entrenado. Descansó su pie en la garganta del niño, que baboseaba, y frunció los labios.

—Debiste haber aprendido a dispararle a alguien por la espalda —dijo con suavidad—. Pero para ti, es demasiado tarde. —Disparó tres balas de su M16 en el cuerpo en el suelo, que se tensó como un resorte y luego colapsó.

Los disparos en la calle de abajo parecían haber disminuido. José miró afuera. Notó temblores incontrolables recorriendo todo su cuerpo como si tuviera fiebre. Había tenido suficiente por un día. No hacía falta arriesgarse demasiado. Planeaba quedarse donde estaba hasta que sus compañeros se retiraran y luego unirse a ellos sin ser notado. Luego una cerveza, un poco de compañía dispuesta...

Entonces vio la bolsa de plástico de supermercado junto a la mesa. Eso no estaba allí antes. Debía de pertenecer al grillo muerto. José se acercó poco a poco. Estaba llena a reventar. La abrió.

Minutos después, José frunció el ceño, pensativo.

La bolsa de plástico estaba repleta de botellas de Polvo de Estrellas, crack de alta calidad comercializado por la influyente sociedad secreta de extrema derecha, Patria y Sangre. José, al igual que muchos de sus colegas policías, era miembro. Una de sus principales fuentes de ingresos consistía en importar Polvo de Estrellas por aire y mar desde Bolivia a través de Argentina y exportarlo desde Terreno a los Estados Unidos.

¿Cómo había logrado el Polvo de Estrellas de una calidad excepcional encontrar su camino en el chiquero?

4

Los edificios de acero gris de la Universidad Nacional, un proyecto del think-tank Elemental de la junta, tenían algo de estalinistas en ellos. No quedaba rastro de la elegancia arquitectónica de las altas montañas o de la influencia italiana y francesa evidente en los barrios más antiguos de la ciudad. Los edificios ocultaban algunas construcciones más antiguas construidas por el Gobierno Nacional antes de que la junta los expulsara. Eran de baja altura y tenían forma de panal.

La mujer detrás del mostrador del edificio de administración central se mostraba imperturbable.

—La ley establece que debes pagar una tarifa de inscripción —dijo ella. Deslizó un formulario por el mostrador y volvió la vista a su ordenador Apricot. El formulario indicaba la tarifa que impedía que los jóvenes del campo y los hijos de trabajadores de la ciudad se inscribieran.

—Ya tengo un título, gracias —dijo Alejandro—. Quiero hablar con el bibliotecario. —Echó una mirada furtiva al ordenador y se sintió inestable.

La mujer miró con desaprobación su vestimenta. Alejandro intentó sonreír.

—Soy un artista —explicó él.

—El señor Vial está en una reunión.

—Puedo esperar —dijo Alejandro.

La mujer accionó ostentosamente un par de interruptores en su centralita.

—Le sugiero que se marche. ¿O prefiere que le hagan salir?

—Si le da mi nombre al señor Vial, estoy seguro de que me recibirá —dijo Alejandro.

—Si no se marcha ahora, llamaré a seguridad.

Desde el golpe de Estado, los militares controlaban las universidades y gestionaban los servicios de seguridad.

Alejandro estaba a punto de retirarse cuando la mujer a la que ayudó durante la manifestación entró en la sala. Lo vio y se detuvo. Alejandro sonrió.

—Hola, dama misteriosa —dijo, tratando de ocultar su sorpresa—. Alejandro Juron, a su servicio. Qué coincidencia encontrarte aquí en este santuario del conocimiento.

—Señorita Candalti —dijo la secretaria detrás del mostrador—. Este hombre es...

—Quiero hablar con Cristóbal Vial —interrumpió Alejandro, sin apartar la mirada de la mujer llamada Señorita Candalti—. Hace diez años fue mucho más fácil que ahora. —Candalti llevaba pendientes grandes y había recogido su cabello en un moño. Bajó la mirada. Parecía competente y enérgica con su atuendo de negocios.

—Soy su secretaria —dijo—. ¿El señor Vial lo conoce?

—Si no está sufriendo de amnesia.

Ella sonrió de la misma manera que lo hizo después de decir que le devolvería el billete del metro.

—Me encargaré de ello, Luisa —dijo a la nerviosa recepcionista. Asintió a Alejandro—: Sígame.

Se apoyó contra la pared del ascensor, con los brazos cruzados sobre el pecho, lo más lejos posible de él en el espacio reducido.

—¿Conoce a Cristóbal? —repitió, esta vez sin sonreír.

—Desde hace mucho tiempo, cuando solía ser un simple bibliotecario. Parece que le ha ido bastante bien bajo la junta.

—¿Tú crees?

—Bueno, quizás no. Cristóbal se postulaba para ser Vicerrector bajo el Gobierno Nacional. Parece que jefe de Bibliotecarios es una oferta más modesta en comparación. ¿Qué pasó con Eduardo Corrientes?

Alejandro notó con satisfacción que Beatriz se sorprendió de que conociera el nombre del exrector.

—El señor Corrientes ha fallecido.

Asintió como si no necesitara escuchar los detalles.

—Mi padre lo conocía bien.

Era una persona completamente diferente, pensó Beatriz. Ayer era un borracho, casi infantilmente orgulloso; hace un momento, estaba nervioso, un poco pomposo; ahora estaba tranquilo, con una franqueza que la sorprendió.

Se dirigieron al pasillo.

—¿Sabes a qué me recuerda este edificio?

—No.

—Bulgaria.

—¿Estuviste allí?

—Sí. —Sonrió él—. Dimos un concierto allí, a finales de los años sesenta. No hizo mucho por mis ideales comunistas cuando me di cuenta de que nuestros camaradas búlgaros eran tan malos arquitectos.

Cristóbal salió apresuradamente de su oficina. Era bajo, calvo, con el cuero cabelludo marrón y brillante, un cincuentón robusto al que los años le habían otorgado un cierto encanto paternal.

—Cristóbal —dijo Beatriz—. Este hombre quiere...

—Alejandro Juron —interrumpió Alejandro—. Probablemente recuerdes a mi padre.

—Sí, por supuesto —asintió Cristóbal afablemente. Su

defensa contra los encuentros no deseados con otros era parecer un hombre apresurado. Impresionaba especialmente a los militares con los que tenía que tratar. Vial dio un par de pasos y luego se detuvo—. ¿Alejandro Juron? —dijo, entrecerrando los ojos—. Leí en algún lugar que estabas libre de nuevo.

—Diez líneas en la página treinta del periódico, supongo —dijo Alejandro—. Todavía no estoy en posición de comprar los periódicos; de lo contrario, habría recortado la columna y la habría conservado para mis nietos.

—Entra —dijo Cristóbal sin reaccionar al cinismo de Alejandro. Hizo un gesto hacia la puerta de la oficina.

—¿Te unirás a nosotros? —le dijo Alejandro a Beatriz. Ella se volvió hacia Cristóbal.

—¿Se conocen? —preguntó el bibliotecario con una sonrisa distraída. Cristóbal era un talentoso actor que se adaptaba rápidamente a las concepciones preconcebidas que los militares tenían sobre los académicos.

—Un poco —dijo Beatriz. Esa mañana le había contado a su jefe lo que había sucedido el día anterior durante la manifestación. Cristóbal la reprendió suavemente por su imprudencia.

Cristóbal suspiró y se volvió hacia Alejandro:

—La Última Cena. ¿Cómo fue? Todos esos años...

—Un picnic —dijo Juron con una expresión seria.

La cara de Cristóbal reflejó la expresión.

—¿Qué planeas hacer ahora?

—Salir de Terreno lo más pronto posible. Esta mañana visité el Ministerio de Asuntos Exteriores. Me di cuenta de que el departamento de emigración tiene puertas de cristal. Me hizo llorar.

Beatriz frunció el ceño.

—He estado soñando con puertas de cristal durante diez años en La Última Cena —explicó Alejandro—. Pero a pesar de ese buen presagio, me dijeron que incluso si obtuviera permiso, me llevaría al menos un año salir del país. No es precisamente mi sueño atravesar puertas de cristal volando.

—Entonces, ¿qué vas a hacer mientras tanto? —preguntó Cristóbal.

—Eso es lo que quería preguntarte.

Cristóbal dio un sorbo a la taza de té en su escritorio.

—No puedo ayudarte abiertamente. La situación es demasiado delicada para eso.

—¿Cuántas veces he escuchado esas palabras esta semana de viejos amigos? —Alejandro sonrió—. No muchas, para ser honesto, pero eso se debe a que no me quedan muchos viejos amigos. Y muy pocos de ellos estaban dispuestos a hablar conmigo. La gente tiene mala memoria.

—Yo no te he olvidado.

—Eso está por verse —dijo Alejandro sin rodeos.

—¿Tienes un lugar para dormir?

—Violeta Tossa me consiguió un rancho en el estercolero.

Beatriz se sorprendió mirando a izquierda y derecha como si siguiera un partido de tenis. También notó que la mirada de Alejandro seguía desviándose en su dirección. ¿Qué debía pensar de eso? ¿Se burlaba de ella o estaba simplemente confundido? Era difícil decirlo.

—Voy a ver si puedo encontrarte una habitación decente. Desafortunadamente, hay escasez, así que podría llevar un tiempo. —Cristóbal se volvió hacia Beatriz—: ¿Luisa en la recepción lo vio?

—Sí.

—Dile que lo eché en el acto.

—Con una patada en el trasero de propina —dijo Alejandro.

—Luisa prefiere ceñirse a las reglas. Y no es la única en esta universidad. —Cristóbal sonrió—. Me aseguro de que todos piensen lo mismo de mí. ¿Por qué esperaste tanto tiempo para venir a verme?

—Porque quería estar seguro de que nadie me estaba siguiendo.

—Sensato. ¿Alguien lo estaba?

—Tengo un calambre en el cuello de mirar por encima del hombro. Pero no creo que nadie lo estuviera.

Cristóbal asintió.

—Te conseguiremos algo de dinero y haremos lo que podamos. —Se puso de pie—. La próxima vez, podemos hablar de asuntos más importantes, cosas que todavía tienen que suceder. Pero no aquí. ¿Qué vas a hacer?

Algo le sucedió a Alejandro que a Beatriz le resultó casi aterrador: primero, la miró a ella, luego sus ojos se llenaron de un dolor tan increíble que la afectó profundamente. Notó que incluso Cristóbal perdió momentáneamente la compostura cuando Alejandro respondió sin apartar la mirada de Beatriz:

—Buscar similitudes.

EL VIENTO DE LA CORDILLERA

1

—Vecinos del barrio Canela, a partir de hoy, queda prohibido salir de sus casas después de las once de la noche. Los infractores serán abatidos a la vista.

Beatriz se dirigía a encontrarse con el sacerdote belga René Lafarge, quien, según Cristóbal, podía «hacer algo» por Alejandro. Mientras pasaba el jeep militar, reaccionó como todos los demás en la estrecha calle. Caminaba despacio y miraba al suelo. Uno de los soldados le silbó agudamente durante una pausa en el mensaje del megáfono. Beatriz no levantó la vista. Los rifles en el jeep se inclinaron hacia arriba. La imagen le recordó a su exmarido Manuel Durango, cuando, en la cama, le hacía guiños ante la visión de su erección.

Beatriz no tuvo que atravesar la porqueriza para llegar a la casa de René junto a la antigua iglesia de Canela. Pero su curiosidad sobre Alejandro había ido creciendo desde que él se marchó de la universidad el día anterior, cuando Cristóbal le dijo quién era el hombre. Ahora sabía quién era la mujer a la que se parecía tanto. No se sintió halagada, más bien avergonzada al saber que ella y Lucía, quien fue ejecutada en el estadio de fútbol de Valtiago junto a su esposo Víctor Pérez, héroe de la resistencia y cantante del famoso grupo folklórico Aconcagua, eran parecidas como dos gotas de agua.

—Similitudes, Beatriz —había concluido Cristóbal—. A veces pienso que la vida flota en ellas.

Alejandro caminaba, zigzagueando entre los montones de basura frente a las casas al otro lado de la calle. Su cabeza era un enjambre de dolores y penas causados por el alcohol que había comprado el día anterior con el dinero de Cristóbal. Su guitarra colgaba de su espalda. Los años de abandono la habían empañado; las cuerdas necesitaban amor y atención.

Tenía dos cosas en mente: salir de Terreno lo más rápido posible y, a partir de ahora, aferrarse tercamente al humor enloquecido de la existencia. La primera misión era difícil; la segunda debería ser pan comido. En prisión, sobrevivió entre asesinos y violadores. ¿No lo habían encontrado irresistiblemente gracioso? Se habían desternillado de risa, los psicópatas, cuando hacía sus bromas. Entonces, ¿cómo era posible que desde que estaba en libertad, nadie se riera con él? Alejandro concluyó que debería dejar de beber. Solo se podía ser un cómico con la cabeza despejada.

Vio a Beatriz caminando al otro lado de la calle y se detuvo. Ahora que había decidido tomarse la vida con más ligereza, no podía simplemente gritar «señorita» a lo lejos, ¿verdad? Sería demasiado formal. Agarró su guitarra de debajo de su axila derecha, aclaró la garganta y comenzó a cantar *Abre la Ventana* mientras cruzaba la calle. Sus acordes, desde un comienzo titubeante, se volvieron más precisos. Su voz, áspera al principio, se volvió clara y melodiosa.

Beatriz se detuvo, sacudiendo la cabeza, al ver a Alejandro acercándose. Su voz la sorprendió. No recordaba que alguna vez hubiera sonado tan fuerte y conmovedora.

El motor de un jeep empezó a quejarse y acalló la voz y la guitarra de Alejandro. Se oyeron disparos; la gente corrió. Beatriz se quedó inmóvil. Tenía que agacharse, al menos ponerse en cuclillas; sus rodillas se negaron. Un hombre corrió a la calle, perseguido por un jeep. Pasó junto a Beatriz. Después, Beatriz no recordaría nada de su rostro excepto su boca entreabierta, como si la estuviera llamando. El jeep se acercó a Alejandro, quien se hundió en el barro. El vehículo pasó rozándolo. Más disparos de rifles. El fugitivo cayó, agitó las piernas como un caballo herido y, finalmente, quedó quieto. El jeep se detuvo junto al cuerpo. Los soldados saltaron. Uno de ellos remató al hombre de un tiro en el cuello. Arrastraron el cuerpo al maletero. El motor del jeep volvió a rugir.

La calle estaba vacía ahora, excepto por Beatriz y Alejandro. Se incorporó y se acercó a ella. Ella le dio una sonrisa temblorosa y se alisó el cabello hacia atrás. Él notó sus lóbulos de las orejas, parecidos a los de un elfo, tiernos.

De repente, ella se echó a reír.

—Tus pantalones.

Alejandro se detuvo y miró hacia abajo. El barro cubría sus pantalones, no solo a la altura de las pantorrillas, sino también en la entrepierna.

2

—Si fuera una mujer con una moral decente, no te invitaría a entrar —dijo Beatriz con una pequeña risa, estacionando en su camino en la Calle Ordoñez, en uno de los barrios elegantes de Valtiago. Un gran patio y un jardín en forma de herradura rodeaban la casa blanca de estuco—. Vivo aquí separada de mi esposo, pero nuestro divorcio aún no es oficial.

La despreocupación con la que lo dijo debería haber alarmado a Alejandro, pero él no estaba prestando atención. Durante el viaje en el Land Rover de Beatriz, con una toalla debajo de sus nalgas, había estado mirando tiendas de electrónica y lujosos concesionarios de Mercedes.

Tanto había cambiado durante sus diez años en prisión. Beatriz le contó que los allanamientos en el barrio habían al menos duplicado en los últimos meses. Se necesitaban ventanas con persianas de acero, cámaras, milicias privadas y tanques de la policía para proteger las zonas más acaudaladas de la ciudad.

—Tanto tiempo atrás —murmuró él—. Para mí, esto es 1984.

—Eso es el próximo año.
—Me refiero a la novela. *1984* de George Orwell.
Beatriz se sorprendió. No había visto a un lector en él.
—Ayer, hablé de similitudes —dijo Alejandro—. Y mira: tu casa se parece a la cabaña de mis padres, solo que más grande.
—Pero no nos parecemos en absoluto —dijo Beatriz. Había recibido su casa como regalo de su padre después de casarse. Este hecho todavía la molestaba todos los días.
—No —respondió Alejandro, malinterpretando su reacción—. Supe desde temprano en la vida lo que quería. Tenía cinco años y tocaba el piano. Bailaba en nuestro jardín. Le decía a cualquiera dispuesto a escuchar que me convertiría en músico. Mi padre no estaba contento con mi sueño. Era profesor universitario y quería un título de doctorado para mí.

Candalti bajó del coche. ¿Por qué había dicho «supe desde temprano en la vida lo que quería»?

—¿Vas a salir?

Estaban caminando hacia la puerta principal cuando un pensamiento absurdo la golpeó: «me gustaría, solo una vez, verlo bailar en mi jardín».

En su sala de estar, notó que él la miraba más a ella que a sus muebles.

—¿Una bebida?

—Estaría bien.

—Mientras tanto, será mejor que te quites los pantalones antes de sentarte.

Bajó la mirada.

—No es necesario. Me quedaré de pie.

—No seas tonto, Alejandro.

Tímidamente, se quitó los pantalones. Llevaba calzoncillos limpios pero desgastados.

—Echaré un vistazo en el armario de mi esposo. Puedes cambiarte en su habitación.

Era delgado y fibroso. Y tímido. Muy tímido.

Subió a la primera habitación. Su exmarido había honrado su juicio de que las camas gemelas también debían estar en habitaciones separadas al estilo americano. Esto le daba la ventaja adicional de poder sorprenderla inesperadamente por la noche, algo que él encontraba sumamente excitante. Beatriz sintió una oleada de recuerdos nauseabundos.

Sintió una oleada de resistencia que la invadía, recordándose a sí misma que tenía treinta y dos años, pasada de acuerdo a los estándares machistas de Terreno, y que no debería querer arruinar el contacto con el hombre en su sala de estar, a quien encontraba interesante a pesar de todo.

No había nada sutil en los vistazos anhelantes que él le echaba cuando creía que ella no lo notaba. Pero, ¿qué tal la compatibilidad entre ellos, como solía decir su padre? Después de unos meses de participación secreta en la resistencia, ¿no debería ser cautelosa al elegir a un hombre? Alejandro sería la peor elección posible como pareja. Trató de reprimir la creciente agitación en su interior. Su padre había elegido a su esposo. Ahora ella usaría sus propios valores para elegir un nuevo compañero.

Regresó a la sala de estar con una sonrisa forzada.

—Aquí tienes ropa nueva. Puedes cambiarte en la habitación.

Él le lanzó una de sus tímidas miradas que ya comenzaban a resultarle familiares. A pesar de su gran lengua, tenía unos ojos que la hacían sentir fuerte y deseada.

Unos minutos después, regresó. Los pantalones de Manuel le quedaban holgados, pero para ella eso aumentaba su atractivo físico.

—Ten, toma esto. —Ella tocó sus dedos cuando le entregó su taza de mate.

Aceptó la calabaza, retiró rápidamente los dedos y derramó el té caliente sobre sus pantalones nuevos y la alfombra de la sala de estar. Se tambaleó de un lado a otro, con el rostro contorsionado y las manos sobre la entrepierna.

—No he tomado mate en diez años... Me hizo olvidar lo caliente que es —resopló.

Beatriz se advirtió a sí misma que un hombre tan torpe no era adecuado para ella. Se dio cuenta al mismo tiempo de que despertaba su sentido del humor.

Alejandro notó sus ojos divertidos y sonrió.

—No te preocupes, solo estoy practicando algunos viejos pasos de baile —dijo él, pavoneándose como un pavo real—. Solía ser un irresistible bailarín de salsa, pero, a mi edad, necesito una taza de mate súper caliente en mi entrepierna antes de encontrar mi ritmo de nuevo, ¿entiendes? Y...

—Quítatelos. Los pantalones, me refiero. No hay problema. Manuel ha dejado docenas de ellos. Está convencido de que algún día recuperará su lugar como 'amo de la casa'.

Beatriz subió de nuevo a la habitación de Manuel y abrió su armario de nuevo. ¿Qué color le sentaría aún mejor? ¿Caqui claro? Cuando regresó, escuchó cómo se abría la puerta principal. La puerta de la sala de estar rebotó con fuerza contra la pared. Manuel se paró en la entrada, con las mejillas rojas, los ojos tratando de enfocar, tambaleándose ligeramente. Borracho, como tantas veces.

—Puta —masculló Manuel cuando vio a Beatriz con sus pantalones en las manos y a Alejandro en calzoncillos en medio de la habitación. Extendió los brazos dramáticamente, echó la cabeza hacia atrás y rugió—: ¡Puta!

Beatriz reaccionó instintivamente, como lo había hecho en ocasiones anteriores que presagiaban violencia conyugal. Se dio la vuelta y corrió al patio para escapar a través del jardín. Durango salió corriendo detrás de ella, pero chocó con Alejandro, quien, con los brazos extendidos pacíficamente hacia afuera, intentaba calmar la situación.

—¡Mierda! —gruñó Manuel. Intentó conectar un gancho de

izquierda para derribar a Alejandro. Alejandro esquivó el golpe, saltó a un lado, agarró su guitarra y la sostuvo frente a su cuerpo como si fuera una porra.

—Ven y cógeme, hormiguero. —Se agachó y se balanceó de un lado a otro con su guitarra.

Manuel enderezó la espalda y miró con desprecio a Beatriz, quien observaba la escena desde la puerta trasera.

—Oh, ya veo, la puta está en celo por perros callejeros que no pelean como hombres de verdad —dijo—. Mis amigos carabineros estarán muy contentos de escuchar eso, palomita.

Se dio la vuelta con el aire de un torero, salió de la habitación y golpeó la puerta principal con un golpe resonante. Alejandro suspiró y miró su guitarra.

—Si esto hubiera sido una enorme Fender, ya habría sido un pollo decapitado —murmuró. A pesar de sus rodillas temblorosas, Beatriz sonrió.

—Vete ahora, rápido, Alejandro —dijo ella. Sus ojos traicionaron lo contrario del tono despreocupado que intentó usar—. Tienes que irte ahora. Él regresará con la policía. Cuando te encuentren aquí en la casa, legalmente seré una prostituta, aunque Manuel y yo vivamos separados.

—He oído hablar de esa estúpida ley. —Sacudió la cabeza—. ¿Te volveré a ver, Beatriz?

Notó la súbita emoción en su voz cuando pronunció su nombre y bajó la mirada.

—Sí, por supuesto. Cristóbal me pidió que te cuidara... ayudara.

A través de la ventana, lo vio salir de la casa, jugueteando con los pantalones enormes de Manuel. Se veía tan cómico. Su primera impresión de él había sido que era un macho típico de Terreno. Comenzó a sospechar ahora que era un hombre orgulloso y sensible que estaba roto y descuidadamente reconstruido.

Le había mentido. Sabía que Manuel no regresaría con la

policía. Era demasiado vano para eso. Su ex-enamorado encontraría otra forma de castigarla. Conocía el tipo de violencia que le gustaba. ¿Cómo había logrado conseguir una llave de la puerta principal cuando había cambiado la cerradura hace meses? Sabía que era mejor no engañarse. La forma en que la junta gobernaba el país le daba a Manuel todas las oportunidades para verla como presa. La policía no lo detendría. No había enviado a Alejandro lejos por Manuel, sino por sí misma. Se dio la vuelta y se miró en el espejo, jugueteando con su cabello. Sus pensamientos caminaban junto a él como si estuviera a su lado: ¿qué significaba todo esto?

3

Incluso en su cama de hospital, Ernesto Candalti lograba proyectar narcisismo. Huesudo como un esqueleto, con una piel de textura parecida a la plastilina, cabeza hinchada (según su opinión, resultado de la «magia negra» de «esos charlatanes médicos»), labios resecos como corcho: nada parecía capaz de romper esa mirada segura en sus ojos. Su bigote cano no se movió ni un milímetro cuando Beatriz se inclinó para besar su mejilla.

—Hola, papá.

—Llegas tarde. Tu madre nunca llegaba tarde.

Beatriz se sentó en la silla junto a la cama, cruzó las piernas y miró sus zapatos.

—¿Quién ha venido a visitarte hoy?

Ernesto le dio un registro detallado de los socios comerciales que habían acudido a su lecho de enfermo ese día.

—Humberto Laínez viene todos los días. Y es un empleado, admito que mi mano derecha, pero aun así un empleado. Me visita más a menudo que mi única hija.

—Humberto no tiene un trabajo que lo mantenga ocupado durante muchas horas al día.

—Si me hubieras escuchado, no tendrías que estar trabajando. Y la universidad cierra pasado mañana. Tendrás dos semanas de vacaciones.

Beatriz miró por la ventana.

—La casa debe mantenerse y limpiarse.

—No entiendo por qué no puedes contratar a una mujer de limpieza con lo que ganas y lo que recibes de mí.

Cuando Beatriz era pequeña, su padre siempre la castigaba de la misma manera: le sujetaba la cabeza entre sus rodillas y le daba palmadas metódicamente en las nalgas. Nunca notó la mirada feroz en sus ojos y la tensión en sus labios después. Años después, la llevó en su Cessna Skymaster 337 para un vuelo. Durante el vuelo, le pidió que intentara pilotear el avión. La vista de su hija de quince años controlando el avión llenó a Ernesto de tanto orgullo que le enseñó a volar después.

—La hija de Ernesto Candalti trabaja como secretaria en una universidad mediocre. No me sorprende que esté enfermo.

¿Por qué seguía visitándolo? Ocho años atrás, había ganado, o quizás perdido, ¿qué importaba? La batalla de voluntades entre ellos cuando se cortó las muñecas en el baño de la casa de sus padres. Había sido encontrada justo a tiempo, precisamente por él.

—¿Por qué estás ahí sentada riendo? —preguntó.

—Te ves mejor, papá.

—Eso es gracias a mi fe en Dios. No quieres admitir dónde te ha llevado tu profanidad. ¿Por qué me molesté en pagar por tu costosa educación? Sigues siendo joven y hermosa, pero tan estúpida y terca. Duele que un padre tenga que decirlo. Fue bueno que Manuel quisiera disciplinarte. Nunca supiste cuál era tu lugar.

—Eso no es...

—No puedes negarlo.

Doce años atrás, cuando el gobierno socialista del presidente Álvarez dificultó a su padre «hacer negocios como los verdaderos hombres deberían», él había estado tan seguro de sí mismo como ahora: ¡ese compañero presidente aprendería rápidamente quién ostentaba el verdadero poder en este país!

La madre de Beatriz le contaba a su hija todos los días lo valiente que era su esposo en su lucha contra el «Gobierno del Pueblo». No sospechaba que sus sermones convertían automáticamente a Beatriz en pro-Álvarez, a pesar de que no le interesaba la política. Sus padres habían llegado a extremos para inculcar la obediencia. Tenía veintiún años y era el producto de un estricto internado católico. Toda clase de obligaciones que acompañaban a su clase social regían su vida, pero seguía negándose a hacer los ajustes necesarios que todas las chicas bien terreneanas aceptaban por el bien de un matrimonio lucrativo.

En las poblaciones, había visto a mujeres jóvenes que se defendían ferozmente contra la seducción de los hombres jóvenes. Al principio, le impresionó, hasta que descubrió las reglas del juego: a pesar de la actitud combativa de estas chicas, no deseaban nada más que fundirse, arrulladas, en los brazos de un adorador que les prometiera el mundo.

Las chicas terreneanas creían que sus esposos las liberarían del yugo moral y económico sofocante de sus padres y las vestirían con vestidos de seda y joyas. Tratar a un adorador con condescendencia era un movimiento en el juego que conducía a la rendición final, tras la cual deseaban casarse y tener hijos lo antes posible. Como mujeres casadas honorables, quedaban en la periferia del mundo de sus esposos, enfocadas en la búsqueda de dinero, horas de conversaciones ebrias con sus amigos y la elaboración de planes salvajes para el futuro. En poco tiempo, las esposas intentaban perfeccionar la imagen que tenían de sí mismas como niñas jóvenes: una falda ajustada, un generoso escote y desfilar al borde del adulterio.

Se cubrían de maquillaje y sonrisas deslumbrantes y trataban de evitar más hijos.

—Manuel fue un buen esposo para ti —continuó su padre. El papel enrollado con el que Manuel la abofeteaba, el dolor crudo. Un tirón en su blusa, botones arrancados. Agachándose, sus manos protegiendo su rostro, gimiendo suavemente mientras sus manos azotaban su cuerpo.

A veces, había gritado a Manuel. Eso solo empeoraba las cosas. Un día soleado, en medio del estruendo de los aviones militares que atacaban la residencia del presidente Álvarez, Beatriz había decidido usar lo que fuera necesario para sobrevivir en su propio campo de batalla. Durante las semanas y meses siguientes, apenas se inmutó por el alboroto en el estadio de fútbol de Valtiago, donde se habían reunido a los opositores de la nueva junta. Lo principal que significaba para ella era que Manuel no estaría en casa durante días. Su esposo era un miembro importante de la milicia de extrema derecha que había desempeñado un papel decisivo en el ascenso de la junta. Eso era todo lo que sabía y más de lo que quería saber.

Pasaron los años, y su matrimonio se convirtió en un juego del gato y el ratón. Ella evitaba a Manuel tanto como podía; a él le parecía emocionante perseguirla. Su única consolación en ese período era el alcohol. Rápidamente entendió que el alcohol era peligroso para ella. La volvía irascible, y cuando Manuel estaba en casa mientras ella estaba ebria, a menudo reaccionaba de manera tan irritable que la golpeaba hasta hacerla sangrar. En la iglesia del barrio alto, el sacerdote belga René Lafarge predicaba con fervor sobre los estragos del alcohol y las drogas. René no era amable con la junta. Aun así, la gente seguía acudiendo a escuchar sus sermones, pensando que la junta no se atrevería a amordazar a un sacerdote de la influyente iglesia católica.

Beatriz iba a la iglesia no por Dios, sino por las palabras duras y críticas de Lafarge. Después de la tercera vez que fue, le habló. Era alto, fornido, con una densa melena gris, una prominente frente, ojos hundidos y labios carnosos. Sus visitas a René se convirtieron en un hábito.

Lafarge, un hombre testarudo, a menudo contradictorio y combativo, después de una serie de esfuerzos largos e infructuosos, logró ayudarla a escapar de su matrimonio infernal. Encontró un juez que, a cambio de una gran suma, dictaminó que Beatriz podía obtener el divorcio debido a los abusos físicos de su esposo. La separación le otorgó un grado de independencia, pero no la liberó por completo: aunque debía abandonar la casa, Manuel Durango actuaba como si esta nueva situación fuera solo temporal porque, durante los primeros dos años, la ley tereneana prohibía que una esposa divorciada viviera bajo el mismo techo que otro hombre. Esos dos años eran un «período de reconciliación» en el que se instaba al hombre y la mujer a renovar sus votos matrimoniales.

—Sé por qué no me respondes —dijo su padre—. No puedes negar que Manuel fue un buen esposo para ti. —Alzó la mirada al techo como si estuviera suplicando a Dios que mostrara a su hija la maldad de su camino.

Su sonrisa era forzada.

—Manuel es un hombre orgulloso y peligroso, y tú lo sabes, papá.

—Agotaste la paciencia de Manuel. ¡Haz eso y puedes esperar cualquier cosa! Tu decisión de divorciarte de él fue tonta y mala; no necesitabas empeorar las cosas. Ninguna chica decente de Terreno vive sola. Por puro amor paternal, te sugerí que volvieras a casa, sin importar la vergüenza que habías arrojado sobre nuestro nombre. En casa, habrías conservado tu estatus, independientemente de tu estupidez. Pero no, tenías que convertirte en secretaria. No pasará mucho tiempo antes de que Manuel te descubra en la cama con otro hombre. Entonces tendrá derecho a que la policía te eche de la casa, ¡la casa que yo pagué! ¿Qué debería hacer contigo *entonces*? El capellán me visita todos los días. Hablo de ti todo el tiempo. Comparte mi punto de vista sobre todo el asunto y me felicita por mi paciencia. No puedes esperar tanta paciencia de un joven como Manuel, como la que recibes de tu padre.

Ernesto jadeó y tosió en su pañuelo. Trató de ocultar la sangre que escupió de su hija.

Beatriz guardó silencio.

—Rezo todos los días por ti —continuó su padre con esfuerzo—. Tus amigos comunistas te han convertido en una hija que no reconozco. Manuel ha confesado que todavía te ama. Deberías haber visto las lágrimas en sus ojos, el pobre muchacho. Estaba tan avergonzado que me susurró que eres una mujer que no puede dejar a otros hombres en paz. —Ernesto Candalti apartó la cabeza con pesar.

—Manuel solo se ama a sí mismo y a las mentiras que está difundiendo.

—¡Maldita sea, muchacha, ¡¿nunca aprenderás?! ¿Por qué eres tan testaruda? Dímelo sinceramente, ¿puedes vivir con tu dinero?

—Conoces demasiado bien lo que ha sucedido con la inflación en Terreno, padre. Y lo inadecuados que son los salarios, especialmente los de los académicos.

—¿Te falta dinero? ¿Y ni siquiera tienes que pagar alquiler para vivir en mi casa? Manuel tiene...

—Manuel es un ejecutor de la junta. —Podría haberse cortado la lengua por decirlo, pero la forma en que había dicho «mi casa» había roto su autocontrol.

Como secretaria, ganaba 14,000 pesos al mes. Ante el más mínimo contratiempo, tendría que deshacerse de su automóvil, alquilar la casa y verse obligada a buscar un apartamento en uno de los barrios menos favorecidos. Pero en la actualidad, incluso allí pedían precios exorbitantes. La ciudad, pegada como una úlcera contra los Andes, luchaba contra una creciente escasez de viviendas.

—¿Qué dijiste? —Su padre casi susurró. Para sorpresa suya, Beatriz vio terror en sus ojos.

—Puede que no sea un verdugo oficial —dijo ella—, pero estoy segura de que tiene algo que ver con eso. —Su resentimiento se volvió contra ella misma porque cedió tan fácilmente.

Ernesto Candalti bajó la cabeza en las almohadas.

—¿Quién te dijo eso?

—¿Qué?

—Que Manuel es un verdugo de la junta.

—Nadie.

Parecía como si no la hubiera escuchado.

—¿Cómo puedes creer tales mentiras?

—¿Qué mentiras?

—Que este régimen tiene verdugos. Bajo ese ridículo presidente del Pueblo, reinaba la anarquía y el caos económico. Por todas partes tenías calientes políticos; grupos fragmentados se estaban armando y...

—Papá, no he venido a recibir lecciones de historia.

—A veces pienso que estás fuera de tus cabales —dijo Ernesto—. ¿Por qué eres así? Le he hecho esta pregunta a Dios innumerables veces. Fui un padre justo. Y ahora que estoy enfermo e impotente, intentas herirme. Sigues afirmando que este gobierno es monstruoso porque sabes que tengo al General Pelarón en alta estima. Así intentas convertirme en un monstruo, a pesar de que, a pesar de todo, sigo arrojando dinero sobre ti. ¿Por qué?

—No lo sé, papá.

—¿Es esa tu respuesta? No has hecho nada de tu vida; no me has dado razón para estar orgulloso de ti. Vienes a insultarme y al mismo tiempo me suplicas dinero. ¿Qué voy a hacer contigo, hija?

¿Por qué siempre tengo que perder?, se preguntó Beatriz.

—No lo sé, papá.

Ernesto rompió el significativo silencio.

—¿Te falta dinero?

—Sí.

Es solo una vaca lechera, se recordó a sí misma. No me afecta tener que humillarme para que llegue al punto en que me dé dinero.

—¿Cuánto?

Mencionó la cantidad. Su padre suspiró, negó con la cabeza, tomó sus anteojos y su chequera de la caja junto a la cama y escribió un cheque con decisión. Lo entregó descuidadamente. Ella lo guardó y besó a su padre en la mejilla.

—Gracias, papá.

—¿Cuándo vas a hablar con Manuel de manera sensata y educada?

—No lo sé todavía, papá. Cuando esté lista para hacerlo.

—Estaré aquí en Observación al menos otra quincena —dijo, animado por el ritual que acababan de realizar—. Vendrás a visitarme todos los días, ¿verdad? Un hombre de mi edad necesita el amor de su hija.

—Sí, papá. —Respiró profundamente—. Hay algo más.

Él negó con la cabeza.

—Sí, hija, ¿qué pasa?

—Después de todo este tiempo, me encantaría hacer otro vuelo —dijo con una sonrisa reconfortante. El Cessna de su padre llevaba mucho tiempo sin usarse en el aeropuerto privado del club de vuelo al que pertenecía. Años atrás, él le había dicho a cualquiera que quisiera escuchar que su hija sabía volar. ¡Una chica terreneana que podía hacer algo más que vestirse y cocinar!

—Hmmm —dijo. Se acarició la cabeza calva—. ¿Prometes ser cuidadosa?

—Sí, papá.

—Bueno —dijo con un suspiro, como si su benevolencia fuera una carga casi insoportable—. Ajusta los detalles con Humberto Laínez. Le diré que está bien.

Cuando besó su mejilla, lo impresionó su mirada, que de repente parecía tímida. Por un momento, su mano se dirigió hacia ella. Cambió de rumbo; se quitó los anteojos.

—Adiós, papá.

—Adiós, hija. Hasta mañana.

Cuando estaba en la puerta, él dijo:

—¡Y no uses faldas tan ajustadas, Beatriz!

4

Esa noche, Beatriz Candalti se fue a dormir alrededor de las ocho. Su padre era como una dosis de benzodiazepina, absorbiendo todas sus fuerzas.

Dos horas y media después, se despertó cubierta de sudor, luchando en las sábanas. La pesadilla desapareció, pero la tristeza de la misma permaneció. Era un sentimiento deprimente, la realización de la inutilidad de su vida.

Justo antes de su adolescencia, su amigo Pietro, a quien ella llamaba su novio, le había preguntado en la casa de verano si alguna vez querría casarse con él.

—Sí —había respondido entusiasmada—. Y entonces tienes que ganar mucho dinero, y yo tengo que hacer muchos hijos.

Ella no había «hecho» hijos, y eso había sido la primera decepción de Manuel. También lo había sido para ella. El sentimiento de opresión en su útero que la persiguió después de descubrir que era infértil se había desvanecido hace mucho tiempo. Después de todo, era una bendición no tener hijos en este país desolado.

Se levantó de la cama y caminó bajo el hechizo de su

memoria hacia el baño. Incluso entonces, tan joven aún, estaba bajo la influencia de los estándares de sus padres, lo que significaba criar muchos hijos para un esposo rico.

Se encontraba preocupándose mucho por su yo pasado recientemente: la Beatriz de hace diez años de ninguna manera se parecía a la Beatriz de hoy.

¿Cómo era posible que no recordara nada del último año del gobierno del Gobierno Popular, excepto su resentimiento de que la recesión económica hiciera inaccesible la última moda de París?

Por sí misma, por sus derechos, se había rebelado contra su familia. Aun así, había adoptado de manera casi imperceptible la visión del mundo de su clase social.

Nunca se dio cuenta realmente de la solidaridad del Gobierno Popular, de las iniciativas locales, de los comités de ciudadanos. Extrañó todo eso, viviendo apretada en su camisa de fuerza de amigos «apropiados». ¿Por qué no se había dado cuenta de que incluso ellos trataban de prepararla para el esposo ideal?

En la ducha, dejó que el agua caliente fluyera sobre su cuerpo y lloró, encorvada. Manuel siempre le había instado a caminar erguida: de lo contrario, sus senos se caerían. Bueno, ahora se estaban cayendo, y le importaba un bledo. Se sentía fea en el espejo, el reflejo de un resentimiento impotente.

Separó su enojo de su tristeza y se puso erguida. Los hombres habían dominado su vida entera. Deshacerse de Manuel y engañar a su padre por dinero ya no era suficiente como venganza.

Pensó en la carga que, tan pronto como Cristóbal Vial recibiera la luz verde, recogería con el Cessna en el desierto del norte, donde el tren de los Andes cruzaba la Cordillera. Tenía miedo de esta misión, a pesar de que se había ofrecido cuando Cristóbal le contó cuál era el objetivo de la resistencia.

Actuaba por orgullo porque tenía un avión a su disposición

y por vergüenza de sus orígenes. Desde que se unió a los círculos de Cristóbal, leía literatura muy diferente: la historia de vida de Marianela García Villas, por ejemplo, la abogada de presos políticos torturados y desaparecidos en El Salvador, hasta que fue secuestrada, desnudada y torturada por soldados.

Beatriz leía sobre las valientes madres de la Plaza de Mayo en Argentina, exigiendo saber qué había pasado con sus hijos desaparecidos.

Sobre María Lionza, quien se levantó, sin cobrar nada, por los pobres en Venezuela.

Leer sobre estas heroínas la llevó a concluir que ya no quería ser mediocre. Estaba decidida a hacer algo al respecto ahora. Pronto, a través de su misión.

Pero también, finalmente, dominando a un hombre.

Beatriz sabía con quién podría lograrlo, incluso antes de que el toque de queda a la medianoche vaciara las calles.

5

Mira cómo se deslizaban más cerca, los recuerdos. Alejandro, acostado boca arriba en su catre, se reprendió a sí mismo por no levantarse de su cuchitril y tomar un poco de aire fresco de pocilga. Demasiado tarde. Los recuerdos ya habían entumecido los impulsos necesarios para levantarse y partir. Con los ojos cerrados, Alejandro Juron siguió acostado boca arriba, hundiéndose en el tiempo.

Cada vez que los soldados entraban en su celda en La Última Cena y le ponían el pañuelo en los ojos, se le erizaba el vello de los brazos. Lo conducían por los pasillos, a través del tumulto ahora familiar de sonidos agonizantes en todos los registros. Su corazón latía más rápido; la garganta se le secaba. Sentía los círculos infernales de Dante a su alrededor. El poeta estaba equivocado: los demonios no habitaban en alguna cavidad del inframundo; vivían entre nosotros.

Lo llevaron a una habitación. La voz, siempre la misma voz, era suave y hablaba un poco pausadamente, como si el hablante estuviera reflexionando entre las palabras.

Las palabras «interés estatal» y «conciencia» resurgían a menudo, al igual que «patriotismo» y «necesidad». A la larga,

Juron perdió la comprensión del razonamiento de la voz. Luego vinieron las amenazas. Con suficiente tranquilidad, la voz le decía lo que le harían si no revelaba la dirección secreta del «enemigo público número uno», Víctor Pérez, y su familia. Pérez, continuaba la voz, era el símbolo de la anarquía, el caos y la destrucción en Terreno, un demagogo que quería enriquecerse a costa de los pobres que lo adoraban.

Nuevamente, Juron no podía entender gran parte de lo que decía el hombre. Sin embargo, las amenazas que profería su interrogador eran específicas, detalladas y frías. Juron las escuchó como la última oración en el lecho de muerte de un creyente. Admitió que tenía nervios frágiles. Era un artista sensible. Eso era cierto, según la voz. Le dijo a Juron que quería ahorrarle un montón de lamentos y quejas. Esa fanfarria era demasiado humillante para un artista con tanto talento, ¿verdad?

—Me gusta tu trabajo en la guitarra —concluyó el interrogador dulcemente. Era esa palabra: trabajo en la guitarra. Haciendo que pareciera honesto y bien merecido, no solo tocar frívolamente las cuerdas.

¿Cuántos días duró esto? ¿El pañuelo en los ojos, los sonidos, la voz? Difícil de decir. Luego, vino el cambio inesperado. La voz le decía monótonamente lo que iban a hacer con él, qué electrodos conectarían en qué lugares, la duración, el nivel de dolor, el resultado inevitable. La voz sonaba ahora como un vendedor enumerando un catálogo.

Alejandro no pudo ponerse de pie cuando lo llevaron lejos después de esa sesión. El mundo giraba 360 grados. A mitad de camino de vuelta, lo giraron y lo devolvieron a la habitación. La voz habló de nuevo, recitó uno de los versos de una canción de resistencia de Víctor Pérez que Juron había tocado tantas veces.

Hermano, te enjaularán,
y desgarrarán tu piel en pedazos.

Hermano, te desenterrarán,
y después lamentarás mucho,
por mi nombre, mi refugio, mi último pedacito,
Les diste todo lo que te pidieron.
Porque eres débil, y ellos están rabiosos.

Al escuchar esa estrofa, Alejandro Juron rompió en llanto y empapó su pañuelo en los ojos. Pérez era un profeta: él era débil, y la voz estaba rabiosa.

Diez años después, Juron abrió los ojos y miró las láminas corrugadas de su techo. Una palabra permanecía, moliéndose en su cerebro, picando como una avispa.

Disociación.

6

Beatriz descendió del autobús y miró a su alrededor antes de consultar su reloj. El distrito Canela se encontraba en una zona deprimida en las afueras de Valtiago. La mismísima porqueriza, como a menudo se llamaba a la zona de chabolas de Canela, se extendía por las estribaciones de las montañas junto al altamente contaminado Río Mayu y cerca de la antigua estación de carga en ruinas. Cuando Beatriz pidió bajarse en la parada más cercana, el conductor del autobús la miró con desaprobación, frunciendo los labios.

—Seguramente no vas a la porqueriza —dijo—. Estás jugando con tu vida, *señorita;* todos son pervertidos y adictos.

—Estoy al tanto —respondió ella con calma, diciendo solo la mitad de la verdad: con el sacerdote belga René, a menudo había caminado por el distrito vecino de Canela. Durante el día, conocía el camino. Pero ahora, dudaba frente a la entrada de la porqueriza. Los días de primavera aún eran cortos; ya estaba anocheciendo.

Se orientó por la iglesia, el único edificio significativo que se encontraba cerca de la zona de chabolas. Sus botas se ensuciaron debido al barro de las fuertes lluvias de los últimos días. Más adelante, el barro llegaba a sus tobillos y el camino se volvía resbaladizo.

Alejandro le había hablado de la iglesia a la izquierda, para cruzar el páramo y luego tomar la segunda calle a la derecha. Un fuerte viento bajaba de la Cordillera. El clima era duro e inestable para la época del año. En la porqueriza apenas había luz eléctrica. Los pocos postes de electricidad estaban torcidos; la mayoría de los cables habían sido cortados hace mucho tiempo y nadie podía pagar sus facturas de energía, por lo que las conexiones ilegales eran la actividad más común. En la década de 1970, el Gobierno Popular había erigido sólidos barracos de madera para reemplazar las chozas. Bajo Pelarón, a quien le gustaba llamarse a sí mismo "El general de los pobres", las chabolas habían regresado más rápido y numerosas que nunca. La porqueriza ahora medía más de diez kilómetros de largo.

La segunda calle. Un poco más adelante, Beatriz escuchó la voz de un hombre gritando algo ininteligible. Una nueva ráfaga de viento. Beatriz se dio cuenta de que una tormenta de primavera, temida por su carácter impredecible, podría surgir en cualquier momento. También se dio cuenta de que no había tenido en cuenta que Alejandro podría no estar en casa. Un golpeteo sonó detrás de ella. Se giró a medio camino. Un hombre corría en su dirección, seguido por otros dos. Beatriz se agachó detrás de un montón de viejas llantas de rueda frente a una barraca que había sido ligeramente adaptada para servir como una tienda local. El hombre perseguido agitaba los brazos y corría con la cabeza echada hacia atrás. Jadeaba por el aire. Los otros dos ganaban terreno lentamente.

Pasaron corriendo junto a ella. Beatriz esperó un momento, escuchó un grito. Y otro. Se levantó rápidamente y corrió más adelante por la calle. Nadie parecía inmutarse por los gemidos que se oían por delante.

Se detuvo frente a una barraca que anteriormente había

albergado a varias familias, pero ahora estaba inclinada, dividida por la mitad debido a un derrumbe, y cerrada de manera descuidada en la parte trasera con una lámina de metal corrugado, algunas llantas de automóvil y más escombros apenas reconocibles. Estaba cercada con una valla de madera podrida coronada con volutas descoloridas.

Mientras estaba parada frente a la choza, escuchó música de guitarra. La voz de un hombre comenzó una canción, una melodía alegre. No era la voz de Alejandro. El hombre estaba cantando una canción en inglés que no reconoció. La canción se detuvo. Unos segundos después, crujiente y ruidosa, la escuchó nuevamente con más instrumentos y una voz diferente. Alejandro comenzó a cantar junto con la grabación en cinta. Voces fuertes se acercaron desde la dirección donde estaban los hombres. Sonaban jubilosas.

Beatriz golpeó la tabla de Coca-Cola de madera.

—¡Alejandro! —llamó. Dos siluetas emergieron detrás de ella.

—Buenas noches —dijo el primero, ajustándose el sombrero más profundamente sobre los ojos—. Tenemos una fiesta calle abajo. Podrías convertirte en la estrella de la noche.

La valla se apartó. Alejandro se encontraba en la abertura, en su mano izquierda una guitarra, en la otra un cuchillo.

—Vayan y festejen entre ustedes —dijo—. Tienen precisamente la cara adecuada para eso. Diviértanse hasta que llegue la mañana, para que no tengan que ver el día. Inhálense un poco más de basura por la nariz; aún no son lo suficientemente grandes.

Los hombres se miraron entre sí.

—Haremos eso —dijo el primer hombre—. Y luego volveremos, músico callejero. —Se alejaron lentamente, sin apartar la mirada de él.

—Eres solo un flacucho tras las rejas que no tiene nada más que decir —dijo el segundo.

Alejandro se balanceó sobre las puntas de los pies:

—¿Quieren que les muestre lo que tenía que decir en La Última Cena?

Los hombres se dieron la vuelta y desaparecieron, murmurando entre ellos.

—Perdí mi autobús —dijo Beatriz—. Fue el último. Por eso he venido.

¿Era esta su manera de dominar a un hombre?

Alejandro la miró, sorprendido.

—No es seguro perder tu autobús —dijo caballerosamente. En La Última Cena, había aprendido casi todo sobre cómo usar la labia cuando tenía miedo y casi olvidado todo sobre la caballerosidad.

7

Beatriz observó a Alejandro descorchar la botella de vino que había traído antes de servir dos copas.

—Esos dos hombres no te caían bien.

Él encogió los hombros.

—Lobos jóvenes. No permanecemos jóvenes mucho tiempo en Terreno, pero todos tenemos sangre de lobo.

Ella no preguntó qué quería decir con eso.

—¿No crees que fue estúpido lo que hice?

—¿Qué? ¿Perder tu autobús? —Se rió. Por un momento, parecía un hombre que quería aplaudir sus muslos de pura alegría, pero olvidó cómo hacerlo.

—Buscarte a ti. —Dio un sorbo al vino, uno grande.

Guardaron silencio. Alejandro parecía de repente inaccesible. Beatriz miró a su alrededor. ¿Qué hacía en esta choza llena de sombras?

—A veces, me siento como una mujer tonta. De repente, estoy parada frente a tu puerta, y ni siquiera te conozco tan bien. Te he causado problemas.

Levantó su copa hacia ella.

—No digas eso, Beatriz, me entristece. —Sonrió ante su

mirada inquisitiva. Era un milagro que estuviera sentada frente a él. Nunca se hubiera atrevido a soñar con que ella aparecería en su puerta. Esos oscuros e inseguros ojos podían estudiarlo con tanta altivez, ese brillante cabello negro, la forma en que sostenía la cabeza: pensó que todo era maravilloso. Como una fotografía, la imagen de Lucía se deslizó frente a sus ojos, jugando en las olas durante unas vacaciones hace doce años en la costa; cómo había observado a Lucía, cómo había impreso cada línea de su cuerpo en su memoria. Bajo esa chaqueta a medida, Beatriz sería precisamente como Lucía: la flexibilidad juvenil madurada de manera conmovedora por pequeñas imperfecciones aquí y allá. Un cuerpo sano lleno de gracia inconsciente.

—No tenías miedo hace un momento —dijo ella—. Yo sí lo tenía.

Le resultó fácil responder a ese comentario con una mentira.

—Solía tener demasiado miedo por todo, pero eso fue hace tiempo.

—Cantas bien.

—Es solo una imitación.

Elevó un poco la cabeza y allí estaba: mientras él estaba sentado frente a ella en la mesa plegable de Formica, sentía como si se estuviera viendo a sí mismo. A menudo tenía la misma sensación en su celda: se veía a sí mismo sentado ante la vista de su mente, generalmente rodeado de una luz gris, con el rostro apretado en una expresión rígida.

—¿Por qué te estás riendo? —dijo ella.

—Me estoy riendo de mí mismo.

—Hablé con René Lafarge.

—Ese belga, ¿verdad? Un párroco, ¿no es así? No soy un amante de los sacerdotes. Ni siquiera soy creyente.

—René apoya a los pobres. Nos ayudará a tratar de encontrar un apartamento para ti lo antes posible.

—¿A quiénes?

—Lafarge y amigos de la universidad.

—¿Amigos de la Resistencia? —preguntó él de manera directa—. ¿Indignados?

Ella encogió los hombros.

—Si quieres verlo así. Cristóbal trata de ayudar a la mayor cantidad de personas posible. Debido a los institutos culturales conectados a la universidad, puede hacer más de lo que imaginarías, así que...

—Vamos, Beatriz —la interrumpió—. Puedes confiar en mí. Cuéntame la verdad.

—Sé muy poco sobre la resistencia. Cristóbal es bastante discreto. —Era una mentira piadosa. Bebió un poco de su vino.

Asintió con la cabeza, pero la miró con diversión.

—De acuerdo, sabes casi nada, mensaje entendido. Me abstendré de pedir más información. —Cambió bruscamente de tema—. ¿Volvió tu exmarido después de que me fui de tu casa?

—No. Pero eso solo significa que está esperando una mejor oportunidad.

—¿Le gusta la música?

¿Qué pregunta tan extraña era esa?

—Amaba a Frank Sinatra.

—Frank Sinatra. ¿Y a quién amas tú?

—¿A qué te refieres?

—¿Qué música?

—La de Víctor Pérez.

—De Víctor Pérez. Todos aman a Víctor Pérez. —Alejandro sirvió otra generosa cantidad de vino—. ¿Por qué has venido? Sé que no tienes nada que buscar aquí, y tú también lo sabes.

La miró con tanta astucia que ella se rió.

—Me sentía sola.

—Puedes elegir mejores amigos que yo. Confiables.

—Me apetecía escuchar música.

—Entonces ve a la discoteca.
—Quería escucharte tocar la guitarra.
—¿Una canción de Pérez, tal vez?
—¿Por qué no? —dijo ella con desenfado—. Tú eras el guitarrista principal en su banda. —La situación era más complicada de lo que había imaginado. Hoy, él parecía diferente, como si hubiera olvidado las miradas hambrientas que le había lanzado el día anterior.

Alejandro encogió los hombros, agarró su guitarra, tocó un acorde, produjo un sonido bajo y resonante. La miró por debajo de las cejas; parecía condescendiente.

—Cristóbal debe haberte contado algunas cosas —dijo él—. Fui profesor en el Instituto de Extensión Musical. También fui el guitarrista de Aconcagua. Y fui amigo de Víctor Pérez, al menos, todos decían eso. —Comenzó a rasguear la guitarra con una melodía errática—. Pero ahora ya no soy nada de eso. Ahora, soy un exconvicto. Diez años en La Última Cena me convirtieron en un preso. También me convertí en un proxeneta. Las mujeres con piel delicada como la tuya prefieren dar la vuelta a la esquina cuando me ven acercarme. Huelo como una cabra. —Hizo una mueca graciosa y agitó la cabeza como un caballo en un prado.

—¿Qué debo creer de este inventario?

—Lo peor. —Cambió a un ritmo vibrante y cantó sin errores la primera estrofa de *Réquiem para Carmencita*, la famosa canción que Pérez escribió para su hija pequeña.

Trece años antes, el padre de Beatriz la obligó a participar en una conspiración de mujeres que querían dar un concierto de abucheos durante una actuación del grupo de Víctor Pérez, Aconcagua. El concierto se organizó en beneficio del Gobierno del Pueblo, que ya estaba tambaleándose. Dos días antes del concierto, Beatriz inteligentemente se hizo la enferma. La emisora nacional de radio y televisión transmitió la actuación. Sus padres no le permitieron verlo. Escuchó fragmentos de canciones nostálgicas en la radio durante momentos en que las masas de mujeres agotadas de abuchear jadeaban por falta de aire. Los apretados redobles de tambor y el tenue e inquietante sonido de la quena la fascinaron. Fue la primera vez que escuchó música folklórica de Terreno y quedó impresionada por el lamento de la flauta de montaña. En casa, escuchaban a Bach y Händel; a veces, era el turno de Julio Iglesias. Ella era adicta a las canciones de John Travolta y le hubiera gustado ver su película *Vaselina*. Después de ese mutilado concierto de radio, se había familiarizado lentamente con la poesía de Pérez.

La calle, Carmencita, es tu pista de baile.
La calle que nunca duerme,
y confunde el amor con el dinero.
Tus pies están hinchados, Carmencita,
te envuelves, tus brazos son cuerdas.
Esa es la calle donde cada cama
está al borde del abismo.

—Réquiem para Carmencita —dijo ella.
Él asintió.
—Esa canción ya es vieja. No pensé que estarías familiarizada con ella. —Era un hombre triste, sin importar cuánto intentara ocultarlo bajo sus maneras. Ella sonrió y sacudió su cabello. Sabía lo exuberante que era. Tomó su mano, pequeña y robusta con dedos bien formados y uñas sucias. Su piel era áspera—. La cantas hermosamente. Casi tan hermosamente como Pérez mismo.

Su mano en la suya se apretó. Por un momento, Beatriz tuvo la impresión de que la iba a retirar. Pero él volvió a encogerse de hombros y vertió el último vino que quedaba con su mano libre.

—¿Fue tan malo en la prisión?
—Nada que no pueda olvidar.

—¿Y cómo vas a olvidar?

—Saliendo de Terreno —respondió él—. Necesito dinero para salir de este desagradable pedazo de tierra, atrapado entre las montañas y el mar. —Se rió, lleno de autodesprecio—. La Última Cena me hizo pensar en este país como una prisión. Tuve que mantener a raya a todos, a los violadores, a los sádicos, a los lunáticos. Fingí que estaba aún más loco que ellos. Cantaba canciones sobre putas de la calle en la sala de comidas. Los guardias se reían a carcajadas. Si las tensiones se disparaban porque otro prisionero se volvía loco y lo golpeaban hasta dejarlo hecho papilla, yo hacía el payaso. Y por la noche, en mis sueños, daba el concierto más hermoso que Aconcagua jamás había realizado en Londres. Cuando despertaba, podía oler el aroma de fish and chips en Hyde Park en mi celda.

Levantó su vaso:

—¡Salud! —Lo vació de un trago y tomó de debajo de su cama el charango, una pequeña guitarra hecha del caparazón de un armadillo. Tocó algunos acordes. Beatriz se inclinó hacia él—: Ahora recuerdo. En la radio. Cuando Aconcagua se presentaba, el sonido del charango sonaba tan doloroso y a la vez fascinante. Eso eras tú.

—Aconcagua —dijo, apartando la mirada—. El Centinela de Piedra, la montaña más alta del hemisferio occidental, allá arriba en los altos y poderosos Andes. Pensábamos que éramos gigantes, pero los gigantes tenían pies de barro. El gobierno torturó a Víctor hasta la muerte. He estado en prisión durante diez años. Andrés y Mauricio, los otros miembros del grupo, han sido reportados como «desaparecidos», lo que significa que los arrojaron a una pila de cadáveres anónimos.

—¿Nunca volverás a tocar en público?

—No —dijo. Se rió—. O sí. Ayer, cuando ese jeep casi me atropella, te di una serenata, ¿verdad?

—Una hermosa...

—¿Sabes por qué lo hice?

—No —dijo ella, sabiendo muy bien por qué.

—Porque te pareces a la esposa de Víctor, Lucía, de quien estaba perdidamente y secretamente enamorado.

En el silencio que se produjo entre ellos, se dio cuenta de que no había esperado este tipo de incomodidad entre ellos.

—Siempre puedes escribir nuevas canciones. —Mantuvo su mirada en su guitarra.

—Oh, ¿sobre qué entonces?

—Sobre los desaparecidos y sus madres que vigilan frente al palacio del General Pelarón hasta que la policía las aleja. A la mañana siguiente, regresan.

—Si hago eso, me silenciarán para siempre esta vez.

—¿Crees? Grandes cambios están en marcha. La futura enmienda de la constitución es solo uno de ellos. El pueblo está en movimiento, Alejandro. —¿No sonaba esto demasiado panfletario? Añadió rápidamente—: Estuve en una manifestación de protesta con René en la plaza del gobierno hace menos de una semana. Los manifestantes estaban cantando canciones de Aconcagua.

¿Por qué se preocupaba tanto? ¿Pintaba el futuro tan brillante para darle coraje? La manifestación se había convertido en una pesadilla, sin importar cuán poético hubiera sido el comienzo.

—¡Adelante, madres, hacia el pico del lagarto! —había gritado una anciana india de los Andes, el tipo de mujer con lenguaje florido y anticuado que aún parecía fuera de lugar en las calles de Valtiago. Hombro a hombro, ella y René habían caminado con los manifestantes hacia el palacio del gobierno.

Finalmente, la gente se había vuelto combativa. Y ella desempeñó un papel en ello, tal como había soñado que lo haría. Se rió de René y él le puso el brazo alrededor del hombro por un momento, tamborileando juntos mientras eran llevados por la multitud que avanzaba. Luego, inesperadamente, entraron en acción los cañones de agua. El golpeteo de las mangueras de agua se perdió entre los gritos. Un cañón de agua apareció frente a ella, una gigantesca iguana de hierro, siseando y escupiendo. El mundo se desvaneció en torbellinos de agua. Un rayo punzante de agua le rozó. Ella cayó, con la respiración cortada por un frío húmedo y hormigueante. Lafarge la levantó de la calle. La alejó mientras ella miraba a una mujer de mediana edad que recibió el chorro de agua en el pecho. La fuerza del agua la estrelló contra una farola. En lugar del nombre de su hijo desaparecido, le salió sangre por la boca. René salvó a Beatriz del caos de la masa en fuga.

Su viejo Citroën estaba lleno de personas cuando escaparon. Todo lo que Beatriz recordaba de ese viaje era que René aceleró el motor demasiado.

—Estaban cantando, chico, oh, chico —dijo Alejandro sacudiendo la cabeza como si ella hubiera contado un buen chiste.

—La junta está menos asegurada en la silla de lo que estaba hace un año.

—La junta se ha vuelto perezosa porque está tan firmemente asegurada —respondió él sarcásticamente—. Se necesita más que unas cuantas madres asustadas frente al palacio del gobierno para hacer tambalear a los generales.

— Hablas como mi padre —dijo ella, entre la perplejidad y la ira—. Te burlas de mí porque piensas que soy una mujer a la que necesitas simplificar todo.

Su asombro le pareció sincero:

—¿Qué quieres decir con «simplificar»?

—La junta se ha vuelto perezosa porque está tan firmemente asegurada —ironizó ella—. Esto no es cierto, y lo sabes lo suficientemente bien: la junta está bajo presión del extranjero, y de América en particular, para darle a Terreno al menos un matiz democrático. Nosotros podemos beneficiarnos de esto. Es un comienzo.

— Te lo pregunto de nuevo: ¿quiénes son *nosotros*?

Ella comenzó a reír.

—Probablemente me ves como una mujer mimada que coquetea con la imagen romántica y viril del guerrillero.

René Lafarge le había contado que, en los barrios de clase media, que ahora estaban en crisis debido a la alta inflación y la desafortunada situación económica, ciertas mujeres tenían estos impulsos compulsivos.

Alejandro parecía insultado.

—¿Cómo me estás simplificando ahora? ¿Como el guitarrista de un grupo comprometido que ha estado en prisión como mártir del pueblo?

Ella anudó su chaqueta con dedos entumecidos.

—Habría sido mejor si no hubiera venido —dijo con rigidez.

—¿Qué te trajo aquí? ¿Tus sueños románticos? ¿O viniste porque soy tan gracioso? —Se levantó enojado—. ¿Tienes idea de lo que me estás haciendo? Por tu culpa hablo del pasado después de haberlo bloqueado durante diez años para sobrevivir. ¿Por qué debería volver a ese infierno emocional? No fui tu hermoso cantante. Ese fue Víctor; yo no canté las canciones que cautivaron tanto tu corazón.

De repente, Beatriz se sintió tranquila y decidida. A través de esta mezcla de intenciones malentendidas de ambos lados, él le había mostrado una parte angustiada de sí mismo que la conmovió.

Se levantó y se inclinó hacia su oído derecho.

—Tienes una voz hermosa. Es mejor que cantes a partir de ahora en lugar de quejarte.

Una ráfaga de viento de montaña se precipitó por la porqueriza cuando ella lo besó. Las endebles paredes temblaron; le siguió un golpe atronador. El ruido empeoró, un crujido y golpeteo que ahogó sin esfuerzo al viento. El suelo temblaba. Las inestables paredes a su alrededor se tambalearon.

—Un terremoto. —Él la empujó—. Fuera.

Ella tropezó. Alejandro la arrastró consigo. La tierra volvió a temblar, esta vez con más violencia. El viento quejumbroso enhebró los golpes gigantes. Afuera, Beatriz se quedó involuntariamente inmóvil. Docenas de barracas, construidas sobre pilotes debido a los grandes charcos de barro en los callejones, cayeron con un grotesco movimiento de cuclillas en su dirección. Vio a personas caer de las cajas deterioradas, distorsionadas como si el viento las estuviera aplastando. El polvo cubrió la devastación con un velo amarillo-marrón. El suelo se convirtió en una alfombra rodante bajo sus pies que le impedía mantenerse en pie. Ella cayó. Un trozo de placa de piedra rota la golpeó con fuerza en la espalda. Una vez más, el viento azotó el vecindario y tumbó las chozas como si fueran cañas. Alejandro gritó algo. Ella no pudo entenderlo, no lo vio a través del polvo y los escombros. Permaneció en el suelo, con los dedos presionados en el barro debajo de ella.

Empezó a llover.

8

Un viejo colchón empapado quedó atascado como una gigantesca lengua descolorida entre los fragmentos de una casa. Beatriz tiró de él. Si pudiera llevarlo a algún refugio, habría una persona menos herida en el barro. La cosa era demasiado pesada. Llamó a Alejandro. Él la agarró del brazo y le hizo un gesto en silencio.

Detrás del colchón yacía el cadáver aplastado de un niño. Beatriz apartó mechones húmedos de pelo de sus ojos y se dio la vuelta. El desastre había borrado más de un tercio de la porqueriza hasta donde alcanzaba su vista.

—Ve a buscar ayuda —dijo ella.

Se inclinó, agarró al niño muerto, un niño de unos diez años, y lo sacó de entre los escombros. Una mujer pequeña la apartó, tomó el cadáver de sus manos y comenzó a sollozar, abrazando al niño muerto con fuerza.

Horas después, se sintió exhausta. Solo ahora los servicios de emergencia estaban más o menos organizados.

Mientras ayudaba a recuperar los cuerpos de desconocidos de entre los escombros, perdió de vista a Alejandro. Ahora se apartó de la carnicería. Ya no podía soportar toda esa mutilación y muerte.

Se quedó allí, mirando las montañas a lo lejos. Luego vio a Alejandro acercarse en la luz desigual de las lámparas de ferrocarril cerca del distrito de Canela, que, después de muchas disputas, finalmente se encendió a plena potencia. Caminaba un poco inseguro y agitaba una botella de pisco en su dirección.

Más cerca de ella, le lanzó una mirada astuta, con el mentón ligeramente levantado, los labios plegados con un extraño orgullo.

—Qué valiente eres —fue todo lo que dijo él. Le dio la botella; ella dio un trago—. El gran Centinela de Piedra tiene un montón de aperitivos detrás de los dientes. —La forma en que lo dijo fue maliciosa.

—¿Es esa tu forma de describir esto?

—¿Cómo lo describiría de otra manera, mamita? Eso es lo que somos, ¿verdad? Aperitivos para los eternos Andes. —Le tendió la botella de nuevo. Juron sacudió la cabeza. Su mirada barrió la devastada barriada—. Los pobres desgraciados. Aconcagua interpretó canciones sobre los mendigos de este país, pero nunca soñé que me convertiría en uno de ellos. Ahora no me queda nada, y aun así no puedo sentirme como uno de ellos. Mi choza está hecha un desastre. ¿A dónde debo ir? ¿Podré sentirme como un verdadero mendigo ahora? ¿Como una rata perdida, igual que ellos?

Ella tomó una decisión.

—Tu casa ha desaparecido, Alejandro, pero la mía todavía está en pie.

9

Él se quedó desnudo junto a su cama y cubrió su miembro con las manos cuando ella salió del baño y rápidamente se acostó debajo de las sábanas. Ese baño al lado del dormitorio había sido el refugio de Manuel. Después del sexo, siempre se apresuraba a entrar allí mientras ella se quedaba en la cama, mirando el techo. Una vez lo había sorprendido en el baño, mirándose en el espejo y admirando sus músculos de los hombros. En ese momento, no le había parecido gracioso, pero ahora que veía el cuerpo sinuoso de Alejandro, de pie junto a la cama, totalmente diferente de los músculos cubiertos de grasa de Manuel, esa imagen de su exmarido volvió a su mente y tuvo que reír.

—¿Por qué te ríes?

—Nada. Vamos, Alejandro, no te quedes ahí de pie.

Él obedeció. Sus dedos de los pies estaban fríos. Puso su rostro en la cavidad entre su hombro y cuello y olió el aroma de su piel.

—Tal vez no cumpla con tus expectativas —susurró él.

—¿Por qué no?

—¿Cómo crees que sacié a la bestia que hay en mí en

prisión? En completa soledad, por supuesto. Eso va en detrimento de la técnica y la resistencia.

—¡Bobadas! —Tiró de su pelo juguetonamente—. ¿Crees que está mal que estemos acostados aquí?

—Sí —dijo él—. Después de todo, todavía estás casada.

—No, quiero decir, después de lo que pasó hace un rato. Los muertos, los heridos...

—¿Te está enseñando este cura, este René, a pensar así?

—¿Qué quieres decir?

—En prisión, de vez en cuando me visitaba un capellán. Tenía que renunciar a mis pecados, mostrar arrepentimiento. Entonces, todo estaría bien de nuevo. El hombre era viejo y medio sordo. Le dije cientos de veces que los jesuitas me habían criado hasta los diecisiete, pero seguía preguntándome si era comunista. Eso habría sido un pecado mortal para un hombre tan amable como él veía en mi interior. Estoy seguro de que era bastante miope.

—René no es así.

—Entonces no tienes por qué sentirte mal. No soy un gran fanático de la culpa; otros se aprovechan demasiado de ella.

Rozó sus labios a lo largo de su cuello. Sintió la sensación en sus dedos de los pies. Se rió.

—Tal vez deberíamos ponernos de acuerdo en un precio simbólico. Me sentiré como en casa. Funcionará maravillas para mi líbido. —La apretó con sus brazos y piernas de una manera tan tierna que ella solo pudo reír.

—Hmm. No tengo la impresión de que estés particularmente incómodo ahora, ni siquiera sin un pago.

—Lo que sientes es solo una ilusión —murmuró. Su boca se deslizó sobre su pezón derecho, pero su voz era grave.

Ella agarró su cabeza y lo obligó a mirarla.

—¿Crees que esto está bien?

—Sí —dijo—. Nos estamos abrazando, Beatriz. ¿Qué más podemos hacer?

René Lafarge podría haber dicho algo similar, pensó. El cuerpo de Juron ya le parecía familiar, pero no lograba entender su mente. Recordó la dominación de Manuel, empujó a Alejandro hacia las almohadas y se montó sobre él.

—Mi esposo pensaba que era todo un macho.

—¿Y lo era?

Ella se rió. Una repentina sensación de victoria aumentó su emoción.

—Él creía que sí. —Se inclinó sobre el pecho casi sin pelo de Juron y chupó un pezón. Él trató de apartarla torpemente.

—Oh no, Beatriz, ¡no puedo soportarlo! ¡Me hace cosquillas!

—Vamos, Alejandro. Un semental de Terreno de tu calibre puede soportar unos cuantos voltios.

Se rió casi como una chica y apartó su boca de sus pezones.

—Mi madre también hacía eso cuando yo era pequeño. Los indios Mapuche creen que los hombres entenderán mejor el alma de una mujer si se les chupan los pezones cuando son niños. Así es como la madre sopla el alma femenina en el varón para que, de adulto, tenga un alma gemela. Solo entonces podrá ver lo que es la verdadera belleza. Y la madre tiene que comenzar a succionar cuando el bebé aún es muy joven, de lo contrario...

—Quiero saber todo acerca de ti, Alejandro Juron, incluyendo tus sensibles pezones. Pero no ahora. Acércate a mí.

Él guardó silencio por un momento.

—No es fácil —susurró él—. Cada centímetro de mi vientre está cubierto por tu vientre.

—Todavía tenemos una manera.

10

Tenía un aspecto travieso y tierno a la luz de la mañana, con su pequeña nariz sobre el bigote recortado. Beatriz se había dado cuenta de que su cabeza rara vez permanecía inmóvil cuando estaba despierto. Tenía el labio inferior un poco hinchado, lo que le daba un aire de niño inocente de diez años. Sus dientecillos eran un poco ambiguos, lo que le hacía parecer que iba a llorar o a enfadarse. Pero, por otra parte, su barbilla redonda y sus delicados rasgos faciales le hacían atractivo. Beatriz se tumbó cerca de él y le acarició los muslos. Sintió que su piel era sorprendentemente suave. Su entrepierna era la más delicada de todas, un lugar cálido y variado que le recordó la suavidad de Bulo, el labrador que su padre le había comprado cuando era pequeña.

En su medio sueño, su pene empezó a crecer. Beatriz apretó un poco más el agarre. El teléfono sonó justo cuando él le echaba un brazo por encima del hombro. Apretó sus pechos contra él y acercó aún más su cuerpo. Las piernas de él se abrieron para que ella las acariciara suavemente. Había tocado así a Bulo cuando estaba tumbado boca arriba, moviendo la cola, indefenso cuando su mano se deslizó sobre su vientre.

El zumbido no cesaba. ¿Sería que Manuel se había enterado de que estaba en casa con un hombre?

—Tengo que contestar.

Murmuró algo incomprensible. Beatriz se levantó de la cama y miró hacia atrás, con la esperanza de que dejara de sonar. Lo vio mirándola. Automáticamente enderezó la espalda, bajó al salón y descolgó el auricular

—¿Beatriz?

Respiró hondo.

—Sí, René.

—Beatriz —dijo el sacerdote belga—, necesito tu ayuda. La gente está trayendo a los heridos de la pocilga a la iglesia. Los servicios de emergencia simplemente los han ignorado. Sé que ayudaste mucho anoche, pero necesitamos a todos los que estén dispuestos a ayudar. ¿Puedes venir?

—Ya voy —dijo Beatriz—. Llamaré a la universidad y preguntaré si alguien más quiere venir también. Y llevaré a Alejandro conmigo.

René guardó silencio un momento.

—Bien. Gracias, Beatriz.

La forma en que pronunció su nombre le hizo pensar que sospechaba que Alejandro yacía en su cama.

Y que estaba celoso.

LA DUDA DE UN SACERDOTE

1

René estaba de pie frente al altar. Detrás estaba la enorme cruz en la que un Cristo de piel morena dirigía al cielo sus ojos fuertemente acentuados. Debajo de la cruz estaba la Virgen Madre, de pelo negro, sobre su palio. Llevaba una corona y un manto de encaje blanco decorado con brocados dorados. La Virgen tenía los ojos bajos, lo que le daba una expresión amarga. La luz de la mañana entra por las vidrieras que representan a los doce discípulos. Sus colores eran pálidos.

René se dirigió al crucifijo:

—Gracias por demostrar una vez más que la desgracia es una necesidad para los pobres, sin duda para promover su desarrollo espiritual —dijo con voz apagada. El frío húmedo de la iglesia distaba mucho de ser óptimo para los heridos detrás del altar. Pocas horas después de que los servicios de emergencia hubieran abandonado Canela, la procesión de pobres piojos de la pocilga, desatendida por los servicios de rescate, empezó a entrar en la iglesia. René les ofreció cobijo. Había llamado a amigos y les había preguntado si podían recoger medicinas y comida. Hasta que no aparecieron, no pudo hacer gran cosa.

Las personas con sangre india poblaban el veinte por ciento de la barriada. Durante siglos, los predecesores de René habían intentado vencer la fe de los nativos andinos. Por fin lo habían conseguido mediante una combinación de violencia, adoctrinamiento y rituales que habían adoptado -y adaptado- de los indios. Los sacerdotes fueron lo bastantes listos como para atraer a los indios lejos de las laderas de sus montañas. Intuían que su dios crucificado y una virgen no podían competir con los siglos que los miraban desde arriba. Pero incluso después de intensas masacres y deportaciones, las montañas siguieron siendo territorio indio. A mediados de los setenta, la flamante junta les había obligado a trabajar en las minas. En apenas cuatro años, los mineros desecaron las montañas cercanas a Valtiago.

Asesores estadounidenses localizaron nuevos yacimientos mineros más arriba en los Andes. Las tribus indígenas que habían trabajado en las minas agotadas fueron despedidas y obligadas a vivir en barrios marginales, aisladas de sus raíces culturales y dependientes del alcohol y las drogas.

Ya no volvían los ojos a las laderas de las montañas donde vivían los espíritus de sus antepasados y en cuyo suelo sus padres habían enterrado sus cordones umbilicales, según la antigua costumbre. Ahora sólo veían la podredumbre delante de sus pies, olvidando la misteriosa majestuosidad que había sobre sus cabezas, para concentrarse en sobrevivir hasta el día siguiente.

En sus sermones, René hablaba poco de Dios y prefería recordarles a sus antepasados y su cultura. Tenía voz para ello: melódica, pesada, emotiva. El cura proporcionaba comida y ropa a través de todo tipo de instituciones de Europa. Convenció a los ancianos para que volvieran a las montañas a vivir de nuevo de los rendimientos de sus campos de judías. Sin embargo, los jóvenes, que eran el blanco ideal del creciente tráfico de drogas, se quedaron.

Dos fuertes estallidos resonaron en el porche de la iglesia. En el suelo, alrededor de René, los heridos apenas se movían. Tres jóvenes estaban de pie en la penumbra del portal de la iglesia. El primero apuntaba al sacerdote con una pistola con la que había disparado al aire. Llevaban el rostro cubierto con pañuelos.

—Queremos dinero, padre —dijo el primero—. Somos peligrosos. Queremos el dinero que usted ha recaudado.

René echó la cabeza hacia atrás. En pocos pasos, se plantó frente a ellos, con las palmas de las manos vueltas hacia fuera.

—¿Quieren dinero? Vayan a pedir dinero a la plaza frente al edificio del gobierno. ¿Quieren comida? Pueden conseguirla. ¿Quieren drogas o licor? Eso no lo consiguen por la sencilla razón de que yo no tengo esas cosas. —Apretó los labios—. ¿Quieren disparar? Pues dispara.

El primer chico le apuntó con la pistola. René apartó el arma.

—Vete —dijo sin rastro de desprecio—. De momento no puedo darte nada. Marchaos y volved como hombres de verdad. Entonces podréis ayudarme a aliviar el sufrimiento de esta pobre gente.

Los jóvenes eran miembros de una de las muchas bandas callejeras de la pocilga. Se miraron unos a otros, se dieron la vuelta y salieron, mirándole por encima del hombro.

Mirándolos a la espalda, René sintió un recuerdo inesperado y doloroso: dieciséis años antes, siendo un joven e inquieto sacerdote en la ciudad belga de Charleroi, había visitado una tarde a una mujer divorciada con dos hijos, asidua a la iglesia que lo estaba pasando mal. Era pequeña, tenía ojos grandes y tristes y gestos vivaces, que delataban su origen español.

Hablaron durante horas. Finalmente, René le confiesa que ya no puede con la Iglesia. Ya no sabía cómo enfrentarse a sí mismo, a su sacerdocio y a Dios. Ella le escucha mientras intenta desentrañar su vida.

Quédate conmigo esta noche, había dicho la joven cuando él ya no sabía qué decir. *Puedes quedarte esta noche.*

Ella estaba sentada a su lado; él podía sentir su calor mientras miraba sus zapatos con la cabeza entre las manos. Ella sería buena para él; así de simple. Pero toda esta confusión, esta incapacidad, este deseo. Se sentó congelado en el sofá hasta que susurró que tenía que irse; ya era muy tarde, demasiado tarde.

El sacerdote se volvió hacia el altar y miró la estatua de Cristo. Lafarge había tardado bastante en acostumbrarse al romanticismo azucarado que irradiaba. «Ya no recuerdo quién soy, pensó. Soy un desplazado, igual que esos jóvenes desgraciados, igual que tú».

De su amor a Dios sólo había quedado un sentimiento de incapacidad; de su amor humano, sólo dolor y confusión. De todas las personas a las que había pedido ayuda aquella mañana, Beatriz había sido la última.

—¡Los huevos! —gritó una voz chillona detrás de él. René se dio la vuelta. Un loro había entrado volando en la iglesia, pálido, delgado y nervioso, cacareando *¡Los huevos!* El animal se posó en el altar y miró a René con la cabeza ladeada, receloso y suplicante al mismo tiempo.

René suspiró:

—Si éste es tu mensajero, Dios, al menos podrías haberle enseñado un español correcto. Si el tema tiene que ser «testículos», *cojones* suena mucho más civilizado que *huevos*, ¿no?

2

René estrechó la mano de Alejandro.
—Alejandro Jurón —dijo el sacerdote—. Soy un admirador de la música de Aconcagua. Tu amigo Víctor era un gran hombre. Junto con sacerdotes terrenos, intenté mediar después de que lo encerraran con su familia en el estadio...
El belga negó con la cabeza. Calló al darse cuenta de que sus palabras habían caído en el terreno equivocado. Pudo verlo por la forma en que el hombre que tenía delante bajó los ojos. Juron se dio la vuelta y miró a los silenciosos heridos de la iglesia. Beatriz miró a Alejandro. René lo notó y sintió irritación. ¿Qué dedos largos había pisado?
El otro hombre del pequeño grupo de Beatriz tenía la complexión de un luchador. Medía por lo menos un metro noventa. Sus hombros y su cuello eran especialmente impresionantes. Su ancha cabeza mostraba rasgos africoides, pero sus ojos eran sorprendentemente claros.
—Traje a João Pereira del Instituto de Extensión Musical —dijo Beatriz—. También he llamado a Cristóbal Vial. Intentará reunir a más gente, pero ya sabes que la universidad estará

cerrada otras dos semanas. —João tendió una mano enorme a René.

—He oído hablar mucho de ti —dijo René. El muralista João Pereira era conocido en todo Terreno por la alegría de vivir que irradiaban sus coloridas pinturas. Se mantenía alejado de la política y la Junta lo consideraba inofensivo. Había autorizado a João a dirigir una aldea artística en los Andes, financiada por una organización estadounidense.

La aldea recibió el idílico nombre de La Paloma y estaba cerca del observatorio que los americanos habían construido en las montañas para aprovechar las claras noches terrenas. La Paloma se había convertido rápidamente en una parada para los turistas que querían fotografiar el observatorio.

René se volvió hacia Beatriz. Alejandro parecía seguir inspeccionando la iglesia. Su espalda irradiaba rechazo.

—Es una pena que Cristóbal no haya podido hacer más. Por lo demás, es tan servicial.

Beatriz frunció los labios. No estaba acostumbrada al sarcasmo del sacerdote belga. René era amigo de Cristóbal desde hacía muchos años. A menudo bombardeaba al bibliotecario con atrevidos proyectos culturales que criticaban la situación del país, de forma sutil o abierta. Cristóbal solía ser diplomático cuando torpedeaba las propuestas malintencionadas de René.

—Creo que Cristóbal se ha vuelto más cuidadoso. —Se ríe João.

—Si Cristóbal oyera eso, le daría un ataque de tos —replicó René, intentando despejar el ambiente con una broma. Cristóbal era conocido por su tos furiosa cuando no estaba de acuerdo con algo, pero no podía decirlo abiertamente. El cura se dio cuenta de que Beatriz y Alejandro se habían alejado. Se quedaron un poco más lejos, en la nave principal. Alejandro le dijo algo, unas palabras que Lafarge no pudo captar.

—¿Empezamos? —preguntó René un poco más alto de lo

necesario. Mientras se acercaban, tuvo la desagradable sensación de que Alejandro le miraba mal—. He podido conseguir paquetes de comida de la diócesis —continuó—. ¿Podrías llevarlos a la iglesia con tu Land Rover, Beatriz? Los paquetes están esperando en la sede de la diócesis, en la calle Valdivieso.

Poco después, Beatriz se había marchado, y João y Alejandro estaban ocupados con los niños. Algunos estaban gravemente heridos. Lafarge había hecho lo que había podido, pero se necesitaba urgentemente material médico y medicamentos. Llamó varias veces a los servicios de emergencia, pero no apareció nadie.

Los niños que aún podían andar deambulaban por la iglesia o se sentaban tranquilamente en un rincón. René vio a Alejandro arrodillado ante una niña que se había metido en un confesionario. Le dijo algo. Poco después, la chica levantó su rostro angustiado. El sacerdote vio cómo Alejandro cogía a la niña en brazos y la acunaba.

De repente, un grupo de soldados entró en la iglesia con sus armas, listos para disparar. Los soldados se dispersan. El capitán se acercó a René.

Por el rabillo del ojo, René vio cómo Alejandro dejaba a la niña en el suelo bruscamente antes de retirarse al altar, arrodillarse y fingir que estaba absorto en la oración. La niña abandonada empezó a llorar de nuevo.

—¿René Lafarge? —dijo el oficial, colocándose frente al sacerdote.

—Presente —respondió René sin inmutarse.

El capitán enarcó una ceja.

—Nos han informado de que habitantes delincuentes de la población han buscado refugio en la iglesia. Entre ellos hay unos cuantos narcotraficantes notorios a los que seguimos la pista desde hace tiempo.

—Eso son tonterías —dijo René—. Lo que tenemos aquí,

mi lugarteniente, es gente a la que los servicios de emergencia no se preocuparon lo suficiente de rescatar, gente que se atrevió a hablar en contra de su gobierno.

El hombrecillo empujó el pecho de René con la palma de la mano derecha. Fue un gesto despiadado, alimentado por la deliberada mala interpretación que René hizo de su rango. El sacerdote, de complexión corpulenta, apenas dio un paso atrás. René, en el fondo un hombre feroz y orgulloso, estuvo a punto de levantar el puño. El oficial lo estaba esperando, como se veía claramente en sus ojos.

—Me han advertido de que es usted un sacerdote que «interpreta» las enseñanzas de nuestra Santa Madre la Iglesia con bastante despreocupación. Ya se le ha reprochado antes por actividades incendiarias. Eres europeo y sacerdote; por lo tanto, crees que estás por encima de nuestras leyes. Tienes que empezar a creer de otra manera, René Lafarge. —Hizo una señal a sus soldados—: Llévenselos a todos.

—No puedes hacer eso —dijo René—. Algunas de estas personas están gravemente heridas.

—Te lo diré por última vez, Lafarge: seguimos órdenes de alto nivel. —El capitán sonrió; sus ojos bajo el kepi eran provocativos.

Los soldados se llevaron a los heridos. Los niños fueron agrupados y expulsados de la iglesia. João Pereira siguió curando las sienes febriles de una mujer hasta que un soldado intentó ponerle en pie. João se encogió de hombros y el soldado casi se cae. El pintor miró hacia atrás, sus ojos pálidos completamente inocentes. Se levantó. El soldado dio un paso atrás e indicó con su arma que el mestizo debía retirarse. Alejandro también se había levantado. Respiraba con dificultad, como si fuera a desmayarse en cualquier momento.

—No —dijo cuando uno de los soldados se le acercó—. A mí no. No les pertenezco. No soy residente de...

—Esos dos forman parte de mi tripulación —dijo René,

frunciendo el ceño hacia Alejandro—. Son hermanos laicos de mi parroquia.

El capitán asintió al soldado, que dio media vuelta y se alejó. El loro asomó la cabeza fuera del confesionario y gritó con su estridente voz de eco:

—¡Las güevas! —Sobresaltado, un joven soldado se dio la vuelta y disparó. Los disparos retumbaron en toda la iglesia. El pájaro voló y describió agitados círculos graznando. El capitán se quedó mirándolo.

—Disparos en mi iglesia —dijo René Lafarge, que vio una oportunidad—. Eso seguramente...

—¡Silencio! —gruñó el capitán. Miró furioso al soldado que había disparado.

—Debe abandonar mi iglesia —continuó René con decisión—. Mi obispo no tomará a la ligera los disparos efectuados en la casa de Dios. —Sabía lo mucho que pesaría este argumento en el Terreno, católico a ultranza.

—Yo... —empezó el capitán.

—Te vas de mi iglesia —interrumpió René—. Ahora.

El capitán movió el hombro derecho como si fuera a golpear a Lafarge. El cura dio un paso adelante e hizo un gesto impertinente que, en este país de alta masculinidad, nadie toleraría. El capitán miró asombrado al belga, sacó su pistola y apuntó al cura. René vio cómo se le entrecerraban los ojos. Sus músculos abdominales se tensaron. El hombre que tenía delante tragó saliva visiblemente y luchó por contenerse.

—Por supuesto, padre —dijo, apenas audible—. En la casa de Dios, tú mandas. Pero no estás aquí todo el tiempo. —Se volvió hacia sus soldados—: El reverendo padre nos pide que tengamos la amabilidad de evacuar el templo de Dios más rápido, ¡así que hacedlo lo mejor que podáis!

Los soldados levantaron a los heridos con mucha más brusquedad que antes y los sacaron a la carrera.

—*Salaud* —dijo el sacerdote en su lengua materna valona—. *Sale salaud.*

El capitán sonrió; sus ojos no cambiaron de expresión: «ya llegará mi hora, hijo de puta...». Dio media vuelta y se alejó. Poco después, la iglesia estaba vacía.

René miró a su alrededor. El loro se posó de nuevo en el altar y se pavoneó arriba y abajo moviendo la cabeza de un lado a otro. El cura vio que Alejandro estaba sentado en un banco con las manos delante de la cara. João se amasaba la piel alrededor de los ojos con gesto cansado. René se acercó al altar, sacó una botella de vino de un cofre que había debajo y le dio un gran sorbo.

—Toma —dijo, tendiéndole la botella a Alejandro. El guitarrista evitó su mirada e hizo un gesto de desvío, se lo pensó dos veces y bebió. Justo en ese momento, Beatriz entró en la iglesia.

—¿Qué pasó?

Alejandro no contestó. Miró al cura. Mirando hacia atrás, René trató de adivinar si había hecho un amigo o un enemigo.

3

En el frescor de la noche, Alejandro se despertó al sentir que algo le oprimía la garganta. Dormida, Beatriz le había puesto el brazo izquierdo sobre el cuello. Con cuidado, se volvió hacia ella y le acarició el vientre. Si se quedaba con ella, la disociación en su mente y los diez años de estancia en la cárcel se desvanecerían poco a poco hasta parecer irreales. Y, con el tiempo, podría olvidar lo que había hecho.

Se arrepintió profundamente de haberla acompañado aquella mañana a la iglesia, donde había mostrado su cobardía cuando los soldados quisieron llevárselo. Beatriz había estado fuera en aquel momento, recogiendo paquetes de comida, pero René lo había visto; João lo había visto. Tarde o temprano, Beatriz se enteraría. Alejandro se preguntaba cuándo se lo contaría René y cómo reaccionaría ella.

Antes de ser encarcelado, había sido un músico un tanto hipócrita que defendía de boquilla la condición socialmente comprometida del grupo en el que tocaba. En su verdadera esencia, era un soñador que ansiaba fama y dinero. Se sintió herido y humillado cuando se dio cuenta de que podía componer música y aportar ideas para canciones, pero que escribir letras con verdadero contenido emocional se le escapaba. Víctor hizo girar entre sus dedos aquellas canciones, el cantante, el ídolo, el adivino.

En la oscuridad le vino el recuerdo de una noche, cuando tenía trece años. Su madre lo había llevado al monte, a la fiesta de los abuelos, un ritual indígena en Tierra Amarilla que ella quería investigar. Le había preguntado a Alejandro si se atrevería a participar y a contarle después qué había sentido. Eso acarició su vanidad. ¿A él? ¿Asustado de las tonterías de los indios? ¿Cómo era posible que su madre pensara así?

El fuego, azul claro contra el suelo rojo, arrastraba un manto de humo gris que persistía a pesar del viento. El humo hizo que los rostros de los muchachos indios se difuminaran alrededor del fuego. Juron se interpuso entre ellos. Un abuelo saltó de entre los arbustos, con su abrigo ondulando al calor del fuego, la capucha sobre la cabeza bien cerrada, la máscara para la cara representando un animal mítico. Una ancha correa con cascabeles colgaba cruzada sobre su pecho. Los cascabeles marcaban el ritmo de sus saltos salvajes; el golpe del látigo se balanceaba a su propio ritmo a través del rítmico repiqueteo. Toda la escena resultaba inquietantemente amenazadora.

El abuelo gritaba sus admoniciones en quechua con voz ronca. Aunque Alejandro no entendía la mayoría de las palabras, los sonidos guturales le hicieron huir con los demás de aquella vieja encarnación. Era un juego; por supuesto, sólo era un juego. Pero Alejandro había sentido movimiento en su alma: algo en él se había despertado cuando por primera vez había visto el símbolo que el anciano personificaba.

Aunque aún era joven, Alejandro se había vislumbrado a sí mismo en el fuego, un muchacho joven con una joroba de oscuridad que pesaba sobre su espalda. Había sentido tristeza en su interior, sin saber por qué.

Entrecerrando los ojos en la oscuridad, se tumbó junto a Beatriz con la mano en su vientre. En su mente aparecieron imágenes: las ancianas aymaras desdentadas que colgaban un cóndor cabeza abajo en un palo durante la fiesta de la Virgen Inmaculada; el huaso de pelo largo que se abalanzaba hacia el ave montado en su caballo y le daba puñetazos con la esperanza de matar a la bestia que aleteaba salvajemente, reclamando así el honor del jinete más audaz del pueblo; el reflejo de un niño aymara en cuclillas en un charco de barro, con los brazos enroscados alrededor de la cabeza.

Y luego los contornos de un rostro detrás de una lámpara brillante cuando le quitaron la venda de los ojos en una de las cámaras de tortura del estadio:

—Soy el capitán Astíz y voy a asegurarme de que te conozcas mejor a ti mismo.

Un hombre que había llegado a conocerse mejor sabía que no pertenecía a esta cama blanda con esta mujer bienintencionada.

Alejandro se levantó y se vistió. En la puerta, la miró: en la vaga luz del dormitorio, ella era sólo una silueta. Le lanzó un beso y bajó al salón, por donde entraba la luz del patio. Un minuto después, estaba en el jardín. Quiso orbitar la casa, pero permaneció inmóvil. La imagen del fuego indio que había rodeado volvió ante los ojos de su mente y se convirtió en la llama del mechero con el que el capitán Astíz había encendido su cigarrillo en la penumbra de la celda. Alejandro apartó el recuerdo y miró al cielo estrellado. Era una tontería buscar palabras para algo para lo que no las tenía.

Chirpy, chirpy, cheep,
soy un loro temeroso
mis colores al sol
brillan como un limón.
Mi pico es grande
ancho como el mundo,
pero todo lo que puedo hacer,

*crujir como un zapato viejo,
es chirriar, chirriar, chirriar.*

Alejandro seguía mirando las nubes que se precipitaban y la luna creciente. Acababa de dejar a alguien que podría haber disipado la amargura que había en él con su dulzura. ¿Qué más podía hacer para escribir por fin una canción desgarradora sin sus constantes burlas ácidas?
Chirpy, chirpy, choo.
—Alejandro. —Beatriz estaba en el patio en ropa interior, apartándose el pelo de la cara—. ¿Hacías lo mismo con tus putas? ¿Irte a mitad de la noche?
—No lo entiendes.
—Me temo que no.
—Mira el Aconcagua. —Señaló a los Andes. La luz de la luna rozaba la ladera de los dos picos que se alzaban justo por encima del barrio alto, de modo que la luz parecía gotear de ellos como leche—. Sólo el Centinela de Piedra era lo bastante alto para satisfacer mi ambición. ¿Y qué ha sido de él?
Ella no reaccionó. La luz del patio caía sobre su hombro, dorando su piel.
—Tendrías que haberme visto en la iglesia de tu amigo, temblando como una hoja por los soldados, gritando como una niña que no pertenecía a la banda de los barrios bajos.
—Es normal después de lo que has vivido.
—Sabía que dirías eso —dijo él—. Para mí, no es normal. Por fin tengo que enfrentarme a mí mismo: Soy un cobarde.
—Cristóbal me contó algunas cosas sobre tus días en prisión. Has vivido diez años en el infierno. Es hora de que te des cuenta de que no tienes que ser un héroe de cuento.
Su lógica le hizo enfadar. Mostró las palmas de las manos y dio un paso atrás.
—No se trata de eso. Cuando tocaba con Aconcagua, cantaba la segunda voz. Nuestras canciones hablaban de la

pobreza y la opresión, pero yo sólo quería admiración, dinero y fama. Víctor era el alma del grupo. Yo también intentaba componer canciones, pero no eran lo bastante buenas. Me faltaba talento para ser un verdadero compositor, pero encontraba la melodía adecuada para cada palabra que Víctor escribía. Víctor decía que éramos hermanos de sangre, pero él era el gran mimado de las masas, no yo. Me dio aún más envidia cuando nos dimos a conocer internacionalmente. Y, aun así, todo giraba en torno a Víctor Pérez, el poeta entregado, cantarín y con un talento sin precedentes. —Hizo una pausa y sacudió la cabeza.

Beatriz cruzó los brazos sobre el pecho. La codició de repente, pero aún más, quiso hacerle daño, dejarla atrás como a una muñeca rota. Pero cuando estuvo cerca de ella, la rodeó con los brazos y enterró la cara entre sus pechos. Los dedos de ella le agarraron el cuello con fuerza y, de repente, lo supo. Aunque había pensado que los años a sus espaldas le habían vuelto vigilante, en realidad le habían distorsionado. Era una forma vaga en una niebla espesa, nada más.

Esta percepción le dio más miedo que los soldados que habían invadido la iglesia. Quizá por eso la empujó tan bruscamente cuando sonó el teléfono en el salón.

—¿Quién puede ser?

Se frotó la parte superior del cuerpo donde él la había herido como un caballo asustadizo.

—¿Cómo puedo saberlo?

—¿A estas horas? Quien...

Su confusión y su miedo disiparon su ira.

—¿Contesto?

—Ya es más de medianoche.

—Tal vez sea importante.

—Seguro que vuelve a ser ese cura.

—¿Por qué dices eso?

Giró la cabeza hacia otro lado. Ella ya no esperaba

respuesta y sintió su mirada en la espalda cuando entró en el salón. Levantó el auricular.

—¿Beatriz? ¿Eres tú, Beatriz?

Ella respiró hondo.

—Sí, padre.

Siguió un largo silencio.

—Hija, siento como si el mundo se derrumbara a mi alrededor —dijo Ernesto.

LA PALOMA EN LA MONTAÑA

1

QUERIDO GUI,

Temo que estés preocupado por mí, ya que hace mucho que no te escribo, y siempre te has preocupado por mí como un padre. Pero acabo de tener un sueño contigo en el que se invertían estos papeles. Ya no eras mi hermano mayor, sino un niño abandonado en un laberinto subterráneo, en lo más profundo de una montaña. Vagaba por los pasillos y los sonidos de tu terror me erizaban la piel. Oía tu llanto y su pena inconsolable me desesperaba por que cesara. De vez en cuando, vislumbraba una silueta diminuta a través de las grietas de la roca y, sin saber por qué, estaba segura de que eras tú. Pero cuando por fin llegué hasta ti, habías desaparecido. Alguien más había ocupado tu lugar: un adulto que se parecía a ti, pero que tenía un aire lúgubre y me hizo una pregunta mientras permanecía de pie bajo las rocas que goteaban. Me desperté en la más profunda oscuridad, no tanto a mi alrededor como en mi interior. El hombre del sueño me había preguntado ¿Quién eres y qué haces aquí?

Los temores de pesadilla suelen dar paso al alivio cuando uno se despierta, pero no esta vez. La pregunta es correcta: ¿cómo he acabado en Terreno, y qué queda de todos mis ideales?

¿Quién soy yo? Un hijo de minero de Charleroi con un padre

taciturno, que tosió sangre y murió justo a la edad que tengo ahora. Y tú, Gui, mi hermano mayor, en la época en que murió nuestro padre, eras un joven recién enviudado, cuando tu mujer y tu bebé murieron en el parto, apenas siete meses después de casarte. Los intolerantes del barrio pensaban que era un castigo de Dios por tus «vergonzosas relaciones prematrimoniales».

Durante toda nuestra juventud, nuestros padres nos inculcaron que Dios lo gobernaba todo. Cuando murió tu mujer, yo ya era lo bastante mayor para darme cuenta de que, en realidad, el talento especial de Dios era la propagación de catástrofes. Para apaciguarlo, decidí hacerme sacerdote. Y como mamá siempre decía que la pobreza era una desgracia que había que enmendar, acabé en Terreno, la tierra de los pobres crónicos.

Con un carácter como el mío, ya tuve problemas con la autoridad de la Santa Madre al principio de mi vocación. Estos problemas con la jerarquía han aumentado año tras año. Un sacerdote que no puede mantener la boca cerrada ante las injusticias, tarde o temprano acabará teniendo problemas en un país como éste.

¿Puede remontarse el carácter a momentos críticos de la juventud? No lo sé, pero sí sé que durante toda mi vida ha habido demasiada confusión entre mi «verdadero yo» y yo. Demasiados compromisos, demasiadas decepciones y demasiada culpa.

Esta noche, me he admitido a mí mismo lo que he sabido durante mucho tiempo: He perdido mi fe. Hoy en día, un sacerdote que pierde la fe es un cliché banal. Pero la semilla lleva tiempo echando raíces y no me atrevía a admitirlo.

Prefería seguir sacrificando mi hipocresía a Dios, no al Dios sensible que sentía en mi arrebato místico e ingenuo de joven, sino a un tormento hosco e incomprensible que exigía un servicio de boquilla.

Daría todo lo que tengo por revivir los momentos de ardor y éxtasis que conocí en el seminario. Aquellos momentos me convirtieron en un popular sacerdote de izquierdas en un barrio marginal de un fracturado país sudamericano. Una vez que estuve *aquí y sentí cómo me miraba la gente pobre, ya no había vuelta atrás: Tenía que borrarme y darles lo mejor de mí. Lo vi como el veredicto divino sobre el crimen que cometí años atrás. Los Andes dictaron sentencia hace dos días. Como de costumbre, es duro para los que no tienen. Un terremoto destruyó tres cuartas partes de mi parroquia. El barrio popular cercano sufrió menos; sin embargo, murieron muchas personas. No sabemos cuántos: los sin techo de los barrios pobres son innumerables, como las almas benditas del cielo.*

Me doy cuenta de que traduzco automáticamente el sufrimiento humano que me rodea al contexto político y, por tanto, a cifras. Eso es porque en Terreno no hay alternativa. En mi circunscripción, el Gobierno Popular se dedicaba a proyectos de construcción, pero se detuvieron hace diez años, cuando la Junta tomó el poder. Desde entonces, las condiciones de vida aquí han empeorado drásticamente. Ahora, temo que estén a punto de producirse verdaderos levantamientos. Si eso ocurre, los disturbios darán al general Pelarón la excusa para atacar la pocilga.

Anoche, los militares vaciaron mi iglesia de heridos. Alegaron que había activistas escondidos entre ellos. Los heridos eran principalmente indios a los que los servicios de emergencia habían abandonado en la calle. Es cierto que desde hace un año los indios han descubierto sus derechos y empiezan a hacerlos valer, pero llamarlos activistas es exagerar.

Este país está al borde del caos. Los ricos bailan la rumba en lujosos clubes nocturnos; los pobres recogen las sobras en los vertederos. En los últimos meses, la Junta ha intentado mostrar un barniz de democracia. Aun así, temo que la creciente resistencia la lleve a volver a su brutalidad habitual. Terreno es un país lleno de contradicciones y repleto de partidos clandestinos y grupos de resistencia. He oído que los grupos rebeldes introducen armas de contrabando desde Cuba. La clase media vacila; la oligarquía se ha puesto resueltamente del lado de la junta. En estos momentos, la oposición de izquierdas sigue fragmentada, pero los indicios apuntan a que poco a poco es posible un frente amplio.

¿Cuál será el papel de la Iglesia católica en caso de revuelta? Mi jefe, el cardenal Subercaseaux, es un hombre que equipara a Dios con la autoridad. Ayer me citó en su despacho para darme un tirón de orejas. Cuando entré en el despacho pastoral, monseñor estaba leyendo un libro. Me hizo esperar sin invitarme a sentarme. Cuando consideró suficiente la humillación, dirigió su mirada hacia mí.

—Hemos recibido malas noticias sobre usted del Gobierno —me dijo.

—Informé meticulosamente a su secretaria de lo ocurrido en mi iglesia y le pregunté si la Iglesia presentaría una denuncia —le contesté—. Uno de sus sacerdotes fue amenazado.

Monseñor suspiró. Hace cuatro años, cuando no era más que un oscuro obispo terreneo, visitó los campos de exterminio de la Junta. Elogió el «compromiso con la patria» de los militares y su decidida resistencia a las «fuerzas del mal que debilitan los valores sagrados de Dios, la familia y el patriotismo».

Tenía un motivo para este comportamiento. El general Pelarón visita devotamente la catedral de la ciudad todos los domingos, pero su gobierno reprochaba rotundamente a Roma que fuera demasiado crítica. Roma cedió y propuso a Subercaseaux como nuevo rostro de la Iglesia terrena. Ahora es el único cardenal de Terreno y el mejor amigo de la Junta.

—No entiendo de dónde vienes, Lafarge —dijo el prelado—. Una mayor resistencia por tu parte habría sido un acto político. Nuestra Santa Madre no se mete en política. Seguro que no supones que los militares vinieron a buscar sospechosos a tu iglesia sin una buena razón. Hablas demasiado de este mundo, René, y muy poco de Dios.

Es tan elocuente, el cardenal Subercaseaux, y tan diferente de mi antiguo obispo, el viejo monseñor Tibeira, que, en el momento del golpe, cuando el estadio de Valtiago estaba a reventar de prisioneros, trabajó incansablemente para salvar a tanta gente como pudo.

Subercaseaux tiene la boca llena de Dios, y se lame los labios como si hablara de un plato delicioso. Después de su sermón, hice balance de mi vida, Gui. No me quedo aquí porque la gente de Canela me necesite, sino porque me siento como atrapado en un pozo sin salida.

René dejó la pluma, se tapó los ojos con las manos y permaneció sentado en su silla durante largo rato. Luego, tomó una nueva hoja de papel y escribió en ella apresuradamente:

Mi querido Cristóbal,

Hace un momento he llamado a Beatriz. Me ha propuesto que organicemos un concierto benéfico para la reconstrucción de Canela y los barrios marginales. ¿Qué te parece? ¿Permitirá la Junta una peña así? Beatriz me ha dicho que quiere convencer a Alejandro Jurón para que actúe. Con la fama que tiene Aconcagua, que podría provocar el acoso de las autoridades, parece mejor que rechacemos esta propuesta. ¿No se te ocurre ninguna excusa para mantener a Alejandro alejado del evento? También sospecho que ese hombre no es de fiar. Había oído que se había venido a vivir a la porqueriza, pero no lo había conocido hasta anoche. Sentí pena por él por su experiencia en la cárcel. Sin embargo, ahora que lo he conocido, creo que tiene un carácter cobarde. Creo que se aferra a Beatriz por razones oportunistas.

Mi intención es disuadir a Beatriz de seguir viéndole, pero quizá ella ya se haya librado de mi influencia. Te pido disculpas, Cristóbal, pero las mujeres terrícolas son incomprensibles para los europeos. Beatriz puede ser hermosa, pero ¿por qué es tan estúpida como para dejarse embaucar por un hombre que lleva la aureola de héroe popular sin merecerla? Alejandro lloriqueó como un gatito asustado cuando los soldados llegaron a mi iglesia.

Hay que reconocer que, si yo hubiera estado sus años preso en

La Última Cena, quizá también tendría miedo; he oído las historias de terror que circulan por ahí. De todos modos, no me gusta; no puedo mirarlo a los ojos; no entiendo por qué Beatriz lo eligió a él en lugar de...

René volvió a dejar la pluma y se acarició la frente. Rompió la carta, se levantó y se dirigió a la ventana de su despacho. Su casa, junto a la iglesia, fue la primera que se construyó bajo el Gobierno Popular en el barrio obrero. René contempló las monótonas hileras de casas de Canela, todas oscuras a esas horas, y sacudió la cabeza.

En ese mismo momento, sabía que, mientras él reflexionaba sobre su fe y su enamoramiento, otros en Terreno tramaban asesinatos y homicidios, ya fuera por motivos de embriaguez o envidia o al servicio de ataques guerrilleros y posteriores represalias. Necesitaba un trago. ¿No había leído en alguna parte que la sobriedad era un estado deplorable?

—Brindo por ti, Beatriz —murmuró mientras se servía un vaso de vino.

A pesar de sus buenas intenciones, era una mujer consentida. Su risa y sus miradas ambiguas bajo sus hermosas cejas le inquietaban. ¿Habría pensado alguna vez en la posibilidad de llevarse a un cura a la cama?

René sonrió con amargura y se bebió el vino de un trago. Todas las mujeres de Terreno habían sido educadas para complacer y ser dependientes. Eran indefensas sin padres ni maridos. Podían girar las caderas voluptuosamente durante la salsa. Pero eran criaturas mojigatas y mimadas que sólo se interesaban por las estrellas de cine americanas y los vestidos ajustados.

Qué vergüenza de hombre-sacerdote era imaginarse a Beatriz con un vestido blanco ceñido, bailando la salsa durante un baile de gala en la universidad.

Se sirvió un nuevo vaso.

Su voz al teléfono esta mañana, cuando le preguntó si sabía más sobre los indigentes que los soldados se habían llevado: era María Magdalena, convertida por el sudor de la caridad, su voz llena de anhelo.

—Debería rendirme —dijo el sacerdote en voz baja—. Dejar caer a la 'Santa Madre' como un ladrillo. —Hizo una mueca, viéndose momentáneamente como un caballero canoso, redimido de su voto de castidad, galopando sobre un semental blanco para conquistar a Beatriz. Sin duda, se perdería por el camino—. Me falta sangre fría, eso es —volvió a decir en voz alta.

Entonces le invadió un sentimiento de amor que le hizo palpitar el corazón. El enfado, la duda y el resentimiento se desvanecieron, y se sintió arrebatado por un abrazo espiritual que envolvió el mundo, un sentimiento tan profundo que se le llenaron los ojos de lágrimas. Pero tan bruscamente como había llegado, Dios volvió a desaparecer. Peor aún, el lugar donde había estado parecía más vacío que nunca.

Tal vez debería haber rezado ahora, pero René no lo había hecho desde hacía años: su Dios se había vuelto demasiado personal para eso, una parte de sí mismo a la que hablaba como un padre silencioso. Lafarge se dirigió a su escritorio y cogió una nueva hoja de papel. Apretando con fuerza el bolígrafo, escribió:

Gui,

tengo que irme de aquí o me volveré loco. Por un lado, los terrícolas son unos patanes, pero por otro, los quiero mucho. Hoy me he enterado de que un grupo guerrillero prepara un asalto a Valtiago. ¿Cómo me he enterado? Parece increíble, pero se lo diré: los rebeldes se dicen comunistas, pero uno de ellos se me ha acercado esta mañana al confesionario. Dijo que no tenía elección. Su fe le obligaba. Empezó a implorar mis bendiciones para los planes terroristas de su grupo. Un «comunista» en el confesionario, ¿dónde más que en Terreno es posible? Le dejé marchar con mi absolución y una promesa de secreto...

Con un último gesto, el sacerdote belga cogió las dos cartas inacabadas dirigidas a su hermano y abrió un cajón del escritorio. Las colocó encima de la pila de otros mensajes que nunca había enviado.

2

BEATRIZ CANDALTI ESTABA DE PIE JUNTO A LA CAMA QUE ERNESTO llamaba invariablemente su lecho de muerte. Le preguntó por qué había llamado su padre para decirle que había firmado su sentencia de muerte.

—Los médicos tienen un diagnóstico —dijo él, esta vez mirándola a los ojos—. Ya no me queda mucho tiempo de vida.

—Beatriz creyó oír en sus palabras: «He enfermado gravemente porque eres una mala hija, y ahora moriré de pena».

—¿Qué clase de diagnóstico? —Notó que su voz era inestable.

—Cáncer de páncreas.

—¿Están seguros?

—Sí.

Beatriz se puso de pie junto a la cama y se dijo a sí misma que debía coger la mano de su padre.

No pudo.

Durante un largo rato, el silencio cubrió la habitación del hospital.

—¿Beatriz?

—Sí.

—Antes de morir, quiero estar seguro de que eres feliz. Y de que volverás a...

—No deberías ser tan pesimista, papá. Siempre hay que pedir una segunda opinión.

Al decir estas palabras, Beatriz sintió un dolor inesperado. Se dio cuenta de que sólo había una forma de que su padre la hiciera feliz.

3

Beatriz se había ido al hospital y Alejandro estaba solo consigo mismo. No podía escapar al recuerdo del oficial que se había hecho llamar capitán Astíz. Aquel rostro permanentemente fruncido le perseguía incluso cuando se escondía en el patio al sol de la mañana con una botella de vino.

¿Por qué iba a seguir intentando escribir canciones? Incluso desde la tumba, Víctor seguía al mando. En una de sus últimas letras, Víctor predijo todo lo que Alejandro quería expresar.

Hermano, cambiaste la vida por la muerte
Te pagaron con intereses este trueque.
Pero, hermano, tu alma está muy necesitada.
Has apretado los tornillos
para dejar de oír los gritos
pero escucha, hermano, ¿qué es ese sonido?

Alejandro vació su vaso, cogió la botella y miró al sol a través del frasco. La luz del sol tenía el color de la sangre diluida en agua.

—Los artistas son gente sensible —había dicho Astíz desde detrás de la potente lámpara que brillaba en los ojos de Alejandro—. Pero, ¿es así? Me pregunto. Sabes: una de las últimas canciones de Víctor me ha inspirado un pequeño experimento. Me hubiera gustado experimentar con el propio Víctor, pero por desgracia uno de mis compañeros ha sido demasiado concienzudo. Ha rociado al pobre Víctor y a su mujer con un número innecesariamente elevado de balas. Tú, Alejandro, eres mi segunda opción, pero no nos pongamos tristes por eso. Te sugiero lo siguiente. Aprende a interrogar prisioneros. Es un trabajo agotador y sucio, y no lo disfrutamos, así que, si nos quitas el trabajo de encima, tenemos que pagártelo de alguna manera. Por cada prisionero que pierda la vida por tu mano, liberaré a uno de sus hijos. Un inocente a cambio de un culpable. Seguramente, eso no puede plantear un dilema moral demasiado horrible.

Juron escuchó con incredulidad. Apenas podía asimilarlo: aquel lunático le había dicho que Víctor y Lucía habían sido fusilados.

Pero la voz azucarada de Astíz continuó: si el alma tierna de Alejandro no podía soportar esta propuesta, había otra opción.

Él mismo «interrogaría» a Alejandro.

4

DESPUÉS DE VISITAR A SU PADRE, BEATRIZ SE SENTÓ AL SOL EN EL jardín del hospital. Miró los altos cipreses ondulantes que bordeaban el terreno. Sus pensamientos giraban en torno al compromiso que había contraído tiempo atrás con Cristóbal y João. La proximidad de la muerte de su padre hacía mucho más significativo el compromiso contraído.

—Será el primer acto público de rebeldía, Beatriz —había dicho Cristóbal.

—Queremos dejar claro a la Junta que habrá un levantamiento popular masivo si no dimite —había continuado João.

Beatriz estaba orgullosa de haber contribuido a hacer posible aquel acto de resistencia. Pero, al mismo tiempo, estaba avergonzada porque tenía miedo.

No estaba segura de sí misma, como las cinco heroínas que, años atrás, en huelga de hambre en Bolivia, despertaron al pueblo hasta que salió en masa a la calle y derrocó a la dictadura.

Tampoco era miembro de un grupo sandinista que se

atrevió a jugarse la vida en Nicaragua con un Kalashnikov en la mano.

Era Beatriz Candalti, una niña bling-bling, hija de la alta sociedad, manojo de nervios y marioneta insegura. Vivía en Terreno, donde la mayoría de la gente miraba hacia otro lado ante la injusticia murmurando: «por algo será, no os metáis, por favor, no os metáis».

Pronto volaría en el Cessna de su padre hasta Arini, en el norte del país, donde recogería un cargamento de explosivos de contrabando. Este paquete sería arrojado del tren de los Andes cerca de las Salitreras, las minas de sal del norte de Terreno, y recogido por los guerrilleros.

A los ojos de Beatriz, el objetivo elegido por Cristóbal y João para una bomba casera era ambicioso y peligroso. También se preguntaba si era el momento de actuar cuando la Junta parecía dispuesta a hacer concesiones. Sin embargo, en los grupos de resistencia clandestinos, los dirigentes la contradecían: estaban seguros de que los militares no hacían más que darle vueltas a la situación y que utilizarían la fuerza a pesar de todo. Un asalto en esta coyuntura podría mostrar al mundo lo desesperada que era la situación en el país. Beatriz sabía que, si el plan se filtraba, ni siquiera su pasado la protegería. Pero a sus ojos, la casualidad, la inevitabilidad, el destino -esa Santísima Trinidad a la que Alejandro siempre invocaba con tanta ironía- la habían traído hasta este punto de su vida. Tenía miedo, pero no daría marcha atrás. Eso tenía que ver con Manuel Durango y con un laberinto de sentimientos que no quería desenredar.

Beatriz tenía otros días libres, y Cristóbal, que contaba con una red de informantes en todo tipo de grupos y organismos, le había dicho que Manuel dirigía una obra en el sur del país. Estaría fuera unas semanas.

Al enterarse de esta buena noticia, Beatriz se había dicho que podría disfrutar de la compañía de Alejandro hasta que partiera hacia Arini. Sentía el vientre caliente y el sol le daba sobre los hombros: eso era en lo que quería concentrarse ahora.

La coincidencia, la fatalidad y el destino hicieron que su padre enfermara en el momento justo. La Santísima Trinidad estaba preparando su muerte, tras la cual ella sería libre. También había puesto a Alejandro en su camino.

Beatriz sintió la emoción hormiguear como agua de manantial en su vientre. La lujuria por la vida se abalanzó sobre ella como una ola, haciéndola jadear. Cada día, los terrícolas se hundían más en el desorden. Apenas pasaba un día en Santiago sin manifestaciones o marchas. La gente exigía la abolición del toque de queda, libertad de prensa, mejores salarios y condiciones sociales, e incluso elecciones.

Cristóbal Vial afirmó que Pelarón tenía cada vez más dificultades con los americanos. Los yanquis consideraban que daba demasiado espacio a la resistencia de izquierdas y querían «correcciones».

Lo que era impensable hace unos meses había ocurrido ahora: la gente expresaba sus opiniones; periódicos como *Pronto* y *Hiel* publicaban artículos de opinión cada vez más mordaces.

El gobierno los prohibió, pero a los pocos días sacaron nuevas ediciones. La situación en Canela, y en particular en la porqueriza, era muy tensa. Todavía no se había tomado ninguna medida para paliar la falta de vivienda causada por el terremoto, y los habitantes de la población eran cada día más ruidosos. La policía había puesto un cordón alrededor del barrio, pero de momento no entraba en él.

Como para atemperar su repentino optimismo, Beatriz oyó el ulular de una sirena de policía. «Los días de locura no han terminado. Aún no han empezado».

5

—¿Y? —preguntó Beatriz—. ¿Vas a jugar en la peña?

Alejandro, frente a ella en la mesa del patio, dejó el periódico.

—Mamita, ¿de verdad crees que quieren escuchar a Alejandro Jurón en tu concierto benéfico? Hoy en día quieren música disco. La popularidad de Aconcagua hace tiempo que desapareció. El festival folclórico como lo conocíamos es cosa del pasado.

—Eso es lo que tú crees.

—Tu valiente René seguramente tendrá éxito sin mí, Beatriz.

—No hace falta que cantes las viejas canciones —dijo ella, ignorando su velada alusión—. Escribe algunas canciones nuevas; eso te hará bien. —Él negó con la cabeza—. Bueno, si no lo haces, no lo haces. Pero al menos escribe una canción de amor para mí.

Ella notó su alivio y se preguntó qué había detrás.

—Eso es sencillo —dijo él—. Pero quiero hacer algo especial para ti... Espera, siento que viene un flash: los ritmos del altiplano mezclados con rock. Cuidado si te gusta porque entonces me convertiré en un rockero canoso, y las jovencitas se echarán a mis pies por docenas.

Se pegó la guitarra a la barriga, tocó un ritmo fogoso y cantó una canción tonta con muchos «*yeah*» y «*rock you all night*». Su inglés no estaba nada mal. Se levantaba mientras tocaba y contoneaba las caderas sugerentemente al ritmo.

Se volvió cada vez más rapaz hasta que chocó con una de las sillas del jardín. Intentó mantener el equilibrio, tropezó con una pata de la silla y se cayó. Ella se echó a reír, se levantó de la silla y se inclinó sobre él. La agarró por los brazos y tiró de ella hacia arriba.

—¿Lo ves? —Se rió—. Derribarán la tienda cuando toque tu canción de amor; ¡seremos asquerosamente ricos antes de que te des cuenta! —La besó y rodó con ella sobre la hierba, lejos de su guitarra que había acabado a su lado. Su cuerpo caliente sobre el suyo, el olor a hierba en su nariz, la presión de sus labios sobre los suyos, su lengua en su boca, ¿cómo podía seguir dudando de él?

—Tenemos que irnos, Alejandro —dijo ella burlonamente cuando las manos de él empezaron a acariciarle las piernas—. João nos espera.

—João no huye, pero tú lo harás si no te echo sal en el rabo —susurró él.

Desde el otro lado de la calle, Manuel vio a través de sus prismáticos cómo se besaban y sintió una satisfacción que a él le gustaba llamar «helada», una palabra a la que era aficionado.

La coligüilla, la guarra, había encontrado a otro.

Manuel había hecho una sabia elección al alquilar este apartamento para la milicia Patria y Sangre como sala de reuniones unos meses antes. El piso ofrecía una hermosa vista de la casa y el jardín de Beatriz. A menudo utilizaba el piso para espiarla en el jardín de detrás de la casa.

Parecía tan pequeña como una muñeca, una elegante marioneta. En su mente, estaba desnuda cuando se inclinaba sobre sus flores. Le encantaba mirar sus vestidos, imaginar cómo se los arrancaría del cuerpo. Ahora era otro hombre quien desataba esos vestidos. Su padre debía saber que era un carcelero con una guitarra. Mira, el despilfarrador le ofreció una serenata. Ahora Manuel lo sabía todo de él.

Este Alejandro Jurón sería tan fácil de aplastar como un plátano. El cobarde ya lo había demostrado una y otra vez. Pero el líder de Patria y Sangre había ordenado a Manuel que dejara en paz a los tórtolos por el momento.

Alejandro aún podía ser útil: tarde o temprano, les conduciría hasta gente que valía mucho más. Manuel consintió, pero no fue más que un aplazamiento.

Beatriz pensaba que podría tener su propia vida, pero él le demostraría lo equivocada que estaba cuando menos lo esperara. Había traicionado a su familia y a su marido, que, por los santos sacramentos del matrimonio, seguía siendo su dueño, a pesar de las artimañas legales que utilizaba.

Manuel la conocía: cuando llegara la hora de la venganza, pediría clemencia.

Y haría cualquier cosa para recibirla.

6

La carretera asfaltada de montaña no era ancha, pero estaba en bastante buen estado. Un camión cargado de tuberías de alcantarillado circulaba delante de ellos. El motor diésel retumbó cuando llegaron a los tramos empinados.

—Conduces bien. —Alejandro miró al exterior. A pocos metros a la izquierda de su coche, había un abismo cubierto de arbustos—. Pero supongamos que el motor de ese camión se avería. Puede que sus frenos estén mal, o que el conductor entre en pánico. El camión rodaría hacia nosotros.

—Qué imaginación más desagradable tienes.

—Eso es porque escucho sonidos —dijo, aparentemente despreocupado.

Aquella tarde habían oído en la radio que los partidos políticos podrían volver a ser una opción en el futuro. Pelarón había declarado en la radio que «tal vez haya llegado el momento de volver gradualmente a una forma democrática de gobierno, siempre que el pueblo terrícola demuestre sentido común».

Después, hicieron el amor, y Alejandro había sudado como nunca, mientras Beatriz rabiaba como una gata en celo.

Después, apretada contra su cuerpo, se preguntó si su misión seguía siendo necesaria, pues la situación parecía evolucionar muy rápidamente.

Mientras Alejandro estaba en la ducha, ella llamó a Cristóbal.

Cristóbal le dijo que, en cualquier caso, tenía que recoger los explosivos. Sin embargo, si el atentado tendría lugar y cuándo, lo decidiría un «consejo revolucionario».

—¿Desde cuándo conoces a Cristóbal? —le preguntó Alejandro mientras aminoraba la marcha para poner más distancia entre su coche y el camión.

—Trabajé con él montando la administración de La Paloma.

—¿Por qué Cristóbal lo eligió para dirigir el pueblo?

—¿Por qué tienes tanta curiosidad por João?

Se encogió de hombros.

—Porque João estaba en la iglesia y me oyó quejarme cuando aquel soldado quiso llevarme con él.

—Su madre era brasileña —dijo Beatriz—. Estaba en Brasil cuando la junta tomó el poder. Regresó más tarde al país de su padre. Siempre me ha parecido extraño: ¿por qué volvió si conocía la situación aquí? João finge que no le importa la política. Cuando Cristóbal lo nombró director general del pueblo de los artistas, la junta le dio permiso de buena gana.

Alejandro torció la boca.

—Conozco a Cristóbal desde que estudiaba Derecho. Le llamábamos «el huevo liso».

Un poco más adelante, el camino hacía una curva a la derecha. Cerca del abismo había unas cruces.

—Esas cruces cuentan una historia —dijo Alejandro—. La contaron muchas veces en La Última Cena. A todos los presos les encantaban las historias sangrientas de fuera. Hace dos años, un Ford Falcon se detuvo aquí. Sacaron los cadáveres de tres líderes indios y los volcaron por el borde. Los indios afirman que, desde entonces, tres cóndores negros sobrevuelan regularmente este lugar. —Sonrió—. Cuando era pequeño, pensaba que el cóndor era el rey de las montañas. Era un niño solitario, así que agitaba los brazos y me declaraba el cóndor más grande de todos. Eso duró hasta que me enteré de que el cóndor era un carroñero, un buitre enorme.

—Ahí está —dijo Beatriz, preguntándose por el significado de la continua autoburla de Juron. La carretera descendió bruscamente; el camión aceleró, el sonido de su motor se redujo a un lejano staccato. El valle se abría ante ellos, beige, con manchas verdes de campos de judías, y detrás se alzaba la gris piedra de los picos de las montañas más bajas. El pueblo de los artistas constaba de unas ochenta casas de color arcilla con tejados rojo sangre de pintura anticorrosión. Y detrás de las cumbres, controlando el campo de visión como la cabeza de una criatura mítica, azul mar, terminando en un blanco inalcanzable y brillante, se extendía el Aconcagua.

Al ver la montaña, Alejandro sintió un nudo en el corazón: cada hilo parecía conducir a una confusión aún mayor. Beatriz vio la tensión en sus hombros.

—Eh —le dijo ella—. Tranquilo. João y sus artistas están de fiesta. No vamos a un funeral.

Él se rió, abrazándola con el brazo izquierdo sobre el hombro.

—Terreno, el país donde hasta un funeral es una fiesta —espetó—. ¿O es al revés?

7

Las atracciones del taller del alfarero y de la cabaña donde jóvenes artistas pintaban escenas cotidianas de la vida indígena no pudieron evitar que los ojos de Alejandro se desviaran hacia el Aconcagua. En realidad, estaba lejos, pero el efecto de la nieve lo hacía parecer cercano.

La cima de la montaña irradiaba un mágico brillo blanco sobre el pueblo. Las casas eran sencillas pero limpias y albergaban a unas trescientas personas.

—La Paloma, donde la gente vive de la venta de tapices, cuadros y vasijas. Sólo la idea me da alas —le dijo Juron a Beatriz después de que visitaran varios estudios con João. Señaló el Aconcagua—. Si sigue así, pronto estaré aleteando hacia arriba para hacer una visita rápida a la cima de la montaña.

La montaña estaba rodeada de una niebla ondulante que bailaba alrededor de la cumbre.

—¿Qué es esa niebla? —preguntó Beatriz.

—Nieve que sopla hacia el sur a más de 120 kilómetros por hora —dijo Alejandro.

—Un espectáculo imponente —dijo João—. Antes de venir

a Terreno, la cumbre más alta que había visto era lo que se llama una *colina*.

—¿Por qué aceptaste este nombramiento, João? —La voz de Alejandro seguía siendo desenfadada.

—Porque la universidad me lo pidió —respondió João amistosamente—. Los americanos roban los recursos minerales de Terreno, pero a cambio, esos simpáticos yanquis apoyan nuestra, ejem, cultura. Nuestro arte popular es popular en Estados Unidos, así que la producción ininterrumpida es inevitable hasta que los americanos se cansan de su nuevo juguete. Sí, nuestros poderosos vecinos del norte son unos auténticos defensores de los valores y las normas.

—Pudimos contrastar nuestros valores y normas con la realidad en la iglesia de Lafarge —dijo Alejandro—. ¿Te disté cuenta, João, de lo valientemente que defendí a los pobres?

—Tenías tanto miedo como yo. Pero cuando empiezo a temblar, creen que estoy tensando los músculos.

—Quizá seas mejor actor que pintor —dijo Alejandro con indiferencia.

—Y quizá tú seas mejor guitarrista que héroe popular —respondió João sin dudar.

Alejandro se rió, un poco exageradamente.

—No quería ofenderte.

—Aquí —dijo João, señalándose los ojos—, vive el pintor que hay en mí. Tendrás que conformarte con eso.

Juron notó que los ojos de Pereira se volvían hacia Beatriz después de decir aquello.

El almendro de la plaza del pueblo era grande e idílico. Juron se sentó en el banco que había debajo y bebió un vaso de vino frío de la montaña. La vida era tan bella, que vida tan sabrosa. Con los amigos, la bebida y el aire puro de la montaña, que hacía olvidar el olor a gasolina de Valtiago, podía empezar a entender la pasión de sus padres por las montañas.

João y Beatriz comentaron por la radio el discurso de

Pelarón de aquella mañana, en el que el general había prometido, entre otras cosas, una revisión de la constitución.

—Una revisión de la Constitución —dijo Jurón—. ¿Qué clase de imbéciles creen que eso va a suceder?

Pereira se encogió de hombros.

—Yo creo arte ingenuo, así que creo que tengo una buena oportunidad como imbécil. —Levantó su copa hacia Juron.

—Olvídalo —dijo Alejandro—. Cambiarán algunos puntos y comas, eso es todo. Y después, cuando la gente se eche a la calle, en pie de guerra, Pelarón se estará frotando las manos.

—¿Por qué? —dijo Beatriz.

—¿Qué mejor que los disturbios para dar a tu policía la orden de disparar? Pelarón quiere sacar la resistencia a la calle. Así tendrá una excusa para restablecer la tranquilidad con mano dura. Sólo dimitirá si le obligan.

Se hizo el silencio. De nuevo, a Alejandro le llamó la atención que João y Beatriz intercambiaran una mirada llena de un significado que sólo podía adivinar.

—Quiero bailar —dijo Beatriz. Se levantó de un salto—. Alejandro, coge una guitarra. João, llama a tus amigos. Querías fiesta, ¿no?

8

Otra canción de baile, ¿por qué no? La guitarra, aunque no era suya, tenía un sonido claro. Mujeres vestidas de blanco interpretaban danzas tradicionales. Al fin y al cabo, éste era un pueblo que tenía que representar el arte popular sudamericano: los turistas lo querían así.

A la romántica luz de las lámparas que colgaban del árbol, el panorama era encantador. La luna llena coloreaba las montañas de púrpura pálido. El calor ascendía desde el suelo y mantenía a raya el frío de la noche. Beatriz, en vaqueros, llevaba las manos a lo largo de las caderas como si vistiera las mismas faldas blancas que las mujeres del pueblo. Era tan ágil y consciente de sí misma. Y aquí servían el mejor pisco casero.

Alejandro tocó espontáneamente las canciones de baile folclórico de los primeros días con Víctor: la cueca y la cumbia y las sirillas y las sambas. Dos hombres lo acompañaron en la zampoña, y funcionó bien, aunque los tambores no habrían estado fuera de lugar.

Pero todo sonaba bonito y llamativo, juguetón y atrayente, completamente distinto del estruendo electrónico que entusiasmaba a los jóvenes de Santiago.

¿Qué hacían los jóvenes en este pueblo? Mientras comían sopaipillas, rollitos de calabaza caseros, zapateaban con pies y tacones al ritmo de la música.

Alejandro se fijó sobre todo en una niña, de unos cinco años. Se parecía a Carmencita, la hija de Víctor y Lucía. En aquel bendito momento, la imagen no le provocó autorreproches, sino que le evocó una serie de recuerdos: los olores de las aceitunas picantes, el ajo, el limón, las hierbas y los pimientos rojos que Lucía preparaba en la cocina para los arrollados. Carmencita, que entonces tenía cuatro años, siempre quería probar antes de que la comida estuviera en la mesa.

Carmencita, que le llamaba tío. El sonido de su voz cuando decía que le quería mucho, casi tanto como a sus padres. *Tío, tío, bailo para ti, mírame, ¿crees que soy guapa?*

Alejandro dejó de tocar, le pasó la guitarra a un hombre con un sombrero de fieltro y se acercó a Beatriz entre los bailarines. Se inclinó hacia su cuello. Su olor le resultaba tan familiar.

Ella lo besó.

—Eres tan guapo cuando tocas la guitarra. Deberías volver a actuar, Alejandro; me encantaría verte tocar en la peña.

Dejó de bailar, inmediatamente malhumorado.

—¿Como curiosidad para parásitos ricos? Por eso tu amigo el cura quiere atraerme a su beneficio, ¿no? *Mira, ahí tienes a Juron, que estuvo sentado en el tanque durante años; puedes verlo por las líneas de su cara.*

—No quise decir eso. —Ella lo miró, ofendida.

En la cárcel se había acostumbrado tanto a los comentarios ambiguos llenos de veneno que ya no esperaba otra cosa. Juron se dio cuenta de que era el recuerdo de Carmencita lo que le había amargado de repente. Miró a João, que bailaba cerca, con la cara sonriente levantada hacia el cielo. Evitó la mirada de Beatriz, sabía que ella esperaba una reacción. ¿Qué debía decirle? *¿Tengo la mecha corta?*

Un chico tiró de la manga de Alejandro.

—Esto es para ti, de La Paloma —dijo. Le entregó a Alejandro un cuadro. Era una escena de montaña, muy colorida, con figuras primitivas, pero cuidadosamente pintadas, uno de los cuadros de éxito del pueblo, vendido por cientos.

—¿Qué te parece nuestro regalo, Alejandro? —gritó João, riendo—. ¡Esperamos que no se lo vendas a un turista por mucho dinero!

—Tanta alegría —dijo Alejandro—. Me cansa.

—Vamos Alejandro —dijo Beatriz—. Vamos a tomar una copa más.

Alejandro hizo un gesto amplio, dándose cuenta de repente de lo mucho que había bebido ya.

—Sí, tomemos otra copa, para olvidar nuestras preocupaciones y sobre todo a nosotros mismos.

Detrás de Pereira, que le miraba un poco burlón, vio el monte Aconcagua. Esa estúpida montaña era aún más fantasmal a la brillante luz de la luna. Mareado, cerró los ojos.

A su alrededor, las bailarinas giraban enloquecidas. Los ancianos miraban y aplaudían. Las madres habían horneado tortillas, y el olor alegraba a todos. «¿Tenías que sentir odio hacia ti mismo en un momento así?»

João agarró a Alejandro del brazo y lo llevó al puesto donde servían bebidas. Todos se preocupaban por él; él lo sentía así. No entendía por qué le molestaba.

—Sólo soy un viejo presidiario borracho que toca la guitarra —espetó Alejandro con más brusquedad de la necesaria.

—Ah, Alejandro, otra vez estás de mal humor —dijo Beatriz con simpatía; le cortó la razón. Mal humor. Un niño huraño que no se soportaba a sí mismo. Asoció este pensamiento con las manos de ella pasando sobre su vientre, tan ligeras como una pluma, tan atentas. Convirtió su amargura en excitación, pero la fuerza de aquello sólo lo descentró aún más.

La agarró por el brazo, pellizcándoselo. No lo decía en serio; seguramente ella sabía que a veces perdía la calma. Un aldeano se acercó a João, señalando en dirección al gran estudio. El pintor le dijo algo a Beatriz y se fue con el hombre. Alejandro se dio cuenta de que no entendía lo que había dicho Pereira. Sólo había un remedio para aquel zumbido en los oídos. Se sirvió un fiambre. Aquello sabía, sí... Ooh la la, una canción burbujeó en él, le hizo desmayarse, aún más, la melodía del gran titiritero:

> *General Pelarón-rón-rón,*
> *Oh tan viejo y tonto,*
> *Tienes verdugos como bíceps,*
> *una boca que predica mentiras,*
> *ojos como botones de latón,*
> *sudor como cobre fundido.*

—Tengo sudor como cobre fundido —dijo Alejandro. Le palpitaban las venas de la frente.

—¿Qué has dicho? —preguntó Beatriz.

Un hombre con sombrero de gaucho y el rostro curtido de un mestizo montañés empezó una nueva canción. Alejandro se cabreó: las canciones, siempre las mismas canciones... *Vamos, amigos, aprended a leer y escribir y haced de Terreno una patria mejor. Vamos, amigos, coged el papel blanco y escribid vuestros sueños; ellos harán fértil esta tierra.* ¿Cuándo había escrito Víctor Pérez este disparate? ¿A mediados de los setenta? ¿Cuántas veces había tocado las notas de aquella canción?

João regresó y se mezcló con los bailarines, sobresaliendo por encima de ellos, dando palmas. Alejandro intentó serenarse. Un poco de ironía haría maravillas. Vamos, ese pánico en él, disparándose en todas direcciones: no podía ser tan malo, ¿verdad? El alcohol y los recuerdos tenían la culpa.

De momento, necesitaba una afirmación audaz que ilustrara que aún tenía la cabeza bastante despejada:

—Este país te debilita. Las montañas limitan nuestro cerebro. Somos una isla.

—¿A quién te refieres? —dijo Beatriz con algo de desconsuelo en la voz—. ¿Nosotros dos? ¿Somos una isla?

—Sí —dijo él. Beatriz le había malinterpretado deliberadamente—. Sobre todo nosotros dos. —Cogió la jarra de la mesa que había entre ellos y se la llevó a los labios. El vino goteó por su cuello y acabó en su camisa. Cuando ya no goteaba nada en su boca, miró dentro de la jarra y se mareó.

—¿Qué quieres decir con eso? —preguntó.

—Tengo que pensarlo detenidamente.

—Dime qué te pasa, Alejandro. —Ella se puso cerca de él. Sólo tenía que hacer un pequeño movimiento para tocarla, pero había niebla entre ellos, la densa niebla de la montaña que lo sofocaba.

—Tú sabes lo que me pasa —dijo él.

Ella pareció asentir. Su rostro parecía pensativo e indiferente, ambas cosas a la vez. ¿O estaba viendo mal? Tal vez lo veía todo mal. Metió los dedos en su vaso de pisco y se frotó los ojos con la cáustica bebida. Aquello escocía; aquello era delicioso.

—¿Qué haces ahora? —dijo Beatriz.

—Me lavo los ojos —dijo Alejandro—. Creo que veo las cosas mal.

—Alejandro. —Ella le tendió la mano—. ¿Qué ves mal? ¿Que tú y Víctor cantabais al amor?

Qué venenoso le ponía ese nombre.

—Te diré quién era Víctor Pérez —le gruñó—. Víctor era un gran artista: ¡viva, pum pum, bien por él! Le encantaban los pobres, pero también las berlinas Mercedes. ¿Quieres saber más? Amaba a Lucía, pero amaba a muchas mujeres. Lucía lo sabía, pero prefirió ver sólo al artista superdotado, no al hombre, como todas vosotras.

La miró con ironía.

—A veces, me conformaba con sus sobras, si entiendes lo que quiero decir —continuó él—. Y entonces me imaginaba que esta mujer era Lucía.

La mano de ella se levantó para abofetearle. El golpe fue certero, pero ella se apartó justo antes de hacer contacto. Sacudió la cabeza, se dio la vuelta y se alejó. Pareció disolverse entre la multitud. Él sabía que debía seguirla y detenerla antes de que se convirtiera en un sueño. Pero se quedó allí, con el tarro vacío en las manos, paralizado.

El entumecimiento de su cuerpo era el mismo que sentía cuando Lucía estaba cerca de él. En el fondo, se retorcía, pero no podía seguir a Beatriz. La sensación de pérdida le dejó sin aliento: su frágil unión, su puro autoengaño, había sido tan breve. Le golpearon las rodillas y se dio la vuelta bruscamente.

Rápidamente, dejó atrás a la multitud que festejaba. De forma distante, como si se tratara de otra persona, supo lo que iba a hacer: antes, ella había dejado las llaves en el contacto del Land Rover. Dejaría esta paloma en las montañas.

9

Alejandro condujo durante la noche. Le vino a la mente lo que acababa de reconocer en los ojos de Beatriz: había mirado como si esperara esta ruptura.

¿Qué otra cosa podía esperar?
Leí nuestro destino en tus ojos.
Me conocías mejor de lo que me atrevía a esperar.
¿Cómo podía, si no, sentir compasión?

¿Tenía que ahogarse en un torrente de alcohol para que esta poesía de tercera se disipara en él? Aumentó la velocidad, la luz de sus faros flotando en la brillante luz de la luna. En lugar de tomar la carretera de Valtiago, giró a la izquierda en el cruce, en dirección a los dientes blancos y grisáceos del monte Payachatas, velados por la niebla y la luz de la luna. El valle estaba teñido de naranja por los residuos del mineral de cobre. La carretera de montaña serpenteaba como una cinta beige hacia los edificios de una mina abandonada.

Alejandro se detuvo al principio del valle. Se le revolvió el estómago. Los dos lagos cercanos a la antigua mina de cobre parecían mercurio solidificado, saturados como estaban de depósitos de minerales líquidos calientes. Aceleró de nuevo, se adentró en el valle y se dirigió hacia los edificios medio derruidos. Abrió completamente la ventanilla; necesitaba aire. Juron llegó a la mina, aparcó el Land Rover detrás de uno de los sucios hangares y se bajó. Se le revolvió el estómago y le ardió ácido en la garganta. Vomitó violentamente y se sentó contra una vieja cabaña. Al cabo de un rato, notó un resplandor de luz a su derecha. Se levantó, pero volvió a agacharse cuando vio que el resplandor procedía de los faros de unos camiones que bajaban por la misma carretera que él había recorrido. La luz de la luna tocaba sus flancos verde oliva. Las náuseas dieron paso a una opresión en el pecho.

Si se alejaba, le verían. Los camiones se detuvieron con el chirrido de los frenos junto al lago, a unos veinte metros de distancia. Alejandro se asomó por la esquina de la cabaña. De momento, él y el Land Rover permanecían invisibles detrás del edificio. Los soldados saltaron de los camiones y empezaron a descargar bolsas marrones selladas. Alejandro vio cómo el agua plateada como el mercurio apenas ondulaba al arrojar las bolsas al lago.

Una de las últimas se abrió durante la descarga. Cayó el cuerpo de un niño, una niña. En la brillante noche de los Andes, Alejandro reconoció el pelo negro y la cara ancha. El reconocimiento fue tan abrumador que sintió que podía distinguir su olor. La había olido cuando la tuvo en sus brazos en la iglesia de Lafarge antes de que llegaran los soldados, la niña que había perdido a sus padres durante la tormenta. El soldado volvió a meter apresuradamente el cuerpo en la bolsa. El agua en calma se lo tragó todo.

Uno de los soldados corrió hacia los edificios abandonados de la mina. Alejandro se levantó a medio camino, casi abrumado por el reflejo de correr.

Diez zancadas más y el soldado le vería.

Alejandro apretó el puño contra la boca para reprimir una risita salvaje cuando el soldado se detuvo frente a la cabaña, se bajó los pantalones y se puso en cuclillas. «No le importaba la higiene: mira qué rápido se subió los pantalones y volvió corriendo». Estos jóvenes soldados tenían prisa. Poco después, Alejandro vio alejarse el convoy. Cuando los camiones desaparecieron tras la cresta, miró el agua del lago.

Era inconcebible un ataúd más sombrío.

10

João Pereira era asombrosamente flexible para ser tan corpulento. Los espectadores habían formado un círculo en el que Pereira ejecutaba movimientos de danza marcial de la capoeira. Sus movimientos seguían el ritmo del tambor que tocaba un viejo desdentado que sonreía bajo unas gafas enormes.

Beatriz aplaudió como los demás. «¿Lo veis? Un hombre puede ser él mismo, no un alborotador nervioso como Alejandro, que no sabía manejar sus sentimientos».

Beatriz le había dicho a João que Alejandro se había escapado. João la había cogido por los hombros y le había dicho palabras de aliento.

—Puedes contar conmigo —le había dicho.

Beatriz reconoció aquella actitud. João ya la había cortejado antes y no le había dado importancia a su cauteloso rechazo. Esta vez, sin embargo, su mirada penetrante sobre sus pechos la excitó -antes de que la vergüenza se entrometiera, como un reflejo. Beatriz se reprendió a sí misma. ¿Por qué iba a avergonzarse? Cuando era joven e inexperta, la había obligado un marido que la había golpeado y humillado. Un cura la había mirado de reojo con la misma expresión que João ahora, pero su deseo era como el de un padre y, por tanto, estaba prohibido. Y un enfermo mental la confundía por la forma en que se trataba a sí mismo y a ella.

Los hombres eran a menudo patéticos. Rogaban ser utilizados. En el fondo, eran torpemente románticos pero ensimismados. A partir de ahora, se aprovecharía de su debilidad. Después de todo, tal vez fuera cierto, como solía decir su padre, que era una «chica depravada». Ya no le importaba. Ya tenía suficientes años de alambre de espino a sus espaldas.

Beatriz sospechaba que João practicaba la capoeira especialmente para ella. La deserción de Alejandro le había estimulado. Esa suposición encendió la ira en ella.

Eso, y la constatación de que Alejandro había sido sincero a su manera: le había dicho que había olvidado cómo amar a alguien. Ella reaccionó sorprendida, como si hubiera olvidado que hacía poco buscaba a un hombre al que pudiera dominar. Nunca nada salía como ella esperaba. Se aferró a su resentimiento para evitar que la ira diera paso a la tristeza: tenía que evitarlo. Así que se movió al ritmo del tambor y mantuvo la mirada fija en João.

Los movimientos de João eran hipnotizadoramente lentos y luego deslumbrantemente rápidos. Él le había dicho que la capoeira tenía su origen en el arte marcial de la cultura mestiza brasileña. Eso era lo que ella misma quería hacer: luchar. ¿La querían los hombres? Entonces tendrían que...

Dos brazos la rodearon y un beso le quemó el cuello.

—Te hablaré de Lucía y del capitán Astíz —le susurró Alejandro al oído—. Después entenderás mejor en qué hombre me he convertido. ¿Te hablo del fuego y del agua, querida?

Fue ese último y ronco susurro lo que hizo que Beatriz se diera la vuelta: «querida». A Alejandro le brillaron los ojos cuando ella le rodeó el cuello con los brazos. Qué brazos tan redondos y hermosos tenía, creados para abrazar a los hombres.

—Alejandro —dijo João aparentemente alegre mientras desequilibraba a Alejandro con una ligera patada en la espinilla, y luego lo golpeaba suavemente en la cadera para que cayera hacia atrás. En el último momento, justo antes de que cayera al suelo, el brazo izquierdo del gigante lo atrapó—. He oído que últimamente te has convertido en un ladrón de coches. Vas a acabar mal, Alejandro, muy mal. —João bajó lentamente a Alejandro hasta el suelo.

Alejandro miró las estrellas y los dos rostros que se cernían sobre él. La cara de João, en particular, era un misterio.

—Creo que voy a cantar una nueva canción en la peña de tu amiga clériga, Beatriz —dijo—. Ya tengo algunas frases iniciales, tic-tac, como un reloj de plata:

Entiérrame en el vientre de la montaña,
en una bolsa, mercurio como la plata, pesado como el dolor.

—Mi cerebro poético aún tiene que descifrar el resto. Pero ya suena un poco como si lo hubiera escrito Víctor, ¿no te parece?.

João miró a la sonriente Beatriz.

—El licor —dijo el mestizo meneando la cabeza—. Le ha robado los últimos vestigios de cordura, pobre infeliz. El licor o tú, Beatriz, ¿qué más da?

11

Llegaron a un pacto, el bardo nervioso y la mujer insegura. No era muy lógico, pero Alejandro creyó ver en Beatriz un valor secreto, y ella vio en él a un hombre atormentado por un talento que no comprendía. La universidad aún permanecería cerrada unos días. Beatriz quiso dedicar ese tiempo a cuidar las cicatrices interiores que hacían a Alejandro tan caprichoso. Intentó aprender a reducir sus autorreproches y recriminaciones. Por su parte, Jurón escuchaba sus historias sobre su padre: cómo Ernesto Candalti había llorado disimuladamente la muerte de su mujer, cómo había besado la foto de la madre de Beatriz en el salón cada vez que recibía invitados, pero el resto del tiempo la ignoraba.

¿Llegaron a conocerse mejor en aquellos pocos días? Intentaron creer que sí, pero su unión seguía siendo superficial, aunque se caracterizaba por promesas exageradas y grandes expresiones de amor. En varias ocasiones, Alejandro estuvo a punto de decir la verdad sobre su pasado, pero cada vez se refugiaba en mentiras que quería creer.

Era como si el mundo contuviera la respiración por solidaridad con el delicado lazo que rodeaba esta joven historia de amor, pues ni una sola vez sonó el teléfono de Beatriz en aquellos días. Todos los días visitaba a su padre, que estaba probando un «tratamiento revolucionario» de Estados Unidos. Beatriz era la misma de antes durante esas visitas y moldeaba descaradamente a su voluntad a su padre, que una vez más esperaba curarse.

De vuelta a casa, se quitó los zapatos; el resto le siguió rápidamente. Alejandro y Beatriz, qué resistencia olímpica demostraban, y qué inventiva para personas cuya sexualidad había estado hambrienta durante tanto tiempo. Ni siquiera Manuel les molestó, aunque Beatriz violaba continuamente la ley terrena que determinaba que una mujer divorciada, sorprendida con un pretendiente, perdía todos los bienes adquiridos durante el matrimonio.

Vivieron así durante tres días. Al final del tercer día, en la cama, Alejandro le dijo:

—Todavía tengo que hacerte una confesión, querida, la última.

Beatriz sonrió. ¿Cuántas veces había dicho algo parecido en los últimos días?

—Se trata de mi música. A lo largo de los años, me he hecho creer que no era un problema que no tuviera suficiente talento para escribir. La verdad es más sutil que eso: Tengo los temas, tengo las imágenes; lo que pasa es que no sé expresarlas bien.

Ella no dijo nada; su silencio le animó.

—Al principio de Aconcagua, Víctor buscaba palabras bonitas para utilizarlas en sencillas canciones de amor. En efecto, tenía palabras bonitas, a pesar de ser el hijo de un campesino sin educación. Eran como pepitas de oro en los surcos que araba. La forma de unirlas, el ritmo, el sonido: pura magia. Pero cuando el golpe militar se perfiló en el horizonte, le ofrecí temas socialmente comprometidos. Pronto quedó claro: yo era el pensador. Él era el poeta. —Alejandro sonrió tímidamente—. La crítica a la brecha entre ricos y pobres, y la atención a la injusticia en nuestra música, convirtieron a Víctor en un héroe popular. Así empezó la gran época de Aconcagua. Me había resignado al camino que el destino había elegido: Víctor era la estrella brillante y yo el guitarrista que estaba detrás de él. Fuimos a Cuba, a Alemania, actuamos en Francia, Perú, Inglaterra, Bulgaria. Víctor no sólo escribía las canciones sobre los temas que yo le daba, sino que les añadía una gloria especial por su forma de cantar en el escenario, su entrega, su compromiso.

—Pero tú siempre has dicho que hubieras preferido ser una estrella del rock —dijo Beatriz.

Una sonrisa torcida.

—Autoengaño: teatral pero también significado. En mi juventud, me gustaba coquetear con la idea, pero más tarde comprendí que la imitación nunca me convertiría en un artista auténtico. —Juron extendió las manos, las dejó caer sobre la sábana—. El caso es que siempre he sentido dos hombres en mí: Yo era el intelectual cínico, pero también el músico que quería ver rostros resplandecientes de esperanza, de alegría, de entrega... Siempre la misma palabra.

Como si hubiera tomado una decisión, Juron miró a Beatriz Candalti a los ojos.

—El otro hombre que hay en mí fue mi salvación en La Última Cena. Y ahora tengo la sensación de que, en aquellos años, mató al músico.

Ella le puso una mano en el brazo.

—Cuando me soltaron, me di cuenta de que aún podía tocar la guitarra, pero ya no podía hacerla *hablar*. Desde que perdí a Víctor, las canciones ya no quieren salir. Y sólo ahora comprendo que me nacieron en el fondo del corazón ya que canto a lo humano, Beatriz. Por mucho que toque a otro, nunca seré otro que un músico que quiere tocar el corazón. —Juron respiró hondo—. Por eso tocaré en la peña de Lafarge.

Cantaré las canciones del Aconcagua que escribió Víctor y ningún otro.

Ella asintió, y el amor que vio en cada poro de su rostro lo agarró por la garganta. Ese amor le recordó que seguía siendo un mentiroso, algo que había olvidado poco a poco en el fuego de su discusión.

—Hay una cosa más que deberías saber —continuó en un intento de diluir sus mentiras con un poco de verdad—. Víctor y su familia se escondieron justo antes de que me detuvieran. El capitán Astíz y su equipo me torturaron para saber dónde se escondía Víctor. Fingí no saberlo, pero una mañana vinieron y me dijeron que habían recogido a Víctor, Lucía y Carmencita. La noche anterior había decidido rendirme. Los habría entregado a todos si el destino no se me hubiera adelantado. —Beatriz quiso decir algo, pero él levantó la mano—. ¿Has oído lo que he dicho? —preguntó—. Les habría dicho dónde estaban. Durante años he vivido con ese conocimiento sin poder hablarlo con nadie. —Inclinó la cabeza; tenía la mano derecha agarrada a la sábana.

Su corazón llenó toda la habitación. Sus manos recorrieron el vientre de Alejandro, su boca le siguió.

¿Quería mostrarle lo que podían valer sus palabras?

Por mucho que quisiera negarlo, sabía lo que valían.

LOS CAMINOS DEL PODER

1

—Gracias por venir tan rápido, René —dijo Cristóbal—. Tengo algo importante que decirte.

—¿Tiene algo que ver con la pocilga?

René parecía cansado. Esa mañana, los militares informaron por la radio nacional de que la situación en la chabola se había vuelto «inaceptablemente» peligrosa. La policía había acordonado la porqueriza y se habían establecido controles estrictos. Los carabineros quisieron evacuar algunas de las chabolas, pero se vieron obstaculizados por las barricadas de escombros que construyó el terremoto. Periodistas extranjeros informaron indignados de que la policía estaba disparando a personas desarmadas. La radio nacional calificó la población de «hervidero de terror izquierdista» y amenazó con medidas radicales.

No se mencionó el retorno a la democracia.

—Durante semanas, el gobierno no ha hecho nada respecto a la situación en el barrio —continuó el sacerdote belga—. Dejan que la gente se pudra en su propia inmundicia. ¿Adónde se supone que tienen que ir? Si la junta quiere echarlos, lucharán. Y son más de cien mil.

—Llamé a unos cuantos enterados —dijo Cristóbal—. Me dijeron que los generales no se ponen de acuerdo entre ellos. Algunos de ellos piensan que la situación se está manejando mal, pero los halcones del Gobierno se oponen con vehemencia. No sé qué pasará con su barrio. Quizá la atención internacional obligue a la junta a decidirse por un verdadero programa de ayuda. Esperemos que así sea.

—Van a ser días difíciles —replica Lafarge.

—No te he pedido que vengas sólo por lo de Canela y la pocilga —dijo Cristóbal, con expresión preocupada.

—¿Qué quieres decir?

—Alguien está preparando el asesinato de Pelarón —respondió Cristóbal sin rodeos.

René Lafarge mantuvo el rostro neutro, recordando la confesión de hacía algún tiempo. El hecho de que Cristóbal pudiera ver dentro de su confesionario, por así decirlo, no le sorprendió demasiado.

—¿Ahora? —dijo—. ¿Justo cuando hay una mínima posibilidad de que Pelarón tome un rumbo más democrático?

El sacerdote observó cómo le miraba el bibliotecario jefe: capas de vacilación y cálculo ocultas en su mirada.

—¿Eso es todo lo que tiene que decir al respecto? —insistió Cristóbal.

Lafarge no contestó.

Cristóbal frunció el ceño y continuó:

—La resistencia cree que el nuevo planteamiento de Pelarón sólo está allanando el camino para que se convierta en un presidente legalmente elegido. Que nada cambiará, salvo que el gobierno tendrá una máscara democrática. El pelarónismo seguirá adelante y con él la desastrosa economía liberal y la creciente brecha entre ricos y pobres.

—¿Por qué me dices esto? —preguntó René.

—Sí, ¿por qué iba a hacerlo? —preguntó Cristóbal, con la voz teñida de significados ocultos.

Los dos hombres desviaron la mirada al mismo tiempo.

—¿Qué quieres decir? —dijo finalmente Lafarge.

Cristóbal ladeó la cabeza.

—Ya sabes lo que le pasó a esta universidad durante el golpe: las detenciones, las masacres. Los militares aún nos consideran subversivos. También sabes lo que le pasó a mi predecesor y lo cuidadoso que tengo que ser.

—Ve al grano, Cristóbal —dijo René Lafarge.

Cristóbal puso las palmas de las manos una contra otra y torció los labios.

—Permitiré que tu peña para Canela y la porqueriza se celebre en nuestros terrenos. Pero después de eso, debes romper todo vínculo con la universidad por un tiempo. Y, René, piénsatelo bien. Te lo digo como amigo: La muerte de Pelarón no cambiará nada en este país. Al contrario, el caos no haría más que empeorar.

René Lafarge se quedó mirando al pequeño terrícola. Cristóbal era el típico habitante de este país: rara vez mostraba la mano.

El sacerdote comprendió que Cristóbal le advirtiera veladamente. Pensar que el bibliotecario creía que podía estar implicado en un asalto a Pelarón era tan grotesco que Lafarge sólo pudo sacudir la cabeza.

2

—Hay mucha gente, pero no han pagado suficientes entradas —dijo Cristóbal.

—¿Esperabas otra cosa? —preguntó René, fingiendo que estaba de buen humor.

El cura parecía mirar alrededor del gran auditorio, pero no perdía de vista a Cristóbal.

Desde su conversación de hacía unos días, el bibliotecario le había tratado con la misma cordialidad que antes, pero Lafarge sabía que, después de la *peña*, Cristóbal cortaría todo contacto con él.

Su primera reacción tras el encuentro había sido de enfado. Esa gente. Su predilección por los intercambios sociales complicados a veces le sacaba de quicio.

Después, sin embargo, se dio cuenta de que Cristóbal había intentado hacerle un favor advirtiéndole amablemente. ¿Creía en serio que apoyaría o ayudaría en un intento de *asesinato*? René no le había preguntado a Cristóbal de dónde o de quién había sacado ese rumor. En este país, ni siquiera se les preguntaban esas cosas a los mejores amigos. Pero, ¿quién había difundido esa peligrosa mentira? Y, sobre todo: ¿por qué?

—Yo, desde luego, no —respondió rígidamente el cura.
—¿Qué?
—Esperaba que hubiera más fans que pagaran.
—Era nuestro deber cultural ayudar a los habitantes del barrio pobre. —René notó el tono formal del bibliotecario y comprendió por qué cuando miró por encima del hombro de Cristóbal.

Se les unía Kurt Fitzroy, un terreneo que ocupaba un vago cargo gubernamental que tenía algo que ver con la embajada americana.

Kurt tenía cincuenta y tantos años, era alto, con el pelo gris ondulado, gruesas gafas de montura de cuerno con cristales tintados, barba y expresión amable. A su lado había una chica delgada de unos catorce años. Era tímida, pero había algo de orgullo en su postura.

René le sonrió. Cuando sus miradas se cruzaron, el sacerdote sintió que los huesos se le hacían agua. La muchacha sonrió vacilante, y los hoyuelos de sus mejillas le hicieron retroceder diez años en el tiempo.

—Hola, padre, he oído hablar mucho de usted. Encantado de conocerlo —dijo Kurt—. Vengo a hacer mi contribución a su barrio. Espero que el gobierno resuelva pronto todas las dificultades. —Señaló a la niña con la cabeza. "Esta es mi hija, Amanda. Es su primera peña. —Sonrió a la adolescente y le acarició la mejilla—. Le advertí de los personajes extravagantes que vería aquí, Cristóbal. Eso la hizo un poco tímida. —Kurt guiñó un ojo a su hija, que se ruborizó.

—Disculpe —dijo René. Su voz sonaba ahogada. Saludó con la cabeza a la compañía y se dirigió a la barra. Lo que había visto le aceleró el corazón. El cura volvió a mirar a Amanda.

¿Debía creer a su corazón o a su mente? ¿Podría ser verdad? Recordó la voz del oficial diez años atrás:

—No puedo dejar que te lleves a la hija de Víctor Pérez. Mírala: es demasiado sensible, demasiado frágil, para ser criada por simples campesinos en el árido norte. Lo que necesita, y lo que obtendrá de mí, es una educación acorde con semejante capullo de rosa. Llévese a los otros niños, cura. Esta me la quedo yo.

René recordó los ojos que se burlaron de él en el estadio cuando el jefe de los servicios secretos pronunció aquellas palabras. Pensó que nunca las olvidaría.

Un hombre rubio, sin barba ni gafas, de unos cuarenta y cinco años, civilizado y apuesto. Era totalmente diferente de los soldados campesinos del estadio que habían dejado pasar a René con despreocupación cuando éste les mostró los documentos oficiales que le permitían salvar a todos los niños que pudiera del estadio.

El hombre rubio vestía de paisano, pero René se dio cuenta de que era un oficial de alto rango. Al principio, el sacerdote había pensado que los ojos del hombre se burlaban de él, pero también tenían un brillo que le recordaba al fanatismo.

El hombre reclamó como suya a la hija de Víctor Pérez mientras el pelotón de ejecución del estadio se llevaba a sus padres. Lafarge sabía que se enfrentaba a un hombre que se reía en la cara de la decencia moral.

Su mirada se desvió hacia Kurt. ¿Era posible que Kurt fuera ese hombre? ¿Qué hacía que aquel pelo rubio fuera tan gris? ¿Y por qué aquellos ojos, en parte ocultos tras unas gafas color cerveza, parecían tan mansos, tan distintos a los de diez años atrás?

El sacerdote se concentró en la chica. ¿Por qué aquella adolescente le había recordado de pronto a la hija de cuatro años de Víctor? Había visto a Carmencita un par de veces en el estadio, eso era todo.

Los ojos. Eran los ojos. La niña tenía los ojos negros y penetrantes de su padre, con las pestañas más largas que jamás había visto. La forma en que había mirado a René diez años atrás, cuando la tuvo en sus brazos en aquel terrible lugar:

había estado asustado, pero también decidido a rescatarla. Esta chica tenía exactamente los mismos ojos, la misma expresión.

Fitzroy pareció sentir la mirada de Lafarge y miró en su dirección. René apartó la cabeza y fingió escrutar al público. Vio un llamativo número de jóvenes con el pelo largo. A los tereneos les gustaba llevar el pelo largo, pero cuando la frágil economía flaqueaba y la junta se irritaba, salían patrullas a la calle y les rapaban el pelo en el acto.

La chica era alta para su edad. ¿Parecía feliz? ¿O al menos no más infeliz que cualquier otro adolescente de este país, restringido por rígidas normas?

¿Por qué sintió que Amanda era Carmencita Pérez? Durante años reprimió el episodio del estadio. El recuerdo de aquel lugar, donde miles de opositores al régimen fueron torturados y asesinados justo después del golpe de Estado, le producía abatimiento e inquietud al mismo tiempo. ¿Por qué se quedaba en un país donde esas cosas eran posibles? Monseñor Subercaseaux estaría encantado de abandonar Terreno.

Se coló en la concurrida cola frente al bar hasta situarse junto a Beatriz Candalti.

—Entre toda esa gente, vi el círculo de tu pelo como una perla azabache.

Beatriz lo miró, sorprendida. Se había recogido la espesa melena en un nudo y llevaba una blusa blanca, vaqueros y zapatillas de deporte. Parecía fresca y joven.

—¿Dónde está Alejandro? —continuó el cura. Vio cómo Beatriz le miraba y se preguntó si se daría cuenta de que pasaba algo.

—Se está preparando. Está nervioso.

—Es comprensible después de tantos años. ¿Vas a bailar?

Ella sonrió débilmente.

—Sí, claro.

—Cristóbal ha preparado un programa inteligente —continuó René apresuradamente—. Al principio de la velada, pop americano para atraer a los jóvenes. Después, las mejores obras, incluido tu amigo. Lo han hecho venir como «actuación sorpresa» para que no tuviera que figurar en la lista de invitados que Cristóbal presentó al Gobierno. Para cuando cante, los chicos ricos y ruidosos estarán aburridos de tanta caridad y se habrán ido a sus discotecas. Así que los cócteles irán al armario, beberemos pisco de verdad, bailaremos la rumba y todos olvidaremos nuestras preocupaciones. —Hizo una mueca—. Hasta mañana. —«¿Por qué estaba tan nervioso?»

—¿Todos? —dijo Beatriz, enarcando las cejas—. ¿Tú también bailas?

—Sí —dijo él—. Contigo, si quieres. —No entendía de dónde había sacado el valor para decir aquello.

De nuevo, esa mirada de sorpresa de ella. René recordaba todo lo que ella le había contado cuando le ayudó con su divorcio. Beatriz se sintió tan cerca de él entonces, un doloroso contraste con este ambiente forzado ahora. Es más que probable que pensara que no estaba bien que una mujer terrena en una relación intimara con otro hombre, sobre todo si ese hombre era un sacerdote. Además, el guitarrista moreno de ojos atormentados le caía mal. Como auténtico macho terreneo, Alejandro seguramente habría prohibido a Beatriz relacionarse con él. René Lafarge se sobresaltó por la rabia que sintió ante este pensamiento.

—Disculpe —dijo, dándose la vuelta. Se abrió paso entre la gente sin mirar atrás.

Con el vaso vacío en la mano, miró a los bailarines. El auditorio, un gran cono de hormigón, estaba casi lleno. Habían colocado una pista de baile de madera en el centro, con mesas de metal verde oliva y sillas plegables alrededor. Había guirnaldas colgando del techo y mesas de caballete en el borde. Detrás, unos voluntarios llenaban vasos. El equipo de música sonaba a todo volumen.

Detrás de uno de los caballetes había un joven con camisa blanca y pajarita, claramente de familia adinerada. Hacía malabares con una coctelera con una amplia sonrisa en la cara. Delante de su improvisada barra había jóvenes bien vestidos que le animaban mientras miraban a las chicas maquilladas de las mesas que, a su vez, le devolvían las miradas. Un poco más allá había una mujer india que había vencido su timidez. Su bombín, su corpulencia y sus fuertes brazos despertaron las burlas de los pitucos ricos. Ella fingió no darse cuenta. Los mestizos aplaudían alegremente al ritmo de la música y bailaban. Los invitados extranjeros, en su mayoría estadounidenses y algunos europeos, se sentaban a las mesas y hablaban con las cabezas juntas. En el pasado, René había estado en festivales folclóricos donde la gente escuchaba la música y comentaba en voz alta las letras. Esta costumbre casi había desaparecido en los últimos diez años. Esta peña apenas se distinguía de cualquier fiesta en cualquier parte del mundo.

—¿Qué te parece la fiesta, René? —preguntó una voz amiga. Miró de reojo. Kurt cogió el vaso de René y lo llenó con una botella que llevaba—. Salud.

—*Gesundheit* —dijo René. Los ojos de Kurt Fitzroy sobre el vaso no cambiaron.

—Quizá tu reputación de sacerdote militante te impide disfrutar de un poco de diversión —dijo el hombre con una sonrisa.

René ignoró la puya oculta.

—Soy menos militante de lo que crees.

Kurt sonrió como si René hubiera contado un buen chiste.

—Me lo imagino —dijo con su acento civilizado—. A los terrícolas nos gusta exagerar. Honor, venganza de sangre, inevitabilidad, destino. Estos conceptos nos son familiares. La expresión dramática, la sensualidad, la crueldad, el amor exuberante, el hombre como conquistador extravagante; nos parecen aspectos de la vida que merecen la pena. Tú como...

—Qué análisis tan exaltado —interrumpió René—. No tienes miedo de usar clichés para describir a tus compatriotas.

Kurt se rió y se acarició la barba.

—¿Crees que la gente que está aquí esta noche baila y bebe por la porqueriza? Claro que no: tienen un motivo para dejarse llevar. Esta noche se emborrachan y luego dicen: ¿a quién le importa el mañana?

—Creo que infravaloras a esta gente. A lo mejor bailan porque esperan que mañana se modifique la Constitución y vuelvan a ser posibles las elecciones.

—Qué comentario más gracioso. Tu ironía es muy especial. Las reservas para los ateos como yo, supongo, porque, para creer en un dios, necesitamos *le plongée dans le néant*, ¿no?

—Eso suena a francés profundo, pero sigo sin saber qué piensa del reciente impulso político. —René mantenía la voz ligera y el lenguaje corporal indiferente, aunque por dentro temblaba de pies a cabeza.

—Hace un tiempo, la dictadura militar era prácticamente la única forma de gobierno en toda Sudamérica —dijo Kurt—. Hace unos años, la democracia empezó a reaparecer. No siempre es un viento que trae prosperidad y felicidad. Stroessner en Paraguay es un dictador clásico, pero yo más bien llamaría a Pelarón un *déspota* ilustrado. Me pregunto si ha llegado el momento de la democracia en Terreno.

—¿Cree que habrá reforma constitucional? —Al mismo tiempo, el cura pensó: «¿Por qué no puedo mantener la boca cerrada?»

—No pareces tener mucha fe en las intenciones democráticas de Pelarón, René —dijo Kurt, dirigiéndose al cura por su nombre de pila por primera vez—. ¿O estás tan desanimado porque la situación en tu barrio se deteriora tan rápidamente?

Durante los dos últimos días, los disturbios en la porqueriza se habían extendido a todo el distrito de Canela. La policía respondió con una demostración de fuerza que recordaba a los primeros meses de la junta.

—¿Quién sabe? —dijo Lafarge mientras volvía los ojos hacia los bailarines. El olor a arrollado flotaba apetitosamente en la sala. La Universidad no había obtenido permiso para celebrar la peña en los jardines de la facultad. Las autoridades alegaron que un concierto benéfico para Canela al aire libre atraería el desorden.

—La democracia es una etiqueta como otra cualquiera —dijo Kurt—. Acabo de hablar aquí con un joven que juraba a los cuatro vientos que era comunista. Le pregunté si sabía lo que eso significaba.

—¿Y? —preguntó René.

—Me ha salido una versión terreneana de Robin Hood. —Rió Kurt—. Se lo quitaba todo a los ricos para dárselo a los pobres, nacionalizaba la industria, el comercio con Cuba, etcétera. Tuve que emplear todo mi tacto para librarme de aquella juventud tonta. Sus teorías eran tan prolijas como Das Kapital.

René se rió cordialmente, pero estaba más alerta que nunca. La conversación se estancó.

—¿Qué estás mirando, querido René? —preguntó Kurt amablemente, un poco más tarde—. Puedo suponer que no estás mirando lascivamente a las bailarinas, ¿verdad?

—Sírveme otro vaso, querido Kurt —respondió René con despreocupación—. ¿Dónde está tu hija?

Kurt miró al sacerdote. A la luz del auditorio, sus ojos tras las gafas tintadas parecían muy oscuros. De repente había algo entre ellos, un campo invisible de energía que saltaba entre los dos hombres: «en el fondo de nuestros corazones, somos enemigos».

—Estaba cansada —dijo Kurt—. Sólo tiene catorce años y

ya es tarde. Un amigo mío la llevó a casa. —Sonrió—. Un oficial de alto rango que también estaba aquí. Así que ya ves, René, la casta militar también quiere apoyar tu obra benéfica. Deberías ser optimista.

—Tienes razón —respondió René—. No es una noche para ponerse pesimista. Tal vez, como hombre de Dios, incluso me arriesgue a dar unos pasos de baile. —Se preguntó por qué Fitzroy había enviado a su hija a casa.

Kurt rió jovialmente.

—¿Vas a hacer eso con la música de tu protegido?

—¿Hmm? —dijo René, como distraído.

—Alejandro Jurón —dijo Kurt con un brillo travieso en los ojos—. Ex miembro del famoso Aconcagua. Cristóbal me acaba de decir que lo recogió inesperadamente en la población. Jurón no aparece en la lista de artistas entregada a las autoridades, pero sólo un amargado refunfuña por eso, ¿eh René? Cristóbal me asegura que Alejandro no cantará canciones incendiarias del viejo repertorio de Aconcagua; se ceñirá a las clásicas canciones de amor del altiplano. Una pena, la verdad: El repertorio de Aconcagua estaba lleno de verdaderas joyas. Tienes talento para las sorpresas, René.

La mano de Lafarge que sostenía su vaso se congeló justo delante de su boca. Kurt golpeó con elegancia su vaso contra el de René y se lo bebió de un trago.

3

ALEJANDRO APRETÓ LA GUITARRA ENTRE LAS MANOS. SE SENTÍA melancólico, pero al mismo tiempo emocionado. Pensó en el primer concierto de Aconcagua, hace ya casi quince años, y en Víctor emborrachándose después. Juron nunca olvidó las palabras de Víctor en aquel momento: "¡Si pudieras verme ahora, padre! Había sangre en las paredes de nuestra choza de Tampu cada vez que pegabas a mamá. Yo, a escondidas, vertía los restos del pisco para evitar que te lo echaras todo al estómago. Eras un bueno para nada, y yo estaba destinado a seguir tus pasos. Pero mira, padre, te desafío. Me estoy convirtiendo en alguien".

—Me avergüenzo, Víctor —murmuró Alejandro en voz baja—. Me siento humillado.

Dos hombres entraron en la sala de baile que servía de camerino a los artistas.

—¿Es mi turno? —preguntó Alejandro.

Sin mediar palabra, uno le arrebató la guitarra de las manos y la hizo añicos sobre una mesa.

Los años en el caldero de La Última Cena eran ahora la salvación de Alejandro. Vio el brillo de una llave de boxeo en el puño que giró en su dirección, y se agachó. Alejandro arrojó una silla a los pies del segundo atacante y salió corriendo de la habitación.

En el pasillo había dos hombres; se sorprendieron al verle; conocía a uno de ellos.

—¡Maldita sea! —gruñó Manuel Durango—. A por él.

Alejandro se escabulló entre ellos. Sintió una mano en el hombro y dio una patada hacia atrás. Siguió corriendo, abrió de un golpe la puerta doble del fondo del pasillo y acabó en el balcón del auditorio. Abajo, Beatriz hablaba con Lafarge. La música se había apagado; todos esperaban la llegada de Alejandro.

Éste gritó: «¡Beatriz!», mientras las puertas se abrían de golpe a sus espaldas. Saltó desde la galería y aterrizó de golpe en el piso inferior, haciéndose daño en la rodilla izquierda. Manuel Durango le pisaba los talones, junto con los tres miembros del grupo fascista Patria y Sangre.

El público se separó instintivamente en favor de Alejandro, y luego cerró filas contra sus perseguidores. Sonó una ráfaga: para abrirse paso entre la multitud, uno de los matones de Manuel disparó al aire. Cundió el pánico. La gente se embiste en su huida hacia la salida. René y Beatriz intentaron alcanzar a Alejandro, que luchaba contra la corriente de gente. A medida que sus perseguidores se acercaban, Alejandro alcanzó a Beatriz y al cura.

René fue a colocarse frente a ellos.

—Esto es... —empezó.

El primer fascista golpeó con el cañón de su pistola la cabeza de Lafarge. Éste se tambaleó y cayó. Luego apuntó a Alejandro. A su vez, Beatriz se puso delante de él. Manuel gritó algo, pero fue ahogado por el ruido de la multitud que huía.

—Deténganse de inmediato —resonó una voz a través del sistema de sonido—. Hemos llamado a la policía.

Manuel apartó al hombre de la pistola y le espetó algo

inaudible. Cristóbal subió al escenario y habló por el micrófono:

—Consideren las consecuencias de esta agresión ilegal.

Manuel miró a Beatriz, que temblaba, pero le sostuvo la mirada. Se dio la vuelta, caminó a grandes pasos hacia el escenario, saltó sobre él y arrebató el micrófono de la mano de Cristóbal.

—¡Vete a casa! —bramó—. Puedo informarte en nombre del general Pelarón de que el Gobierno reconstruirá la población con casas de piedra a cambio de un pequeño alquiler. El general representa el futuro y la prosperidad de este país. Cualquiera que afirme lo contrario es un imbécil esquirol y merece ser ejecutado.

Manuel se volvió hacia Cristóbal y continuó con calma:

—También puedo informarte de que el nombre de la población pasará a ser Distrito Residencial Antonio Pelarón. Esta universidad se ha extralimitado con este festival. Una panda de comunistas que abusan de las drogas y del licor de contrabando....

Manuel dejó caer el micrófono con un golpe en el suelo, hizo una seña a sus hombres con la cabeza y abandonó la sala. La sala quedó en silencio tras ellos. Todos se quedaron quietos. Cristóbal se agachó y cogió el micrófono.

—La peña ha terminado. Deben abandonar inmediatamente el recinto universitario. Gracias por vuestra comprensión.

—Ve por agua —le dijo Beatriz a Alejandro mientras trataba de ayudar a René a ponerse en pie. Le goteaba sangre de una herida en la cabeza.

—No está tan mal —murmuró el cura. Beatriz tuvo que repetir su petición dos veces: Alejandro miraba fijamente el escenario donde, hacía unos minutos, había querido dar su primera actuación en años.

Los jóvenes de familias acomodadas, a los que había

desafiado la idea de visitar una peña a la antigua usanza para emborracharse con gente pobre, fueron los primeros en escabullirse. Lo que parecía una oportunidad para presumir de su estatus se convirtió en un peligro inútil. «¿Quién lo iba a saber? La policía, o peor aún, el ejército, podría aparecer en cualquier momento».

Los habitantes de la población seguían juntos en pequeños grupos.

—Mentirosos —dijo alguien en voz no muy alta. Pero otros tomaron el relevo. Rápidamente sonó como una letanía—. ¡Mentirosos!

—Váyanse, por favor —dijo Cristóbal por el micrófono—. No podemos hacer nada más por ustedes. Ya lo habéis oído: el gobierno os dará mejores casas. Iros a casa.

Al final de sus palabras, el «¡Mentirosos!» sonó más fuerte. Sin embargo, la gente siguió el consejo de Cristóbal. Bajó del escenario.

—Lo siento —le dijo a René, que se limpiaba la cabeza con un paño húmedo.

—¿Quiénes eran? —preguntó René. El brazo izquierdo le colgaba torpemente junto al cuerpo.

—Patria y Sangre —dijo Beatriz.

—Bajo el liderazgo de tu marido —dijo Alejandro—. Quiero decir tu ex marido. —Parecía mirar a través de Beatriz.

—Ahora me has visto esconderme a espaldas de otros —continuó—. En la iglesia no estabas, pero ahora lo has visto. ¿Estás satisfecha ahora?

4

Alejandro se sintió rodeado por los muros de su debilidad. La boca le sabía vil, pero sabía que la podredumbre estaba en su cabeza, y siempre lo había sabido.

—Yo no soy como ninguno de vosotros —murmuró Alejandro. Dejó vagar su mirada por la porqueriza, donde se había refugiado tras su humillación en el auditorio. Intentó calmarse con sorbos de una botella de licor medio llena.

Beatriz era la causa de este amargo enfrentamiento consigo mismo. Beatriz con su coraje nervioso, su poder secreto. Había visto con sus propios ojos lo cobarde que era.

Alejandro había huido del auditorio. Siguiendo las vías del tren, había llegado a la porqueriza sin encontrarse con una patrulla de policía. En el camino, Manuel y el capitán Astíz se fundieron en su mente en una sola maraña.

Cuando llegó a la porqueriza, gritó maldiciones a la gente que se refugiaba entre los escombros de sus casas.

—A pesar de toda la miseria, la porqueriza sigue envenenada de esperanza —gritó Alejandro, agitando la botella hasta que le fallaron las piernas. Tuvo que sentarse en el barro, gritando que la esperanza no era un regalo de los dioses, sino un tormento.

Los chabolistas se rieron de él. Habían formado consejos de distrito e intentaban construir nuevos refugios. De la mañana a la noche, trabajaban por turnos, ignorando el toque de queda y las advertencias de la policía. En medio de la desesperación y los brotes de violencia, algunos grupos no se rinden.

Alejandro levanta la cabeza y observa a los albañiles con los ojos inyectados en sangre. Un sorbo más de su botella, un último resto de razón desapareció.

—La diferencia entre todos vosotros y yo es que yo soy una rata cobarde —murmuró Alejandro después de levantarse. Borracho, se escabulló por el barrio de chabolas. A los ojos de los habitantes, era uno de los muchos que se habían rendido.

A los ojos de Beatriz, era un cobarde; no lo dudó ni un segundo.

La aversión en sus ojos era real, no la había imaginado. Alejandro movió a ciegas la botella de un lado a otro. Un jeep de la policía dobló la esquina justo cuando la botella se le escapó de las manos y voló por los aires antes de estallar contra el vehículo. Un joven policía con un corte de pelo que le hacía parecer un niño disparó en dirección a Alejandro.

Un aliento de fuego acarició el hombro izquierdo de Alejandro. El resultado no fue miedo, sino furia de borracho. Alejandro saltó sobre el capó del jeep. Sorprendido, el conductor pisó el acelerador. La sacudida empujó a Alejandro sobre los hombros del conductor. Con un sonido parecido al de una col podrida cayendo sobre hormigón, el vehículo se estrelló contra un gran montón de basura.

Alejandro, abruptamente curado de su desprecio por la muerte, cayó del capó a la calzada, se levantó de un salto y salió disparado. Saltó por encima de un montón de neumáticos, corrió junto a casas derruidas y continuó en dirección al río.

Cerca de las vías del tren, iluminadas en la oscuridad, no pudo continuar.

Sólo ahora se dio cuenta de lo agotado que estaba. Jadeando con las piernas temblorosas, intentó pensar qué debía hacer. Pero pronto se arrastró tras montones de madera en descomposición y cayó en un sueño intranquilo que le llevó a los labios el cáliz envenenado del pasado.

5

Nunca la Cordillera se ha parecido tanto a una puerta a otro mundo. Emprendo un viaje hacia mi interior como me enseñó mi madre según las antiguas tradiciones indias. Esta noche, estoy lo bastante borracho como para creer en ellas. Estoy tumbado en barro maloliente y oigo a las ratas arañar en la oscuridad. Debería huir, pero no tengo control sobre mi cuerpo y tengo que escuchar las voces de las imágenes fantasmales que se acercan. El capitán Astíz las dirige. Haga lo que haga, no puedo negarles el acceso a mis sueños.

Contrariamente a lo que le dije a Beatriz, usted nunca me puso un dedo encima, Capitán. No era necesario. Usted intuyó quién era yo, la madera de la que fui cortado.

Usted en la oscuridad, y yo con una lámpara brillante frente a mí, su voz suave, los contornos de su cuerpo en mi oscura celda: ése fue el prólogo. Después de días, me sacaron de mi celda, esposado, con el corazón agitándose en mi garganta. Ahora va a suceder. Dos soldados me conducen a una sala de tortura. En la tenue luz, veo a un hombre desnudo, con los ojos vendados, tumbado en un colchón.

Un soldado con uniforme sin insignias, con la solapa del kepi sobre los ojos, se inclina sobre él y le pone una mano en la entrepierna.

—¿Quién es usted? ¿Qué haces? —*La voz del prisionero no es más que un susurro.*

Un mechero Bunsen empieza a silbar. En la luz azulada y vibrante, reconozco los contornos del cuerpo del capitán Astíz. Como siempre, su rostro es invisible. Sujeta el pene del prisionero. En un rincón, dos soldados se inclinan sobre el quemador y calientan una larga aguja que entregan a Astíz. Brilla en rojo. Astíz me la pone delante de la nariz.

—A esto lo llamamos el toro aguja. Transforma a todos los toros en bueyes.

Rápidamente, presiona la punta de la aguja caliente contra los genitales del prisionero.

Le oigo gritar. Mis guardianes me sujetan firmemente. No es que pueda soltarme, apenas puedo sostenerme sobre mis piernas.

—Mira cómo se arruga esa polla orgullosa —dice Astíz, inclinándose sobre el hombre del banco. Como de costumbre, su voz suave suena ligeramente irónica—. Te dejaremos con ganas de más un rato. Si su hijo no habla, le insertaremos la aguja de toro.

Le quita la venda de los ojos al prisionero. Como si fuera una señal, me empujan bruscamente fuera de la habitación y me llevan de vuelta a mi celda. Intento recordar el rostro del hombre y el timbre de su voz.

¿Mi padre?

No lo sé con certeza. En este lugar, el mundo que creía conocer está muy lejos; aquí, todo es posible.

Me senté en mi celda a oscuras. El capitán entró y se apoyó en la pared. Permaneció en silencio. Había una atmósfera de comprensión, como si ambos hubiéramos experimentado un ritual de purificación. Abrí la boca y me sorprendió la firmeza de mi voz.

Revelé la dirección en la que se escondía mi amigo Víctor Pérez con su familia, a la espera de que unos amigos de la embajada inglesa los sacaran del país.

Aquello no fue más que el principio. A partir de ese momento, Astíz me tenía agarrado y quería ver hasta dónde podía llegar. Al día siguiente, me enfrenté a una terrible elección: aplicar electrodos al cuerpo de un preso y salvar a su hijo, o negarme.

Puse los electrodos.

Hice otras cosas. Nunca me negué.

Cada vez perdía una parte de mí.

Astíz llenaba esa parte.

Le rogué a Astíz que parara. Me contestó que le satisfacía ver que el famoso guitarrista del Aconcagua tenía otros talentos además de la música.

Finalmente, me propuso una nueva opción: seguir o ir a La Última Cena.

Yo quería seguir, pero no me atrevía. Sabía dónde acabaría: como verdugo del régimen.

Pero no sabía que La Última Cena sería tan infernal.

LA MALDICIÓN DEL PASADO

1

BEATRIZ ENTRECERRÓ LOS OJOS MIRANDO EL TRÁFICO DE LA avenida Fletcher O'Callaghan. Quiero saber dónde está Alejandro, pensó. Quiero ver que no está muerto. Es todo lo que necesito. No podía darle felicidad. ¿Cómo podía saber que sería tan difícil?

René conducía temerariamente por la avenida en su viejo Citroën. La avenida estaba llena de tráfico agresivo. Buscó un hueco entre la corriente de coches. El vendaje de la cabeza ya estaba sucio, aunque sólo tenía un día.

—¿Tu padre estará dispuesto a ayudarte?

Beatriz se frotó las manos en sus ajustados vaqueros. Últimamente vestía de forma más agresiva.

—No lo sé. Quizá en estas circunstancias. Pero como mujer caída, no tengo mucha gracia a sus ojos.

Ayer, antes de la peña, había conducido hasta la oficina de EMI en el centro de la ciudad y había preguntado cuánto costaría grabar un disco. Pocos grupos terreneos habían sobrevivido a la invasión de la música americana en los últimos años.

Los que habían sobrevivido grababan sus álbumes en EMI

y pagaban ellos mismos los costes de producción. La cantidad era más o menos la misma que el sueldo anual de Beatriz. Habría sido un bonito regalo para Alejandro.

—¿Alguna noticia de Alejandro?

Ella negó con la cabeza.

—João lo está buscando.

—Espero que no esté haciendo ninguna tontería.

«¿Lo decía en serio?» Ella se limitó a asentir. A paso ligero, se acercaron a un semáforo.

—¿Todavía lo quieres?

—¿Por qué preguntas eso?

Se quedó callado un momento.

—Porque ayer me di un golpe en la cabeza —respondió con una sonrisa torcida—. Lo siento. No es asunto mío.

Esta vez, el mensaje de su mirada era inequívoco. Ella giró la cabeza.

—Nunca imaginé que conocería a un hombre así. Lo conocí cuando ya no sabía qué hacer con mi vida, y él sentía lo mismo.

—¿Es eso una respuesta a mi pregunta? —René se aclaró la garganta.

—Oh, René —dijo ella.

—¿Tienes futuro con él?

—No pienso en eso. —Soy igual que las chicas de la población, pensó. Quería utilizar a Alejandro para subir mi autoestima, y ahora que no es la aventura romántica que creía que sería, quiero echarme atrás. ¿No es ésa la actitud más segura en este país?—. Alejandro se niega a aceptar que no puede deshacer el pasado. Ayer, Manuel y sus matones le recordaron por lo que había pasado. No puede soportarlo.

Los hombres se negaban a aceptar tantas cosas. A sus ojos, René Lafarge no quería afrontar el hecho de que se estaba convirtiendo en una caricatura de sí mismo: la eterna figura paterna, siempre preocupado por los demás.

—Espero que João lo encuentre —dijo él. Beatriz sabía lo

que le costaba preocuparse por Alejandro, pero su voz seguía sonando falsa.

—¿Por qué has venido a Terreno, René?

—También podrías preguntarme por qué me hice cura.

—¿Y por qué te hiciste cura?

—Hace un año no me lo habrías preguntado.

—Es verdad.

Una mirada de reojo. René llevaba gafas cuando conducía. Beatriz lo encontraba encantador; le daba cierta fragilidad.

—La verdad es que no me acuerdo —dijo él—. Creo que quería hacer algo útil con mi vida. Vengo de una familia obrera de Charleroi, una ciudad que hay que ver para entender su fealdad. Una ciudad empobrecida. Y mamá era una auténtica creyente católico-romana. *Voilà*.

—Mi padre, que no podía decir diez palabras en su vida sin que Dios estuviera presente, ahora está perdiendo la fe. —Beatriz rió brevemente—. Siempre pensé que la fe ayudaba a la gente a morir sin miedo. ¿Y qué es lo que veo? Papá perece de ansiedad en su cama. Ahí va otra ilusión.

—Hoy hablas más fuerte —dijo René, sonriendo. Ella vio cuántas arrugas tenía en la cara estos días.

—¿Tú crees? —Ella volvió a reír, pero él se dio cuenta de que no lo hizo con cariño. Parecía haber cambiado en los últimos días. ¿Cómo había podido considerarla tan complaciente?

Beatriz miró por la ventana hacia la cordillera de los Andes: una gran muralla que parecía casi tan cerca como para tocarla.

—Cuando era más joven, quería vivir en lo alto de las montañas, tan alto que el cielo me hormigueara en los pulmones.

Una sirena cercana comenzó a aullar, cortando su respuesta. Un tanque blindado de la policía entró en la avenida desde una calle lateral frente a ellos con un giro brusco y chirriante. René frenó en seco y su coche derrapó. El tanque de la policía pasó de largo y retumbó en la dirección opuesta. El chillido de la sirena resonó en la avenida atestada de coches. René miró el tanque por el retrovisor y golpeó el volante con la mano derecha.

—*Merde!* —Se quitó las gafas de la nariz y se pasó la manga por la frente—. Odio un país donde la policía tiene tanques. —Volvió a arrancar el coche. Beatriz no dijo nada. Miró por encima del hombro y vio cómo el furgón blindado se desviaba de la avenida.

Continuaron en silencio, el perfil de Lafarge sombrío e introspectivo.

—Creo que fue porque tenía miedo —dijo cuando estaban cerca del Hospital San Lucas—. Por eso me hice cura.

«¿Por qué tenías tanto miedo?» Ella se sintió secretamente aliviada cuando el brusco giro de él hacia el aparcamiento pareció convertir esa pregunta en inoportuna. Mientras caminaban en silencio por los pasillos del hospital, la atormentaba que René y Alejandro se parecieran tanto.

2

Se sintió disgustada cuando su padre le hizo señas con un gesto pontifical para que se acercara a recibir su beso. Le presentó a René. Don Candalti reaccionó con indiferencia, señal de que estaba en guardia. Sin embargo, Lafarge tomó las riendas con confianza y le contó en términos profesionales lo que había sucedido durante la peña. Ernesto hurgó en su sábana, levantó los ojos al cielo y chasqueó desaprobadoramente con la lengua.

—No puedo creer que Manuel hiciera algo así. ¡Con el papel que tiene en el ministerio!

—Consiguió ese papel porque es miembro de Patria y Sangre —dijo Beatriz.

Su padre la miró, escandalizado, aún aferrado a su antigua autoridad. Los médicos consiguieron reducir un poco el cáncer, pero su aspecto no se había beneficiado.

La medicación le hacía los ojos saltones. Cuando Beatriz era adolescente, pensaba que su padre era guapo con su pelo rizado y gris, que ahora le caía plano y fino sobre el cráneo, pero sus movimientos seguían siendo tan grandiosos como los de un actor de teatro.

Ernesto miró a Lafarge con aire de conspiración.

—Padre, tengo una hija que a los doce años quería ser poeta. Su imaginación ha continuado desde entonces, aunque es una buena niña, sí, al menos eso puedo decir.

Beatriz se dio cuenta abruptamente de que su desaprobación de las astutas maneras de su padre estaba construida sobre arenas movedizas. Jugaba al mismo juego, actriz de gestos y expresiones faciales: ¿qué otra cosa estaba haciendo ahora?

—No puedo juzgar el carácter o el pasado de su yerno —dijo René—. Puedo, sin embargo, atestiguar que ayer deshonró su nombre. De momento no queremos recurrir a las autoridades por su flagrante violación de la ley. Pero sí le pedimos, señor Candalti, que utilice su influencia para atemperar al señor Durango en su comportamiento hacia su hija. La señorita Beatriz tiene mucho miedo de su ex marido. Y no es la única. ¿Qué pensaría si los periodistas se enteraran de este escándalo?

Había una amenaza velada en las palabras de René. A Beatriz no se le escapó que la respuesta de su padre era una maniobra evasiva.

—Como sacerdote, ¿vienes aquí a defender el hecho de que mi hija haya dejado a su marido? Me parece una extraña interpretación de la tarea pastoral.

René no se inmutó.

—No estoy aquí como sacerdote, señor. Estoy aquí como consejero de su hija, que tiene motivos para temer a su yerno, y porque sé que es usted un hombre recto.

Beatriz apretó los labios. Los hombres hablaban de ella por encima de sus posibilidades: llevaba años acostumbrada. La indignación se encendió mientras escuchaba el duelo verbal entre los dos hombres.

Podía, a voluntad, despertar tal lástima por sí misma que las lágrimas brotaban de sus ojos. Puso a prueba el talento que tantas veces había utilizado cuando estaba en el internado y comprobó que seguía funcionando.

Ambos hombres se sorprendieron cuando Beatriz empezó a sollozar.

—Ya ve, señor Candalti, que su hija está desesperada. Como padre, es su deber cristiano ayudarla.

Beatriz secó lentamente sus lágrimas, felicitando en silencio a René..

Ernesto Candalti bajó los ojos.

—Hablaré con mi yerno. Escuchará a un anciano al que ya no le queda mucho tiempo de vida. Espero que mi hija haga finalmente lo mismo.

—Gracias, papá. —Tras sus lágrimas, Beatriz no tuvo inconveniente en agarrar la mano de su padre y apretar un beso en su arrugada piel. «Por lo que me pidió Cristóbal, no me voy a amilanar»—. ¿Puedo pedirte una cosa más, papá?

—Por supuesto, hija —dijo Ernesto Candalti, mirando a René: «¿Lo ves? Hago todo por mi hija».

Respiró hondo.

—¿Me prestas el Cessna durante dos días?

Él frunció el ceño.

—¿Dos días? Hace un rato dijiste que querías hacer un pequeño vuelo, nada más.

—La universidad se beneficiaría mucho —dijo ella rápidamente—. Tenemos que recoger un cargamento de material arqueológico que se excavó cerca de Arini. —Esperaba que la presencia de un sacerdote mientras contaba esta mentira evitara que su padre sospechara demasiado. René la miró sorprendido. Ella le sonrió como si disfrutara de su sorpresa.

—¿Arini? —dijo su padre—. ¿Tan cerca de los desiertos del norte? ¿Y por qué ibas a recoger ese cargamento?

—Nuestra universidad hermana de Arini ha accedido a prestar los hallazgos arqueológicos para una exposición. Si nuestro departamento de paleontología tiene que pedir al rector transporte por tierra, todo llevará demasiado tiempo. El Cessna es precisamente adecuado para esta tarea. Serás un verdadero mecenas de la universidad si aceptas, papá.

—Si es por el bien de Terreno, no puedo negarme. Siempre que tengas cuidado. —Como Lafarge estaba con ellos, Ernesto Candalti añadió—: Eres una buena piloto, estarás bien.

—Gracias, papá —dijo ella—. Eres un encanto.

Ernesto Candalti suspiró.

—Al menos vienes a visitarme. Los demás se han olvidado de mí. Están demasiado ocupados. Pero lo comprendo. A diferencia de ti, Beatriz, mis socios tienen una vida agitada. —Se dirigió a René—: ¿Quiere rezar por mí, padre? Si los médicos son de fiar, aún tengo posibilidades de curarme.

—Todos los días —dijo René con un cálido apretón de manos—. Todos los días.

3

El maloliente río chapoteaba ruidosamente a sus pies. Detrás de él, el desorden habitual de madera destrozada, cráteres, chapa ondulada, piedras, basura. Unos diez metros más allá, una tubería de alcantarillado vertía una masa borboteante en el río Mayu. Un perro callejero ladró a una rata que corría por el extremo del tubo.

Alejandro Juron se acercó aún más al agua. La contempló durante largo rato, con los brazos colgando junto al cuerpo. Finalmente, sus hombros perdieron la tensión. Juron cerró los ojos.

—Haz que vuelva a estar completo —susurró él.

—¡Alejandro! —gritó João, corriendo hacia el río—. ¡No saltes! Cristóbal te ha encontrado una habitación. Todo volverá a estar bien.

Juron se volvió lentamente.

—João —dijo con toda la dignidad posible—. ¿Puede una persona en este mugriento país no estar nunca más felizmente sola?

4

René Lafarge apagó el motor de su coche.

—Tengo que hablar con usted. —El cura dejó las manos en el volante y miró la fachada de la casa de Beatriz.

—¿Tan formal, René? —Beatriz se rió, pero se sintió incómoda.

—Sí, tan formal.

Una vez dentro, sugirió que se sentaran en el patio. En cuanto se sentaron, Lafarge fue al grano.

—¿Qué vas a hacer en Arini?

Ella respiró hondo.

—No puedo decírtelo.

—¿Tienes problemas?

—La verdad es que no.

—¿Es peligroso lo que vas a hacer?

Ella se encogió de hombros. Estaba avergonzada porque se sentía orgullosa de que René se preocupara por ella.

—¿Está Cristóbal detrás?

Bajó los ojos, se sintió una tonta y disfrutó.

—¿No quieres hablar de eso?

—No, René, preferiblemente no.

—Estoy preocupado por ti.

—No tienes que tener miedo por mí.

—No sólo tengo miedo por ti. También por mí.

Ella lo miró, sorprendida.

—Alguien ha extendido el rumor de que soy uno de los instigadores de un complot para asesinar a Pelarón. ¿Está mi viejo amigo Cristóbal detrás de esto?

—Seguro que no piensas eso...

—En la peña conocí a alguien, no diré su nombre para no ponerte en peligro. No me fío de él. Dijo que Cristóbal le había dicho que fui yo quien sacó a Alejandro de la porqueriza para que tocara sin permiso del gobierno durante la fiesta.

—Cristóbal nunca diría algo así.

—¿No? Ratas acorraladas, etcétera. Presiento que mi vida corre peligro.

—¿Qué quieres decir? —Ella vio lo alterado que estaba—. Tienes que contarme más.

—Primero, alguien entró en mi confesionario, un hombre sencillo a juzgar por su elección de palabras. Vino a pedirme perdón porque estaba planeando un asesinato. De Pelarón. Antes de que pudiera reaccionar adecuadamente, salió de mi confesionario y abandonó mi iglesia. Pensé que era una broma de mal gusto, pero poco después Cristóbal me pidió que nos viéramos. Me dijo que circulaba la noticia de que yo era el impulsor de un atentado contra el general. Y luego, en la peña, aquel hombre dijo que sabía que yo había organizado la actuación de Alejandro. ¿Qué significa eso? ¿Es que alguien quiere inculparme?

—Cristóbal seguro que no quiere causarte ningún daño.

René suspiró.

—Espero que no. Te das cuenta de que esos rumores bastan para hacerme *desaparecer* cuando llegan a ciertos oídos, ¿no?

—Los escuadrones de la muerte no se atreverían a ponerte un dedo encima; ahora no.

—Despierta, Beatriz. Nada ha cambiado en Terreno.

En el fondo, Beatriz sabía que el cura tenía razón. Anoche, Cristóbal le había dicho que su misión debía cumplirse antes de lo previsto. La amenazante carga de la policía en Canela y las brutales acciones de Patria y Sangre delataban un nuevo endurecimiento del estilo de gobierno de la Junta. Cristóbal le dijo que estaba bajo la presión de muchos grupos que exigían una actuación rápida y contundente.

—Hay confusión por todas partes —dijo ella—. Las cosas son cada día más caóticas. Nos arrastran. Parece que no hay vuelta atrás.

Lafarge miró por encima del hombro hacia la nítida blancura de los picos de las montañas y se sintió como una piedra que se hunde bajo el agua.

—Es mi deber pastoral intentar dar protección y amor a los demás. Siento que cada día lo hago menos.

—La gente de la pocilga y de Canela te quiere.

—El amor ya no me basta, Beatriz. Antes me masturbaba. Siempre he ocultado ese hecho en un lugar apartado de mi mente: era algo natural que se hacía sin más. Al mismo tiempo, intentaba compensar mi soledad con éxtasis espiritual. Veía a Dios cerca de mí, una presencia radiante que compensaba todo lo que me faltaba. Pero con los años, Dios se fue borrando, color tras color. Donde antes había luz, ahora sólo me asechan el miedo a la muerte y la oscuridad.

Beatriz se inclinó hacia delante, le cogió la mano y se la acarició. Sintió una vibración en sus músculos, como si quisiera retirar la mano, pero él se limitó a apartar la cabeza.

—Ya no puedo proteger a la gente de mi parroquia —susurró—. Estoy marginado con mis palabras inútiles y mi crucifijo impotente.

Ella se acercó y le pasó el brazo por los hombros.

—Estoy tan solo, rodeado de gente a la que no entiendo —dijo, apenas audible—. ¿No hay nadie en quien pueda confiar?

—La miró a los ojos—. Me utilizaste: no sólo querías pedirle a tu padre que te protegiera de Manuel. Querías algo más, y esperabas que mi presencia le apaciguara lo suficiente como para decir que sí.

Ella le acarició el pelo.

—¿Qué haces, Beatriz? —Se levantó, se colocó detrás de él y le masajeó los músculos de los hombros. Manuel la había obligado a hacerlo cuando estaba borracho: «Si te pones detrás de mí, puedes hacerme daño. Pero incluso así, mi fuerza es mucho mayor que la tuya».

Ahora, su fuerza era mucho mayor que la de René Lafarge. Lo vio en la forma en que doblaba el cuello hacia delante. Una imparable sensación de excitación, muy distinta de cuando estaba con Alejandro, se apoderó de ella.

Este sacerdote quería ser padre de muchos hijos, y temblaba como un niño bajo sus manos.

5

—¡SALUD!

João y Alejandro brindaron el uno por el otro en la terraza de una anticuada cantina de la calle Valdivia. A diferencia de la insípida modernización de la ciudad, el barrio antiguo había conservado su descuidado encanto. La calle Valdivia había sido un pintoresco barrio de artistas cerca del cerro Santa Lucía. Ahora, era el hogar de pueblerinos y obreros. Las casas de madera de aspecto suizo, la mayoría de más de cincuenta años, estaban mal mantenidas, pero tenían el carácter que les faltaba a las mansiones de los barrios caros.

—El sacramento de la vida, este vino —dijo Alejandro, excesivamente exuberante, llevándose la copa a los labios. João puso la cara de quien se quita las botas después de un día duro.

—Pero después del sacramento de la vida —continuó Alejandro con gesto teatral—. Por favor, ¿qué viene después?

Acababan de revisar su habitación. El dueño había pedido una fianza escandalosa, pero João la pagó sin rechistar. El local había sido antes el doble de grande, pero ahora estaba dividido en dos por un tabique tambaleante. Al lado de Alejandro vivía un empleado de banca. Ambos podían disfrutar de los patrones de Rorschach en las manchas de humedad de las paredes. El mugriento retrete del pasillo servía a todos los inquilinos. Había grietas en la puerta de cristal esmerilado. En la habitación de Alejandro había un armario, una cama con mesilla y una mesa con dos sillas más. La esquina izquierda de la habitación olía a humedad y a ratones.

—¿Qué sigue después del sacramento de la vida? —se hizo eco João, haciendo señas al dueño del café—. Sigue un bocado para comer. ¡Hola, Patricio! Dos ensaladas y judías blancas con tocino.

—¿Es Cristóbal tan adinerado como para invitarnos a una comida tan elegante?

João no respondió a la pregunta sarcástica de Alejandro.

—¿Le hago saber a Beatriz que todo te parece bien? —El pintor bajó discretamente los ojos.

—¿Creías que quería suicidarme esta mañana? —dijo Alejandro, sin responder a la pregunta de João.

—No, pensé que estabas disfrutando de la belleza del entorno —respondió Pereira lacónicamente.

—La idea del suicidio ha sido mi consuelo durante años. Siempre que podía oler el hedor de la desesperanza en mi celda, esa posibilidad descendía sobre mí como rocío fresco.

Alejandro sirvió vino en sus copas. Aquella mañana, junto al río, pensó durante un rato que podía verse a sí mismo desde la distancia, y se había reído de la locura de los pensamientos que siguieron. ¿Cambiar? ¿Sacudir su falsedad? Era demasiado tarde; así de simple. Nunca sería tan estúpido de decirle a nadie que había traicionado a Víctor y a su familia al capitán Astíz sin antes soportar una tortura heroica.

Y lo que había hecho después era aún peor.

—Volviendo a tu pregunta, João. Si te respondo: *no, no tienes que informar a Beatriz de que he encontrado nuevos aposentos*, ¿qué pensarías?

—Que lo vuestro aún no ha terminado —respondió João con cara de póquer—. Y que lo encuentro bastante lamentable.

—¿Por qué Beatriz es tan querida? ¿Hay tan pocas mujeres en este país que merezcan ser codiciadas? Terreno es famoso por dos cosas: su ejército y sus mujeres. ¿Dónde están entonces esas señoritas de pechos firmes y seductoras? ¿Cómo es que todos parecemos perseguir a la misma mujer?

La cabeza de Pelarón apareció en la televisión portátil del rincón bajo el tejado. Antes de responder a Alejandro, João escuchó lo que tenía que decir el jefe del Gobierno.

—Eso es por culpa del señor Gran Bufón de allí. Parece que el general tiene innumerables concubinas. Para nosotros, no queda mucho.

Alejandro Jurón se sacudió con una risa exagerada.

6

Manuel Durango y otros doce miembros de Patria y Sangre se reunieron en el piso de la calle Huérfanos. Se sentaron alrededor de la gran mesa con los ojos cerrados y la espalda recta. Trece personas, personificación del sol y de los doce signos del zodiaco, trataban de concentrarse y regular su respiración. Su círculo mágico debía hacerles rebosar del poder mítico del toro solar, que les fecundaría de valor.

Manuel Durango intentó meditar sobre las diez reglas de Patria y Sangre, que cada miembro había firmado con su sangre, pero se distrajo con la ira y el miedo. En su mente veía el lecho de enfermo de su suegro.

A pesar de su enfermedad, Ernesto Candalti, amigo personal del general Pelarón, seguía poseyendo un poder impresionante. Aunque el tiempo de Ernesto en la Tierra estaba a punto de terminar, su influencia era inquebrantable.

—Escúchame bien, Manuel, te respeto. Tus esfuerzos por obligar a mi hija a arrepentirse son bienvenidos. Pero si vuelves a usar la violencia, intervendré. ¿Entendido?

Manuel se dio cuenta de que había cometido un error: al principio de su conversación, el anciano se quejaba, bastante vacilante, de su hija, que de repente parecía volver a ser su querida. Manuel respondió brutalmente, convencido de que podía vencer a su suegro enfermo. Había visto al hombre cambiar ante sus ojos y chocar contra un muro de poder.

Tenía meridianamente claro que la rata lista de Beatriz se aprovechaba del estado de su padre. Ernesto estaba seguro de que su final no estaba lejos y quería estrechar el vínculo con su hija por encima de todo.

Como yerno, Manuel no podía competir con eso. Sabía lo fuertes que eran los lazos de sangre. Unían a los miembros de Patria y Sangre con la patria que defendían contra el comunismo y la degradación de los valores morales.

Manuel miró su reloj. El ritual estipulaba que, antes de cada reunión, los miembros de Patria y Sangre debían meditar durante unos minutos sobre su amor a la patria y a las tradiciones que defendían junto con la Junta.

La voz de Ernesto Candalti, sin embargo, seguía royéndole el cerebro:

—Eres demasiado enérgico, Manuel. Deja en paz de momento a ese Alejandro de medio pelo. Conozco a mi hija: si sigues comprometido, ella, por terquedad, se apegará aún más fuertemente a ese vagabundo arenoso. Déjame resolver ese problema. Daré instrucciones a ese cura belga para que haga comprender a Beatriz que debe cambiar de estilo de vida. Resolveremos esto como personas civilizadas y no como chuchos callejeros, ¿entendido?

¿Cómo era posible que Beatriz pudiera engañar así al viejo fósil? Sin duda, el cáncer había afectado al cerebro de Ernesto. O se había vuelto senil, igual que Pelarón.

Manuel Durango no entendía por qué todo y todos parecían volverse contra él. Aquella mañana, Astíz le había llamado furioso: su actuación durante la peña de la Universidad Nacional había provocado amplios comentarios en la prensa. Como consecuencia, Pelarón estaba teniendo que plantearse algunas concesiones a los habitantes de Canela. ¿Es que Manuel no veía más allá de sus malditas narices?

—Tus ridículas guerras privadas están desestabilizando aún más este país —gruñó Astíz a Durango—. Otra metedura de pata semejante y puedes esperar las más estrictas medidas disciplinarias.

Manuel intentó defenderse. ¿Había llegado el punto en que Patria y Sangre tenía que permitir que un agitador como Alejandro volviera a actuar en público? ¿Tenían que tolerar la organización de conciertos benéficos para aquellos comunistas vagos de Canela? Si era así, ya no entendía nada de su patria.

Astíz le espetó que aquel comentario era una prueba más de su estupidez y añadió que Patria y Sangre necesitaba una reorganización. Los rituales pueriles y los ideales poco realistas habían cambiado la hermandad hasta hacerla irreconocible en los últimos años.

—Una panda de boy scouts con las narices sangrando por la cocaína —había concluido despectivamente Astíz. La purificación se llevaría a cabo hasta la cúpula. Durango comprendió claramente lo que Astíz quería decir con estas últimas palabras.

El odio y el miedo le hicieron abrir los ojos.

—¡Viva Terreno! —declaró—. La reunión está abierta. Os he convocado urgentemente porque nuestra hermandad está amenazada por poderosos que solían ser nuestros aliados. La supervivencia de Patria y Sangre está en juego. Somos la sangre pura de este país. No podemos permitir que el General Pelarón y su junta se desvíen del camino correcto. Por lo tanto, vamos a...

Manuel fue interrumpido por el teléfono en la esquina del apartamento. Había instado a todos los miembros de la asociación a utilizar este número sólo en caso de emergencia. Levantó el auricular.

—Manuel Durango —dijo Astíz con voz uniforme—. He

recibido un mensaje de Bolivia: algo va mal con el suministro de nuestra mercancía. Alguien ha manipulado las existencias de polvo de estrellas. ¿Sabrías acaso quién?

Manuel no podría haberse quedado más sorprendido si alguien le hubiera leído su sentencia de muerte en público.

7

—La gloria de los viejos tiempos sabe agridulce —murmuró Alejandro para sí, medio en voz alta. Era una vieja costumbre. Aquella mañana se había despertado sobresaltado. Soñó que Beatriz y él tenían hijos, y ella se había levantado en mitad de la noche para mirar un símbolo luminoso en la esquina de su dormitorio. Ella le dijo que era una señal de que uno de sus hijos tenía que morir.

—Ahora recuerdo quién eres —le dijo Beatriz en su sueño—. Tú eres la razón por la que mueren los niños.

Al despertar, Alejandro cogió inmediatamente un papel. La efusión poética que siguió mostró una torpeza que al principio le pareció divertida.

Amor mío, cuánto me duele
convertirme en otra persona por ti.

En su habitación, con el malva de una nueva mañana tras la ventana sucia, había tomado una decisión. Ayer, João le había hablado del viaje de Beatriz con el avión de su padre, pero se comportó con bastante sigilo. En cuanto Beatriz volviera, iría a su casa y le confesaría todo lo que había hecho en el estadio. No había matado a ningún niño. Los había salvado disciplinando a sus padres.

Unas horas más tarde, esta intención le pareció una locura. Si Beatriz le quería de vuelta, aún tenía una oportunidad en la vida. Si supiera lo que había hecho, le escupiría a la cara.

Alejandro se apartó de la ventana y se miró en el espejo moteado de marrón que había sobre el lavabo. ¿Qué vio en sus ojos? ¿La gloria de los viejos tiempos, cuando su nombre resonaba por todo el continente?

Pero no como el nombre de Víctor Pérez.

Este pensamiento tardío le hizo salir volando al exterior. Compró pan, aceitunas, cebollas blancas, pimientos, queso y se retiró a su habitación. Con la boca llena, luchó de nuevo con las palabras.

La gloria de los días pasados
puede leerse en las manchas de la pared,
el sudor de las axilas y los labios burbujeantes
y el espejo esmerilado de las quejas

Empezó a tararear la estrofa, pero poco a poco empezó a cantar con voz de falsete. Volvió a inclinarse sobre el pequeño lavabo.

—Sigo sin poder escribir canciones —murmuró a su reflejo—. Pero mi acomodación ha mejorado poderosamente.

Se echó agua en la cara y se retorció entre la cama y la mesa donde estaba el periódico. La habitación era de un blanco repugnante.

—No he podido volver a ser más astuto que la fama, pero si adopto una actitud astuta, aún podré atrapar a Beatriz, el grácil cóndor de la felicidad que descendió sobre mi hombro cuando me hundía en el fango. —Se entretuvo con su actuación teatral.

Se arrojó sobre la cama—. Pero la pregunta es: ¿durante cuánto tiempo podré espolvorearle sal en la cola?

¿Por qué no funcionaba el truco de siempre? El ataque de risa tenía que llegar ahora, después de toda esta patética tontería. En lugar de eso, sintió que le invadía el dolor, la crueldad de su repentina ausencia.

—Beatriz tiene un avión, pero yo tengo que aprender a conseguir alas para huir de este país —susurró, sacudiendo la cabeza—. No puedo irme a pie; la puerta de la democracia es demasiado estrecha para mí.

Desde que el general Pelarón propuso «abrir la puerta de la democracia a su debido tiempo», Europa redescubrió Terreno. Los periodistas visitaron el país con impaciencia. Algunos de ellos pintaron en sus artículos una imagen irónica de la sociedad terrena porque los terreneses, con el cerebro lavado por los medios de comunicación, creían que su aliada Sudáfrica era una potencia mundial. En las vitrinas de las tiendas, la cabeza de Pelarón en primer plano parpadeaba en las pantallas de televisión día y noche, repitiendo los mismos eslóganes: «La democracia sin mí significa el caos». «La fe en mi país y en Dios es mi principio rector». «Elige entre el caos y yo». «¡Junto con EEUU, nuestro fiel aliado, Terreno está listo para resistir a todas las fuerzas viles y socavadoras!»

Un posible método para abandonar el país seguía rondando la cabeza de Alejandro, pero sabía que era imposible. ¿Reingresar en el dominio público y convertirse entonces en el nuevo Víctor? También imposible después de lo ocurrido en la peña universitaria. ¿Una actuación más y luego suicidarse en público? Beatriz le honraría para siempre. Alejandro sonrió; le temblaron los hombros.

¿Podría ser aún más patética su locura? Un nuevo estribillo burbujeó en su cerebro; aquello no podía ser una coincidencia, ¿verdad?

*Un propietario de cadáveres, dijo el general
cuando le preguntaron por su alma.
O, si lo prefiere, fumando asfalto
bajo un sol rojo, alimentando buitres.
Espejito, espejito en la pared
¿Qué se ve?
Una cinta blanca alrededor de su vientre,
luz intermitente en sus ojos
no mires fijamente; te ve en la tele.*

Las palabras revoloteaban en su cerebro, pero, oye tío, eso era rock 'n roll, ¿no? Por encima de las palabras, imaginó un estribillo de rock denso y humeante. A partir de ahora iba a convertirse en un ídolo para la nueva generación, ¿no? «Si no puedes vencerlos, únete a ellos». ¿Cuándo iba a desaprender a hablar en voz alta cuando estaba solo? No podía estar entre la gente parloteando como un enfermo de Tourette, ¿verdad?

Llamaron a la puerta. Alejandro se encogió. Sin esperar respuesta, João entró y se acercó a Alejandro, seguido de Cristóbal.

—¿Qué pasa? Te hemos oído murmurar y tararear.

Alejandro carraspeó y bajó los ojos.

—Nada. No entres en una habitación tan de repente, João, eres demasiado feo para eso. Podrías matar a alguien del susto.

Cristóbal miró a su alrededor.

—No es muy lujoso, pero es bonito —dijo con despreocupación. João se inclinó sobre la cama y acarició brevemente la cabeza de Alejandro, como si quisiera decir que comprendía el miedo de Juron. Juron levantó la vista y sonrió vagamente a João, que le guiñó un ojo.

Cristóbal parecía incómodo con esta escena.

—Lo siento, Alejandro, pero no tengo mucho tiempo. João tiene una idea y quiere hacer una propuesta.

—No, no compartiré a Beatriz contigo, João. —Con un salto

de alegría, Alejandro rebotó en la cama y mostró una fachada alegre—. Lucharemos por ella como corresponde a los hombres de verdad. Afloja los músculos, hombre; mientras tanto, voy a por una pistola.

—Hablando de luchar —dijo João, sin desentonar lo más mínimo por el comportamiento errático de Alejandro—, ¿te gustaría convertirte en un Superbarrio?

8

A Manuel le sudaron los ojos cuando abrió el almacén secreto de su casa. Las bolsas robadas que contenían pequeñas botellas de Polvo de Estrellas estaban intactas. Manuel se quedó mirándolas largo rato, sin alegría ni alivio.

Astíz le seguía la pista.

El contrabando de cocaína boliviana a Estados Unidos había sido durante mucho tiempo la fuente de ingresos más importante de Patria y Sangre. Los grandes cárteles de la droga bolivianos habían encontrado una gran ayuda logística en Terreno porque el país no era conocido como productor de droga ni como país de tránsito. Los cargamentos para América y Europa se enviaban fácilmente a través de los puertos aéreos y marítimos de Terreno. Los Andes eran una ruta de contrabando problemática pero excelente entre los dos países. Astíz había insinuado a Manuel que altos cargos de ambos lados de la frontera estaban implicados en este lucrativo comercio.

Tres años antes, tras un viaje a América, Astíz tuvo una idea. En Estados Unidos había surgido una nueva moda: la cocaína se disolvía en agua, se mezclaba con harina de pastelería y se calentaba, convirtiendo la papilla en piedras cristalinas.

Los adictos podían calentar estos cristales en un simple frasco y esnifar los vapores. El nuevo producto tuvo un éxito inmediato: era barato y más adictivo que cualquier otra sustancia. Los estadounidenses llamaron crack a la nueva droga. Los beneficios fueron tan enormes que pronto apareció crack de calidad inferior en el mercado negro.

Patria y Sangre, decidió Astíz, inundaría el mercado americano con un crack de alta calidad a un precio razonable. Las botellas estaban decoradas con el elegante rótulo «Polvo de Estrellas».

Durante bastante tiempo, Manuel había estado robando polvo de estrellas de las existencias de Patria y Sangre para venderlo barato a través de los traficantes de la pocilga. Puro beneficio. ¿Cómo era ese dicho americano? *El cielo es el límite.*

Manuel se dio cuenta de que estaba a punto de estrellarse.

Tenía que actuar.

Rápido.

9

—Vale, ahora lo entiendo —dijo Alejandro después de que João detallara su plan Superbarrio—. Ahora te declaro demente incurable, João.

El gran hombre sonrió.

—En México, Superbarrio fue el motor del cambio en el gobierno. Los luchadores actuaron en las calles, criticando abiertamente al gobierno. Fue un gran espectáculo, lleno de humor. En nuestro caso, el efecto será aún mayor, ya que será más fácil caricaturizar a la Junta. Podemos empezar a llevar máscaras de superhéroes y revelar nuestra verdadera identidad sólo después del alboroto necesario en la prensa. Cuando la gente sepa que fuiste uno de los jugadores de Superbarrio, entonces...

Cristóbal le interrumpió.

—A las revistas de la oposición y a la prensa extranjera les encantaría la iniciativa. Han hecho mucho ruido con el incidente de la universidad: el ex marido de Beatriz atacándote. También nuestra propia prensa lo desaprobó. Incluso Hermes, que suele ser el modelo de corrección, el bastión del statu quo.

A pesar de todo, sigues siendo un nombre sonado, Alejandro, incluso internacionalmente.

—Perdona, pero tu plan me parece estúpido e infantil —dijo Alejandro.

Cristóbal apretó los labios.

—El Gobierno anunció que construirá quinientas viviendas en la porqueriza. La prensa de derechas grita la noticia desde los tejados como si se estuviera limpiando toda la porqueriza, pero a los habitantes les parece un escándalo. Quinientas casas es una broma. La tensión está a flor de piel en la barriada. Es ahora o nunca.

—Con todos los periodistas extranjeros interesados, podemos aprovechar el momento —añade João—. Actuando Superbarrio, escarmentando y parodiando al gobierno con humor popular, vamos a...

Alejandro escuchaba cada vez más impaciente.

—¿Haremos qué? ¿Obligar a Pelarón a dimitir haciendo una función de lucha libre en la porqueriza, vestidos como un grupo de superhéroes arácnidos? Una locura. —Cerró la boca de golpe.

—Una serie de actuaciones callejeras contigo interpretando música de los viejos tiempos con tu llamativo disfraz de Superbarrio tiene poder, Juron. Puede liberar la rabia contenida de la gente —dijo Cristóbal, aparentemente ajeno al sarcasmo de Alejandro—. Es un arma poderosa.

—Entonces, ¿tengo que disfrazarme de mono y gritar viejas canciones para borrachos y vagabundos? Claro, eso producirá un *montón* de chispas potentes.

Cristóbal suspiró y dijo:

—Lo que el rey no se atreve a decir saca al bufón a la calle.

—Pues vete y ponte con una pancarta en un cruce de caminos —dijo Alejandro.

Las pullas de Alejandro le resbalaron como agua de borrajas a Cristóbal.

—Jugar a Superbarrio es sólo el principio —dijo el hombre afablemente—. El mayor problema de la resistencia es la coordinación y la visibilidad en el exterior. Necesitamos una figura central y cobertura de la prensa internacional. Por eso tenemos que ser originales.

—¿Dónde estaba la resistencia en los últimos diez años, cuando yo estaba en la cárcel? Habría sido muy original y habría tenido repercusión en la prensa internacional si me hubierais sacado de allí.

Cristóbal intercambió una mirada con João.

—João y yo pertenecemos a un nuevo grupo que planea acciones de gran repercusión. Llámalo relaciones públicas para la resistencia en su conjunto.

—No me gustan tus «relaciones públicas de alto perfil para la resistencia» en su conjunto —dijo Alejandro—. Consígueme un pasaporte falso de alto perfil. Quiero salir de este agujero de mierda.

—¿Estás seguro de que quieres esto? —preguntó João, que había estado siguiendo en silencio la discusión mientras estudiaba los papeles que había sobre la mesa.

—No, es que me *muero* de ganas de improvisar contigo en un vergonzoso traje de lucha fluorescente.

João recogió las hojas a medio escribir.

—¿Por qué sigues intentando continuar el trabajo de Víctor si tienes tantas ganas de irte de aquí?

Alejandro fulminó con la mirada a João, claramente molesto. Cristóbal emitió un sonido tranquilizador. "Si quieres irte, podemos darte un pasaporte falso. Así, en el extranjero, como miembro de Aconcagua, podrías seguir siendo importante para nosotros. Pero, ¿es eso realmente lo que quieres?"

—Creo que deberías quedarte —dijo João, que se había puesto delante de la ventana y miraba hacia abajo—. Eres un artista del pueblo, por mucho que quieras negarlo. Con Superbarrio, podemos intentar...

—¿Qué podemos intentar? ¿Cómo hacemos para que los perdedores de la porqueriza sean conscientes del poderoso poder del pueblo? ¿Necesitan que les enseñe que viven sobre una bomba de relojería? ¿Crees que están ciegos como murciélagos y sordos como postes?

Cristóbal tosió detrás de la mano.

Durante largo rato reinó el silencio en la habitación.

Alejandro fue a colocarse junto a João, cerca de la ventana, y se inclinó como si estuviera inspeccionando un desfile en la calle de abajo.

—Si crees que puedo ayudar, bien. Haré de tu Superbarrio zoquete. No espero nada de él, pero vale, holgazanearé en tu ring de lucha si quieres. Me ceñiré la guitarra y gemiré hasta quedarme ronco. ¿Por qué debería importarme ya?

—Subestimas el papel que sigue teniendo la música de Aconcagua, incluso entre los jóvenes —dijo João—. Y tú siempre quisiste hacerte el gracioso, ¿no? La gente de la porqueriza encontrará a Superbarrio divertidísimo. El humor es un arma poderosa. Si las cosas van bien, llegarás a ser más peligroso para la Junta que toda una banda de insurgentes armados.

Alejandro se apoyó con los brazos en el desconchado alféizar de la ventana, con la cabeza agachada, y estudió el suelo bajo él. Suspiró.

—Tienes razón. Últimamente ha habido muy pocas risas en este jodido país y demasiados disparos —dijo.

10

GUI,

    Recuerdo nuestro viaje a Binche para ver a los Gilles como si fuera ayer. Yo tenía doce años, tú veintidós. Eras de los que ayudaban a las ancianas a cruzar la calle. Todo el mundo decía que tenías muy buen corazón, un coeur de massepain.
    Jeannette Treilleur, tu prometida, también lo creía.
    Tomábamos el autobús, tú, Jeanette y yo. Podías permitírtelo. Como sastre, ganabas bien: todo el mundo quería llevar un buen traje después de la Segunda Guerra Mundial. En Binche volvió a salir el famoso desfile de carnaval, tras una interrupción de cinco años. Por el camino, Jeannette y yo cantábamos canciones populares. Yo estaba secretamente enamorado de ella. Parecía tan dulce con sus rizos y su falda marrón, su jersey blanco y una chaqueta corta encima. Su cara era ancha, con pómulos altos y labios curvilíneos. Tenía la frente alta, lisa y brillante. Y esa cascada de rizos que agitaba cuando se sorprendía por algo. Jeannette era alegre, complaciente y maternal. Me mimaba y me llamaba 'hermanito'.
    Tú y ella salisteis durante tres meses. Cuando nos acercábamos a Binche, leías en voz alta una vieja guía de la ciudad. Las viejas murallas de la época de los caballeros.

LA MALDICIÓN DEL PASADO

En la propia ciudad me faltaban ojos: los edificios antiguos, las iglesias, el ayuntamiento. Todo me parecía estupendo; adoptamos esa palabra de los soldados americanos. El sol acuático hizo que Jeannette se quitara la chaqueta. Su jersey estaba tejido a mano y era suave. Tú la cogiste del brazo; ella me cogió del otro. Miré disimuladamente sus pechos bajo la ropa. Me parecieron misteriosos y atractivos, y quedé atrapado en un estado de ánimo que no comprendía muy bien, lo que me hizo tímido y engreído al mismo tiempo.

El desfile de Carnaval que cruzaba los adoquines de las callejuelas era un cuento de hadas. Me quedé boquiabierto al ver a los Gilles enmascarados bailando con sus zuecos y sus grandes tocados de plumas como si vinieran de otro mundo. El sonido de las apertintailles, los cascabeles que llevaban alrededor del vientre, me embriagaban. En la guía se lee que los trajes tuvieron su origen en el siglo XVI, cuando una reina -olvidé su nombre- ofreció una fiesta a Felipe II. En aquella fiesta debían representarse danzas incas, ya que los españoles acababan de conquistar Perú.

—¿Esos indios de Perú llevaban trajes así? —pregunté asombrado. Mis indios seguían tan desnudos como entonces e intentaban arrancarles la cabellera a los vaqueros en el Salvaje Oeste. Tú tampoco estabas seguro, pero el folleto lo decía. Pregunté dónde estaba Sudamérica en el mapa. Jeannette se te adelantó.

—Al otro lado del arco iris —me dijo ella. Tú la llamaste «chiflada» y me explicaste con detalle cómo volar a Sudamérica. Me gustó más la explicación de Jeannette.

Durante el viaje de vuelta a casa, estábamos muy animados. Jeannette llevaba un sombrero de carnaval sobre sus rizos. Había bebido bastante cerveza y ella se burlaba de sus mejillas sonrojadas. Mucha gente del autobús nos miraba, divertida. Jeannette te pasó el brazo por los hombros. Yo me senté en el asiento de enfrente y apreté las rodillas.

En la parada, no muy lejos de nuestra casa, nos separamos. Los dos os dirigisteis a la pequeña feria que había un poco más allá por el barrio para conseguir más bebidas. Yo podía irme solo a casa, niño grande que era, ¿no? Pensé que era una pena que ya no formara parte del grupo, pero me llevé tu guía de la ciudad.

Quería saber más sobre Gilles y Sudamérica y esperaba encontrar más información en la guía. Pensé que nuestro padre estaría en su parcela, a un kilómetro de nuestra casa. Lo que no encontrara en mi guía, podría preguntárselo a él. Mi padre había cercado la parcela y el cobertizo que había construido parecía una casa en miniatura. Sabía que en el cobertizo había un gran plumero viejo. Si me lo ataba a la cabeza, parecería un indio de un país del otro lado del arco iris.

Padre no estaba en su asignación, y yo debería haberme dado la vuelta y marchado. Pero entonces, cuando estaba a unos metros delante del cobertizo, oí la voz de Jeannette. Tenía a los indios en la cabeza, pero el tono de su voz me hizo acercarme sigilosamente a la puerta. La abrí en silencio.

Jeannette y tú estabais tumbados sobre una manta en el suelo de madera. Le habías bajado la falda y le estabas manoseando las bragas. Sus piernas estaban tiernas y blancas. Se me enfriaron las rodillas, pero al mismo tiempo sentí calor en los pantalones. Jadeaste y murmuraste algo. Ella lloró, intentando apartarte. Le abriste las piernas. Unos meses antes, había visto a un compañero de clase abrir las ancas de una rana a orillas del río Maas de esa manera.

Después de tres meses de caricias, querías llegar hasta el final. Jeannette era diferente. Le encantaba ver a los caballos de granja frotándose orgullosos unos contra otros en las aldeas cercanas. Aún no estaba preparada para el resto.

Excitada por las cervezas que os tomasteis, pensaste que sólo estaba siendo infantil. Luchaste por mantener sus piernas separadas con una mano y tiraste de tus pantalones más abajo con la otra. Jeannette perdió los nervios y te arañó. Vi cómo le metías el dedo por pura frustración. Ella gritó. Instintivamente le diste una palmada en las orejas. Ella se sorprendió tanto que se quedó inmóvil. Eso te permitió sacudirte los pantalones hasta los tobillos.

—Cariño —murmuraste—. Cariño, no te enfades, Jeannette. Te quiero.

Las cosas fueron rápidas entonces.

La escena era tan excitante como repulsiva, tan atractiva y animal que un dulce dolor se deslizó desde los dedos de mis pies hasta mi cabeza, un escalofrío que me golpeó como un cosquilleo. Gemí cuando gemiste.

Me miraste sorprendida por encima del hombro mientras tus caderas seguían temblando. Esa cara tuya, Gui, nunca la olvidaré, retorcida en una mueca de placer, miedo y sorpresa combinados. Es una cara que he recordado a menudo en los últimos treinta y seis años.

Me di la vuelta y salí corriendo. En casa, en el cuarto de baño, me lavé la pringue pegajosa y maloliente de los calzoncillos. Después, temblando como si tuviera fiebre, me los volví a poner.

Nuestros padres llegaron a casa un poco más tarde, y mamá supo inmediatamente que algo iba mal. No tuve que mentir mucho para convencerla de que tenía fiebre. En la cama, con un vago dolor en la ingle, me invadió un sentimiento de culpa y miedo tan profundo que no podía con él. Apretando los dientes para no hacer ruido, lloré hasta quedarme dormida.

Nunca intercambiamos una palabra sobre lo ocurrido, Gui. Al día siguiente, evitaste mis ojos. Nos comportamos formalmente, como dos rivales que pensaban que no era el momento de probar abiertamente sus fuerzas.

Unos meses después, se casó con Jeannette. No se veía nada el día de su boda, pero en nuestro barrio se murmuraba que "tenía que" casarse. Mamá rompió a llorar en la iglesia; la cara de Jeannette tenía un brillo extraño durante la recepción. Intentó abrazarme, pero yo seguía siendo la misma que había sido con ella en los últimos meses: tímida y distante.

Menos de cinco meses después, Jeannette murió al dar a luz, y tú no encontraste nada mejor que lanzarte al Mosa en bicicleta, ciego y borracho, tres semanas más tarde, sin volver a salir.

Ahora puedo confesártelo: Quería estar en tu lugar cuando le abriste las piernas a Jeannette. Nunca podré olvidar el triángulo de vello oscuro entre ellas, tan abundante como sus rizos, y la forma en que le metiste el dedo. El mismo frenesí que te convirtió de un buen tipo en un gilipollas ha habitado en mí todos estos años. Quise superarlo con caridad forzada. Pero siempre supe que no podía domarlo, que nunca desaparecería, y que sólo esperaba una oportunidad para emerger.

Ayer, hermano ahogado, cuando yacía en los brazos de Beatriz, vio su oportunidad.

René Lafarge abrió el cajón superior de su escritorio y colocó la carta sobre la pila. Se levantó. ¿Podría por fin dormir ahora? De repente, sacó el cajón del escritorio y vació su contenido con una floritura. Las cartas no enviadas a su hermano muerto flotaron por la habitación mientras caían al suelo.

11

EN LA ESTRIBACIÓN OCCIDENTAL DE LA *PORQUERIZA* SE ALZABA UNA casa de campo inglesa de estilo neogótico Tudor, con un alto muro marrón rojizo a su alrededor, rematado con fragmentos de cristal. Parecía como si el edificio se hubiera colado en la barriada a través de una grieta en el tiempo. Los habitantes de la pocilga lo llamaban el *castillo*. El excéntrico rey de la droga José Luis lo mandó construir a finales de los años setenta. Un año y medio antes había empezado una guerra de bandas. Los seguidores de Raúl Melisano, un joven granuja feroz, estaban armados por Manuel Durango con las armas de mano totalmente automáticas más modernas, robadas en los cuarteles del ejército terracampino. Asaltaron la casa por la mañana. Los hombres de José Luis no pudieron competir con la banda mejor armada de Melisano, así que huyeron. José Luis simplemente desapareció. Durante un tiempo, en la barriada circularon todo tipo de historias sobre su muerte, pero nunca se encontró su cuerpo. El nuevo amo se hizo cargo de la casa. Al cabo de un año, Raúl y sus hombres tenían el control absoluto del tráfico de drogas en la porqueriza. Se hacía llamar Rey de Los Cerdos.

Manuel pasó por el detector de metales del castillo. Los guardias de la puerta trataron a Manuel con respeto. El principal proveedor de drogas de su jefe era un hombre famoso. Raúl siempre tenía tiempo para él. Durango le suministraba un flujo constante de crack, que había robado de la línea de suministro que Astíz había establecido, de Colombia a Estados Unidos.

Raúl recibió a Manuel en la habitación de invitados. Uno de sus guardaespaldas estaba junto a una ventana, otro junto a la puerta. El joven parecía escapado de *El chico de la cesta de frutas*, de Miguel Ángel.

Besó a Manuel en ambas mejillas. Raúl siempre vestía con mucho gusto. Esta vez llevaba un traje inglés hecho a medida.

—Manuel, siempre es un placer recibirte en mi casa. ¿Qué necesitas?

Manuel sonrió.

—Un par de dientes de Drácula, Raoul. —Raoul era un gran aficionado a las películas clásicas de vampiros.

Raoul estiró el cuello con un gesto teatral.

—Soy todo tuyo.

—Sólo me apetece sangre de doncella —dijo Manuel, riendo entre dientes—. Hagamos negocios.

—Me gusta oír eso. —Rió Raúl—. Pero primero, bebemos como hermanos.

Se dio la vuelta para servir dos copas.

Manuel Durango se ciñó el chal de cuero a la cintura bajo el abrigo.

12

—Aeródromo Olympiada, este es el vuelo N461C. Solicito permiso para aterrizar. —Mientras Beatriz se preparaba para el aterrizaje, sintió su agotamiento.

—N461C, tiene permiso para la pista tres.

El día anterior, había salido a primera hora de la mañana de este mismo pequeño aeropuerto a las afueras de Valtiago, propiedad del club de vuelo Olympiada. Como el Ministerio de Aviación Civil de Terreno estaba bajo control militar, tuvo que dar a conocer su plan de vuelo. La tapadera de su viaje había funcionado a la perfección. Había obtenido el permiso sin problemas.

Tras algo más de cuatro horas de vuelo, llegó a Arini. Sobre Las Oficinas, el extremo de los desiertos de nitrato que albergaban las ciudades fantasmas del otrora floreciente comercio de la sal, hizo un giro. El sol abrasador, el suelo drenado bajo ella, los cúmulos de nubes y la pálida pared roja del volcán Jariques formaban un paisaje que sugería algún planeta lejano e inhóspito. La visión le había provocado una sensación de resignación. En lugares así, uno se daba cuenta de su propia insignificancia. En el momento crítico, había puesto rumbo a la Carretera Panamericana, la autopista que se acercaba a las montañas paralela a la vía del tren de los Andes. Cristóbal Vial le había explicado que debía prestar atención a las rayas y flechas pintadas en la carretera Panamericana. Formaban una pista perfecta para una avioneta como la Cessna. El bibliotecario había dibujado un plano detallado del lugar de aterrizaje. A mediodía, la ancha carretera asfaltada estaba desierta.

El aterrizaje transcurrió sin contratiempos. Cuando Beatriz abrió la cabina, el calor de 45 grados la dejó sin aliento. Enseguida le sudaron las axilas. Los vaqueros se les pegaban a los muslos mientras caminaba con el mapa de Cristóbal en la mano hacia la cercana vía del tren. A menos de diez metros de la roca con forma de cabeza de caballo que le servía de mojón, encontró el paquete. Se preguntó quién lo habría arrojado desde el tren de los Andes.

Utilizar esta región, donde el calor asesino hacía raros los encuentros con el ejército o la policía, era un viejo método de contrabando. El paquete le pareció sorprendentemente pequeño, pero pesaba mucho, y estaba empapada de sudor cuando volvió a despegar.

El aterrizaje en Arini también había transcurrido sin contratiempos. Tras conocer al jesuita que dirigía el museo arqueológico de San Pedro, Beatriz había pasado la noche en la ciudad.

El rector militar de la pequeña universidad de Arini, que pensaba que había venido a entrevistarse con el conservador del museo, le había proporcionado alojamiento en una vieja pensión. El pueblo apenas era más que un recinto para trabajadores asalariados empleados por Chemical United. En Casablanca, el cine local, proyectaban The Towering Inferno. En la publicidad de neón del nombre del cine faltaba la C. Beatriz había dormido mal.

A las cinco de la mañana, unos gallos empezaron a cantar

en los jardines traseros, y los perros reaccionaron con ladridos feroces.

En sus ásperas sábanas, había meditado sobre René. Su compasión por René había reprimido su ira. Se dio cuenta de que le resultaba difícil ver a René como un hombre corriente. Seguía siendo alguien con vocación, un sacerdote con una tarea difícil. Por eso le resultaba tan doloroso que le recordara a Manuel en la cama.

Cuando ella se desnudó, decidida a liberar a René de su profundo sufrimiento, él se arrastró sobre ella como un perro frenético. Temblando por una poderosa emoción que la había asustado, le había abierto las piernas de un empujón.

—Para, René —le había dicho—. Esto no me gusta. —Ella había visto algo en sus ojos que la hizo callar. Instintivamente, le rodeó con los brazos y le dejó hacer lo que quisiera. El ritmo de René era tan rápido y mecánico que se mordió la lengua. Afortunadamente, sólo tardó un instante en correrse, curvando la espalda como si la eyaculación provocara dolor en lugar de placer.

Inmediatamente se separó de ella, se levantó y la miró como si fuera una completa desconocida.

—Je suis désolé —había dicho, aparentemente sin saber que hablaba francés. Ella no pudo contener las lágrimas. Siguió llorando mientras él se vestía rápidamente y salía corriendo de su casa. Sacó las sábanas de la cama y las metió en una bolsa de basura.

Mientras se vestía, sus emociones se derramaron en compasión por el sacerdote. Sintió que, sin darse cuenta, había liberado en él un deseo oculto que probablemente había reprimido toda su vida.

Beatriz llegó a la conclusión de que no comprendía a los hombres. Ni los hombres la comprendían a ella. Alejandro había huido de ella porque no soportaba que supiera que tenía miedo. René la había dejado en la estacada porque no soportaba que ella hubiera visto su lujuria.

Atrapada en la pereza matutina, empezó a preguntarse cómo sería reencontrarse con Alejandro. Le visitaría en su nueva habitación y acabarían juntos en su cama. La fantasía, sin embargo, parecía de algún modo imposible y no era excitante de todos modos.

De tanto inquietarse, a las seis y media se metió en la ducha oxidada que había al final del pasillo de la única pensión de Arini. El agua tenía un color rojizo, y el rastro de pies de un lado a otro había manchado el esmalte de un marrón sucio. Junto a la ducha había un váter anticuado con una etiqueta rosa arrugada en el asiento. *Desinfectado,* decía en letras descoloridas. El maloliente orinal, sin embargo, no parecía haber sido fregado en años. «¿Para qué quiero todavía mi vida? —pensó mientras se ponía en cuclillas sobre el retrete para orinar—. Si pudiera escapar de mí misma y de los demás».

Hacia las diez, había salido del motel. Durante el vuelo de regreso a casa, el Cessna se había mantenido estable, a pesar del fuerte viento del oeste que provocaba muchas turbulencias. El avión se sacudía arriba y abajo mientras volaba a través de una espesa capa de cúmulos sobre Santiago. Beatriz reequilibró las alas. Poco después, empujó el morro del avión hacia abajo. Una luz de advertencia comenzó a parpadear, pero ella sabía que el Cessna podía soportar ese ángulo de descenso. La pista del club de vuelo parecía saltar hacia ella. En el último momento, subió el morro y tocó el asfalto con un pequeño golpe. Vio la furgoneta de la universidad esperando a que cargaran las antigüedades, junto con la carga explosiva oculta. Su alivio fue aún mayor que su satisfacción por el aterrizaje. Miró el reloj: las dos pasadas. A pesar del mal tiempo, había llegado a tiempo.

Su radio empezó a sonar.

—Buen aterrizaje, N461C. —La voz del controlador aéreo sonó lacónica—. Un poco enérgico, pero bien hecho.

—Gracias, Olympiada —dijo ella. Sabía que el controlador aéreo le contaría a su padre las anécdotas de su audaz aterrizaje. Era uno de los financieros del club. Papá le echaría la bronca, pero al mismo tiempo brillaba de orgullo. Beatriz sonrió torcidamente: ¿qué no haría una hija para condimentar los últimos momentos de un padre?

Hizo girar el Cessna y se dirigió a la camioneta. Cristóbal bajó y saludó. Beatriz se preguntó: ¿era ahora alguien que había hecho algo útil en su vida, o todo aquello carecía de sentido?

13

MANUEL SE QUITÓ EL LÁTIGO DE LAS CADERAS CON UN movimiento de muñeca. Cuando Raúl se volvió y se llevó la mano a la funda de la cintura, la correa le pasó ferozmente por la cara. El joven rey de la droga cayó al suelo con un corte sangrante en la nariz y las mejillas. Los dos guardaespaldas no se movieron y observaron sin emoción cómo Manuel golpeaba el cuerpo que se retorcía en el suelo hasta que se formó un patrón aleatorio de manchas de sangre en el parqué.

Un estallido de rabia acompañaba a cada golpe porque Raúl no había sido capaz de mantener la bocaza chupaculos sobre cuánta droga podía traficar, y todo gracias a su excelente amigo Manuel Durango. ¿Y qué le había dicho una y otra vez su excelente amigo Manuel Durango? Secreto absoluto, ¡nada de fanfarronadas!

Raúl ya no era angelicalmente bello. Cuando perdió el conocimiento, Durango se detuvo. Sudaba, y sus pies parecían arder en sus caros zapatos. Durango se limpió la boca. Inspeccionó su ropa en busca de salpicaduras de sangre. Los dos guardaespaldas seguían mirando inmóviles. Durango les hizo señas para que se acercaran.

—Ahora demostradme que no os estoy pagando demasiado. —Los dos hombres se adelantaron y levantaron del suelo el cuerpo inerte de Melisano—. No cometáis ningún error cuando lo saquéis de contrabando —dijo Manuel.

—Se unirá al próximo cargamento de polvo de estrellas —dijo el guardaespaldas más corpulento, un mestizo con una cicatriz en forma de media luna en la mejilla. El tejido de la herida, de color arcilla, llenaba la hoz—. Esta noche lo tienes donde quieres.

—Querías volar alto —dijo Manuel a la cara destrozada—. Si eso es lo que quieres, también debes ser capaz de caer bajo.

14

—René Lafarge —dijo la voz metálica—. Has sido condenado a muerte por amenazar la seguridad nacional.

—¿Qué...? —René empezó. La conexión se cortó. René colgó y se dio la vuelta. La ventana de su despacho estaba abierta. La cerró. Su mirada se deslizó por el barrio bajo, un mosaico kilométrico de colores pálidos, con grandes heridas deshilachadas dejadas por el terremoto. Detrás de la pocilga, contra las montañas, estaba el vertedero de Valtiago, donde largas colas de camiones pasaban por delante de la caseta de vigilancia por la mañana. Delante se habían plantado altos álamos para proteger la basura de la vista.

La porqueriza había dominado la vida de Lafarge durante años. Trabajó para sus ocupantes hasta la extenuación, pero su degradación no había hecho más que agravarse. El auge de las drogas y el alcohol era imparable.

René cerró las cortinas. ¿Quién había dictado su sentencia de muerte? ¿El Capitancito de su iglesia, cuya masculinidad hirió? ¿Manuel Durango, que no pudo soportar la pérdida de Beatriz? ¿Un traficante que quería acabar con sus injerencias?

Sus pensamientos divagaron hasta que, por fin, algo se

movió y su espíritu se endureció. Cogió su pañuelo y lo enrolló alrededor del auricular del teléfono. Marcó un número.

—Aquí Beatriz Candalti.

René respiró hondo.

—¿Quién es? —dijo Beatriz.

—Beatriz. —El cura habló con los labios cerca del pañuelo—. Sé que tienes un pequeño lunar en forma de corazón en el muslo izquierdo. Por esto te reconoceré cuando ardas en el infierno, zorra.

Volvió a colocar el auricular en el gancho y caminó de un lado a otro con las manos contra las sienes hasta apoyar la frente en la ventana.

No era la primera vez que llamaba así a Beatriz. Ella le había hablado de las desagradables llamadas telefónicas que sin duda procedían de Manuel. René había reaccionado con preocupación y simpatía.

El cura pensó en su hermano muerto y en cómo le había escrito cartas durante años sin enviarlas. «¿Me has hecho así, Gui? ¿O me engaño a mí mismo? ¿No tiene nada que ver contigo? Todo lo que Beatriz quería darme era ternura y tal vez un poco de amor. ¿Y qué hice yo?

No me entiendo. Soy alguien que quiere hacer el bien a los demás, ¿verdad? ¿Soy realmente una persona así?»

Sentía la frente afiebrada contra el cristal. Se dio la vuelta, se dirigió a su escritorio y abrió el último cajón. En una bolsa de plástico estaba la máscara que había llevado diez años antes en sus visitas al estadio de fútbol de Santiago. Los soldados que vigilaban el estadio le llamaban *El Enmascarado*. Tenía algo de ridículo, pero también de asombro. La máscara le ayudaba a ejercer un tipo especial de autoridad en aquel horrible lugar.

Nadie sabía quién era, salvo su antiguo obispo, el viejo monseñor Tibeira, y el general Jiménez, que en aquel momento era el portavoz de la nueva junta. Monseñor Tibeira había rogado al general que permitiera a un sacerdote sacar a los niños del estadio. Jiménez, un general a la antigua usanza, había dado su permiso, pero exigió que el sacerdote permaneciera en el anonimato y jurara guardar el secreto.

Monseñor Tibeira explicó a René por qué le había elegido: si alguien descubría alguna vez su identidad, su nacionalidad belga podría protegerle de represalias. El obispo no había mencionado las posibles represalias. René aceptó el encargo y eligió este disfraz teatral. Sabía muy bien hasta qué punto su oscuro simbolismo afectaría a los soldados terrícolas.

René desplegó la capucha y dejó que se deslizara sobre su cabeza. Se acercó al espejo de la esquina de la habitación. Le devolvía la mirada *El Enmascarado* del Estadio Nacional, el misterioso benefactor sobre el que había escrito incluso el periódico oficial de derechas *Hermes*. «¿Qué hace el enmascarado en el estadio y a quién representa?», preguntaba el periódico en letras gigantes en la primera página.

¿Qué hacía el enmascarado en el estadio? Recogía a los hijos de los presos para enviarlos a familias adoptivas a través de las hermanas de la Santa Congregación de la Virgen María. El objetivo de esta extraña misión era sencillo: llevarse a los niños cuyos padres habían sido condenados a muerte.

—Cuida primero de los pequeños —había dicho monseñor Tibeira. Su casa había sido un centro de crisis durante aquellos agitados días de bombardeos y bombardeos de tanques—. Primero, los niños más pequeños, René. —El obispo bajó los ojos, se frotó su escaso pelo gris y, con voz temblorosa, añadió —: No se preocupan por ellos.

René acató la orden de Ribeira, sabiendo bien que la concesión otorgada al obispo por el régimen podía ser retirada en cualquier momento. Todos los días tomaba decisiones de vida o muerte en el estadio.

Salvar a todos los niños era imposible. René se decía a sí mismo que debía aplicar criterios racionales a la hora de elegir. Los padres esperaban con temor la visita de *El Enmascarado* al estadio abarrotado y sudoroso. Si elegía a sus hijos, era señal de que estaban condenados a muerte.

Acompañado por dos soldados muy jóvenes, René recorrió los pasillos de los antiguos vestuarios. Sintió las miradas de reojo. Llevaba pantalones negros y había sustituido su camisa de cura por un jersey negro. Oía el siseo del agua hirviendo, el ritmo contundente de los golpes con las porras. Por todas partes se oían voces, roncas o sibilantes, en las que resonaban quejidos y sollozos lastimeros.

A través de este pandemónium, René había caminado sin volver la cabeza, con los ojos fijos en la doble puerta de entrada al estadio, la *Puerta de la Maratón*, que más tarde se llamaría la Puerta de la Muerta. La puerta se abrió y la luz del sol entró a raudales, calentando de inmediato la máscara de lino que rodeaba su cabeza. René vio las interminables filas de gradas llenas de prisioneros que esperaban.

Los soldados le acompañaban para protegerle de la ira desesperada de los padres mientras seleccionaba a los niños. Las madres se aferraban, llorando y gimiendo, a sus hijos. Al principio, intentó razonar con ellas. Los niños estarían bien cuidados y más tarde se reunirían con ellos. Nadie le creyó. Al cabo de unos días, aprendió a elegir en silencio.

Una vez, un padre saltó de la grada más alta después de que René se alejara con su hija llorando. René se volvió al oír el grito. Había sonado ininteligible, pero él sabía que era un azote, una maldición que había caído sobre sus hombros. El cuerpo del hombre se estrelló contra las vallas de hierro y René sintió el impacto en lo más profundo de sus huesos. Todo el estadio vibró como una *fata morgana* mientras él apretaba contra su pecho a la niña que sollozaba.

—Los padres me tienen miedo —le dijo aquella noche a monseñor Tibeira. El viejo obispo había llorado, sus lágrimas corrían por sus mejillas. Pero no apartó los ojos de René ni un solo instante—. Soy el verdugo de sus pesadillas, que viene a llevarse a sus hijos como tortura suprema.

Monseñor Tibeira había levantado la mano como para repeler un golpe y había llenado la copa de vino de René:

—Basta, René. Calla ahora. Bebe.

Tras firmar el papeleo, René vio partir a los niños en vehículos militares hacia un centro de acogida habilitado por la Iglesia. No había sentido ningún alivio por su «captura del día», como llamaba a la operación el sargento al mando. Cada día se decía a sí mismo que no volvería a aquel infierno en la tierra.

Pero había vuelto hasta que el destino volvió a mostrar su omnipotencia. Un día, había reconocido a la mujer de Víctor Pérez, Lucía Altameda, entre las filas de prisioneros y se acercó a ella. Susurrando, le preguntó dónde estaba Víctor. Ella había mirado a los soldados que estaban detrás de él con los ojos de un animal acorralado y no contestó.

René señaló a Carmencita. No podía salvar a la mujer del cantante que tanto admiraba, pero sí a su hijo. Lucía asintió casi imperceptiblemente cuando él tomó la mano de la niña. Sabía cuál era su sentencia. Los ojos que lanzó a René hicieron que un escalofrío recorriera su espalda.

A la salida del estadio, un hombre rubio de ojos pálidos, que rezumaba autoridad, lo detuvo y se llevó a la hija de Pérez como si fuera mercancía robada. Dos días después, monseñor Tibeira le comunicó que la Junta había retirado la concesión de los niños. *El Enmascarado* ya no tenía permiso para entrar en el estadio.

René juró que nunca olvidaría a aquel hombre de ojos pálidos. Los años habían refutado aquel juramento. Cuando colocó la máscara en su escritorio por última vez, pensó en el consejo de Tibeira:

—Olvida que sucedió, René. No pienses en las vidas que aún podrías haber salvado, no traces la línea entre lo que fue bueno y malo, o te atravesará el corazón como alambre de acero. —¿Qué mejor manera de olvidar que sumergirse en su trabajo por los habitantes de la barriada?

René cogió el teléfono y volvió a marcar el número de Beatriz. Tardó un rato en contestar. No dijo su nombre.

—¿Beatriz?
—Sí. ¿Eres tú, René?
—Sí.

Respiró hondo:

—¿Acabas de hacer eso?
—Sí.

Permaneció en silencio largo rato.

—¿Por qué haces algo así, René? —dijo en voz baja.
—¿Puedo explicártelo, Beatriz?

15

El brillante coche fúnebre Chevy negro se detuvo ante la puerta del castillo. El guardaespaldas de la cicatriz abrió la ventanilla y dijo al guardia:

—Tenemos una carga para el enterrador. —El guardia miró despreocupadamente por la ventanilla trasera del Chevrolet y vio el ataúd. Desde hacía algún tiempo, Raoul utilizaba coches fúnebres americanos para transportar su droga por la ciudad. Los hombres de Raouls llamaban a la operación «conducir hasta la funeraria». Había poca preocupación de que los militares detuvieran un coche así. Después de todo, la mayoría de los soldados terreneos eran profundamente religiosos.

El guardia asintió. La puerta de la casa grande se abrió.

16

Beatriz llamó a la puerta de Alejandro mientras éste se repetía a sí mismo por enésima vez lo mentiroso y cobarde que era. Como Alejandro no contestaba, ella misma abrió la puerta. Inmediatamente, el odio a sí mismo de Alejandro desapareció como si sólo lo hubiera imaginado. En La última cena, Alejandro tenía que saltar de la cama y ponerse en posición de firmes cuando un guardia entraba en su celda. Ahora saltaba con la misma rapidez; su cuerpo parecía ingrávido como un globo. Beatriz se dio cuenta de lo pálido que estaba Alejandro y de lo hundidos que tenía los ojos. Temió que estuviera borracho, pero no había bebido ni una gota.

—Beatriz —dijo. No se movió para abrazarla. Se quedó perplejo, igual que ella.

—Siéntate —dijo Beatriz—. No tienes buen aspecto. —Recordó la tarde en que le visitó por primera vez, lo inaccesible e indiferente que parecía entonces—. Estoy cansada —continuó, sentándose en la cama. Quería pasar la noche con él, sentirlo cerca de su cuerpo, nada más. No sabía si él lo entendería.

Él se sentó en la silla.

—João me dijo que cogiste un vuelo. —No pretendía ser sarcástico, pero así sonó.

—Así es. He recogido explosivos que la resistencia quiere para un acto de sabotaje. —Lo dijo sin cuidado—. Cristóbal estaba en contra, pero otros lo impulsaron.

—Eso no me sorprende.

Su reacción la sorprendió. Ella esperaba una sorpresa.

—¿Qué quieres decir?

—Que hicieras algo así. Eres alguien que cree tener miedo pero que actúa con valentía. Yo soy todo lo contrario.

Ella sonrió:

—No te engañes. He estado aterrorizada. —Y añadió sin rodeos—: Yo también temo por ti.

Se hizo un silencio incómodo.

—Creía que Cristóbal era quien tomaba las decisiones —dijo él finalmente.

—La mayoría estaba a favor de un ataque. Ha habido promesa tras promesa de la Junta, pero no cumplen ni una. «Un gesto simbólico de resistencia», así llama Cristóbal al plan, pero es sarcástico. Cree que esta acción podría presionarlos para que cumplan sus promesas. —Sacudió la cabeza—. Cristóbal tardó mucho en aceptarlo, incluso a regañadientes, pero ahora habla como si todo hubiera sido idea suya. —Alejandro no contestó. La miraba como si no comprendiera lo que decía.

Beatriz decidió que era el momento de decir por qué había venido.

—Es normal que hayas reaccionado como lo hiciste en el auditorio —le dijo—. No deberías machacarte por ello, sobre todo después de lo que has pasado.

Alejandro volvió la cabeza hacia otro lado.

—Quieres encontrar normal todo lo que hago —respondió, falsamente alegre—. ¡No me parece normal!

Ella sonrió finamente.

—Beatriz —continuó—. ¿Vendrías conmigo si me fuera de Terreno?

—No, no lo haría.

Él se rió, pero ella vio cómo se le caían los hombros.

—¿Ves? ¡Eres valiente! ¿O es porque René te quiere y João está loco por ti? ¿Disfrutas de toda esa atención?

—¿Por qué crees que René me quiere?

Él hizo una mueca torcida.

—En una ciudad mundialmente famosa por sus bellas mujeres, nuestro hombre de Dios no tiene ojos para nadie más que para ti. Ojos anhelantes.

—¿Ah, sí?

La misma risita apareció en la boca de Alejandro.

—¿Qué te parece? ¿Sería capaz de irme de Terreno sin ti?

—Sí, Alejandro. Harías cualquier cosa por salir de aquí. Pero tienes miedo de que después ya no tengas valor para enfrentarte a ti mismo.

Permaneció un rato en silencio.

—Me quedaré aquí —dijo él—. Quédate aquí, y haz lo que João te pida. Jugar a Superbarrio. —Sonrió, sacudiendo la cabeza como si no pudiera creérselo.

—¿Qué tiene de malo? En México, los luchadores que juegan al Superbarrio se han hecho realmente famosos. La policía tiene miedo de detenerlos, aunque ridiculicen al gobierno y llamen a los pobres a rebelarse. Me parece una idea inteligente, dado que la oposición casi no tiene recursos.

—¿Inteligente? Eres igual que João. Con la cabeza en las nubes. Sigues haciéndote ilusiones.

—No, es precisamente porque hemos perdido las ilusiones que se nos ocurren ideas como ésta.

—No lo entiendes —dijo, con tono de resignación—. Las canciones más populares de Aconcagua eran las de protesta: lo dividían todo en bueno y malo y en blanco o negro. No es tan sencillo. Esa es la ilusión que hemos perdido.

—Recuerdo otra ilusión que habéis perdido —dijo ella.

—¿Qué quieres decir con eso, Beatriz? —Lo dijo en voz tan baja que ella apenas le oyó.

Se levantó y le tiró de la silla. Sintió compasión, no lujuria ni ternura, ni nada que ella pudiera llamar amor. Con la cabeza vuelta hacia otro lado, dejó que ella lo condujera a la cama.

—Desvístete y acuéstate conmigo —le dijo—. Y mantén la boca cerrada, Alejandro.

17

En el más profundo secreto, a intervalos regulares, en la base aérea militar de El Bosque, en Santiago, se utilizó el dinero de los contribuyentes terrícolas para «transportar ovejas», como lo llamaba la unidad militar pertinente. Las «ovejas» eran enemigos políticos de la Junta, drogados y embolsados, que debían desaparecer sin dejar rastro. Veintidós ovejas estaban en el programa esa noche. En ninguna parte se las mencionaba en las listas de carga. El mando militar había decidido que el programa se llevara a cabo sin un solo documento que indicara su existencia.

Manuel tenía amigos influyentes en la base. También ayudaba que supieran lo generoso que podía ser Manuel. Esta noche, inesperadamente, se añadió una vigesimotercera oveja. La manipulación de la oveja sería lucrativa para los militares encargados de la misión.

Manuel estaba a bordo del Lockheed C-130 cuando se elevó, rugiendo y vibrando desde la pista. Los condenados a muerte llenaban el suelo del avión de carga. Manuel miró la forma parecida a una salchicha que tenía a sus pies. Las otras ovejas estaban quietas, ésta no. Se retorcía como un gusano gigante por el suelo.

Cuando, algún tiempo después, el avión sobrevoló el mar, los soldados entraron en acción. Las ovejas fueron arrojadas de la bodega una a una. No opusieron resistencia. Se precipitaron sin sentido por la oscuridad, hacia su muerte acuática, cientos de metros por debajo del avión. Cuando cada una de ellas tocó la superficie del agua, los soldados vieron aparecer una mancha blanca en la gris medianoche del océano. Manuel sacó la cabeza de Raúl de la bolsa de yute. El hombre gruñó como un gato desesperado. El látigo había dañado terriblemente su belleza.

—Cara Ancha —dijo Manuel—, tu falta de discreción me puso en peligro de muerte, así que nada de gorro de dormir para que suavices tu último viaje. —Mantuvo la cabeza cerca de Raúl. Quería hacerse entender por encima del zumbido de los motores—. A cada centímetro de tu caída al olvido, desearás haber sabido contener la lengua, boca de rana.

Manuel miró a los ojos del hombre que le había ayudado a ganar una fortuna. Eran más negros que nunca y parecían más profundos que el mar.

Raúl escupió a Manuel en la cara.

Poco después, Raúl salió despedido del avión.

En el avión, Manuel sintió como si no fuera Raúl, sino él mismo, quien golpeó la oscura superficie del agua con una ráfaga que le rompió los huesos.

18

Beatriz se despertó en mitad de la noche. Al escuchar la respiración de Alejandro, tuvo la sensación de que tenía los ojos abiertos. Quería contarle lo del sexo miserable con René, lo de su voz apagada en el teléfono diciendo cosas repugnantes sólo para hacer daño, y luego lo de la segunda conversación en la que Lafarge le había hablado como si el teléfono fuera su salvavidas. Beatriz quiso decirle a Alejandro que, al igual que René, tenía que enfrentarse a su autoengaño.

Se dio la vuelta. Alejandro estaba tumbado boca arriba. Beatriz se preguntó qué haría si le hablaba de René. El recuerdo de estar en la cama con el cura la perturbó y quiso levantarse. Pero Alejandro se puso de lado y la abrazó. Apoyó la cabeza en su hombro. El corazón le latía deprisa, como si quisiera huir, pero respiró hondo y le acarició el pecho.

—¿Por qué no dices nada? —susurró ella al cabo de un rato.

Tardó un rato en contestar:

—En La Última Cena aprendí a agradecer lo más mínimo que me permitieran los guardias. Mientras te preocupes por mí, lo aceptaré con gratitud, Beatriz, y por lo demás, te dejaré libre.

Ella sintió que se ponía lánguida, como si sus músculos perdieran la tensión. Alejandro la rodeó con sus brazos.

—Eres un cliente raro de la cárcel —dijo ella con una pequeña risa—. ¿Qué tengo que darte para que me lo agradezcas?

—Podrías hacerme el amor.

Tardó un buen rato, pero luego le pellizcó suavemente la espalda.

—De acuerdo —dijo ella.

Él escondió la cara en su cuello, apoyando los labios en su piel.

—Si me quedara en este país —susurró él—, si pudiera superar todas mis dudas y contradicciones y comprometerme de nuevo, ¿te quedarías conmigo? ¿Si pudiera volver a ser el hombre que solía ser?

Ella no respondió, y él se quedó con la cabeza donde estaba, su cuerpo cerca de ella, una cálida tierra de nadie que no exigía nada más. Así debería haber sido René; ¿por qué René no había sido así, una figura paterna que la amaba?

LAS DOS CARAS DE UN HOMBRE

# 1

—¿Qué te parece la arena que he construido para nuestro sensacional espectáculo Superbarrio? —dijo João con una amplia sonrisa—. Un material ligero. Podemos montarlo en un santiamén, y sólo necesitamos un pequeño espacio.

Hacía un calor bochornoso en el sótano de hormigón del Instituto de Extensión Musical, donde los bailarines terrícolas podían practicar ballets europeos, cuando la Junta recordó que la cultura era una excelente fachada.

—Maravilloso —dijo Alejandro distraídamente. Mostraba muy poco interés por el suelo de lona pintada. Echó un vistazo a la habitación y sonrió débilmente a Beatriz, que estaba de pie mirando junto a la puerta.

Cuando se había despertado aquella mañana, sus genitales descansaban sobre la palma de la mano de ella. Le había acariciado el vientre, sus dedos seguían los músculos bajo su piel. Pero no había crecido en el relajado caparazón de su mano. Su cuerpo parecía flotar, y una dulce laxitud penetraba en todos sus músculos. No sabía cuánto tiempo llevaba allí, tumbado con ella y, sin embargo, solo. Su voz, apagada y extrañamente tímida, le había recordado que tenían que salir para su cita con João, que quería ensayar el espectáculo Superbarrio.

João estaba impresionante con su traje azul de luchador que hacía resaltar sus musculosas nalgas.

—Estás ahí en la esquina con Pelarón, cantando y pinchando al dragón —dijo mientras saltaba las cuerdas del cuadrilátero y brincaba ágilmente sobre la lona elástica—. Me abalanzo salvajemente hacia ti porque quiero a Pelarón, y empezamos a pelear. ¿Lo intentamos un momento?

Alejandro cogió su guitarra, se arrastró bajo las cuerdas y le guiñó un ojo a Beatriz. Empezó a tocar una melodía rítmica. No se había inventado la letra de antemano; le salía de la boca:

> *Jo, Jo, Superbarrio,*
> *Pelarón gana mucho dinero,*
> *Pero eso lo hace cualquier tonto, Chucks.*
> *Jo, Jo, Superbarrio,*
> *Pelarón tiene una barriga*
> *¡como una escotilla cachonda!*
> *Qué feo es,*
> *¡Qué lote!*

De reojo, Alejandro vio acercarse a João.

—¡Cómo te atreves a insultar a nuestro Generalísimo, lombriz seca! —rugió João. Alejandro apenas tuvo tiempo de soltar la guitarra. João le agarró por la cintura; Alejandro dio un impresionante golpe del hombro derecho de João al suyo y acabó con un chichón, tumbado en la lona. Chillando, Alejandro se puso boca abajo. Sus ojos se clavaron en los de Beatriz. Intentó parecer un perro fiel, pero eso no funcionó muy bien en esta situación, sobre todo porque aquella tonta melodía empezó a sonar de nuevo en su cabeza.

> *Ay, mi amor, qué dolor*

ser otra persona para ti.

Sonriendo, le sopló un beso, pero su mirada permaneció severa como si estuviera registrando una reunión importante.

—Primera lección —dijo João agradablemente—. Cuando te tire a la lona, tienes que espirar al caer. Tal vez pensabas que esto era difícil, pero he amortiguado bastante tu caída, y ya estás gimiendo como un viejo borracho con resaca. Pareces una asta de bandera; así de tieso estás. Recuerda: tendré que tirarte muchas veces. Tienes que parecer agotado antes de que me recuperes inesperadamente. Y luego aún tienes que ser capaz de cantar tu canción final, la canción de *Victory*.

—Sí, sí —suspiró Alejandro—. ¿Y qué viene después? ¿Hacemos reverencias y reverencias para el flash de los fotógrafos y las cámaras de los equipos de televisión internacionales?

—Después de eso, huimos como el rayo antes de que nos pille la poli —dijo João lacónicamente mientras se sentaba a la espalda de Alejandro y le administraba un candado en el brazo derecho.

—¿Un poco más suave, por favor, João? —gimió Alejandro.

—¡Venga ya! Por algo eres Superbarrio, ¿no? —João se lanzó sobre Alejandro y casi lo aplastó bajo su peso. Empezó a estrangular a Alejandro con entusiasmo, gritando—: ¡Perro mugriento, no sirves ni para lamer los retretes de La Última Cena!

Sus ojos se clavaron ferozmente en los de Alejandro. Alejandro parpadeó y golpeó a João con la rodilla en los huevos.

«Sé por qué alardeas así de tu masculinidad, João, pero no la tendrás. No a mi cierva nerviosa a la que le encanta que le masajeen la espalda con círculos cortos entre la tercera y la cuarta vértebra de arriba, la mujer a la que no puedo querer lo suficiente, pero a la que tampoco puedo entregar a nadie más».

João gimió y soltó a Alejandro para ocuparse de sus joyas de la corona.

—¿Por qué has hecho eso? —dijo Beatriz.

—¿Jugando a Superbarrio? —respondió Alejandro inocentemente, dando unos cuantos saltos de cabra en dirección a João—. Porque con este ridículo disfraz puedo creer que soy gracioso, Beatriz.

Por supuesto, él sabía que ella había preguntado otra cosa, pero actuó como si la hubiera malinterpretado. ¿Era posible que la mirada de ella traicionara algo más que una duda?

2

Bélgica ya no tenía consulado en Terreno. El encargado de negocios belga realizaba todas las tareas consulares en la planta 17 de un edificio de la avenida General Pelarón. En el ascensor hasta arriba, René se fijó en las dobles puertas de seguridad. Bajó en una pequeña zona con una puerta blindada y un mostrador con cristal de seguridad al lado. Detrás del cristal, un hombre desinteresado le observaba; su rostro estaba curtido como el de un marinero.

—¿Cuál es el motivo de su visita? —le preguntó el hombre sin rodeos en francés. René le dijo que quería hablar con el encargado de negocios belga.

—Su pasaporte. —René introdujo el pasaporte en una ranura de la pared y lo vio desaparecer. Poco después, la ranura descargó un documento en el que debía rellenar el motivo de su visita. Tras un cuarto de hora de espera, la puerta blindada se abrió y el hombre le hizo una seña. En silencio, condujo a René a través del luminoso despacho.

El primer secretario del Encargado de Negocios, bien vestido con traje y aún joven, estaba sentado detrás de un gran escritorio en una sala decorada con solemnidad, dominada por el retrato del rey belga Balduino. El secretario se aflojó la corbata despreocupadamente. Qué diferencia con el cónsul pelirrojo con bigote de morsa que abrió el consulado belga para los refugiados hace diez años, sin hacer caso a las presiones políticas, ni a las amenazas directas. El gobierno belga trasladó inmediatamente al cónsul cuando la junta estaba firmemente en el poder. El Encargado de Negocios que llegó poco después tenía «excelentes» contactos con el gobierno y estaba convencido de que la democracia volvería a Terreno cuando llegara el momento.

Cuando René terminó de hablar, el asistente le dijo:

—Por supuesto, le prestaremos toda la ayuda que merece un compatriota, padre. Pero a la luz de los acontecimientos en este país, estoy seguro de que podemos considerar esta amenaza como una broma. No obstante, pediremos explicaciones por vía diplomática. Mientras tanto, no creo que tenga nada que temer. El gobierno militar es muy consciente de que un ataque extremista contra un sacerdote belga sería extremadamente desaconsejable en estos momentos.

El hombre sonrió, encantador, a René.

—Si lo desea, puede, por supuesto, abandonar el país. Puede utilizar los canales de la Iglesia o pedirnos un billete de avión. Sin embargo, tendrás que devolverlo cuando estés de vuelta en Bélgica. Perdóneme, no estoy bien informado de los canales jerárquicos de la Iglesia. Tal vez nuestros servicios funcionen más rápido. La elección es suya.

—Probablemente tengas razón —dijo René—. Es poco probable que las cosas cambien tan rápido. Y me resulta difícil abandonar a mis feligreses.

El secretario se levantó y le tendió la mano a René.

—En cualquier caso, manténganos informados si recibe nuevas amenazas. Por nuestra parte, tomaremos las medidas necesarias y nos pondremos en contacto con usted a su debido tiempo.

En la puerta, el sacerdote se dio la vuelta. Un nuevo expediente ya tenía toda la atención del primer secretario.

—Una cosa más —dijo René—. Si me ocurre algo, ¿sus servicios avisarán a mi familia en Bélgica?

—Padre —empezó el secretario—, estamos convencidos de que...

—En ese caso, no deje de escribir una carta a Gui Lafarge —dijo René—. La dirección es Rue de la Marcinelle 19, 6000 Charleroi. Al menos, esa era hace más de treinta años, pero estoy seguro de que mi hermano no se ha mudado entretanto.

3

—Rómpete una pierna —le dijo João a Alejandro, que estaba de pie frente a la pared de espejos de la sala de baile y miraba las letras en negrita de SUPERBARRIO en sus mallas rojas—. Así dicen los actores, ¿no?
　—Para un estreno, no para un ensayo general —dijo Alejandro—. Y hay que decirlo en inglés. De ahí viene el dicho: *break a leg.*
　—Fue ingenioso Cristóbal al dejarnos entrenar aquí, en los sótanos de la universidad —continuó João, poniéndose un protector de testículos—. Durante tres días, hemos estado trabajando delante de las narices de los soldados.
　João se miró en los espejos, contoneándose como un oso.
　—¡Soy feo, pero soy grande y tengo incontables dólares! —rugió—. ¡Viva América! —Asintió para sí—. Mañana es el día. Me voy a volver loco de alegría. ¿No es eso hablar como un verdadero poeta, cantautor?
　—¿Estás seguro, João, de que tu ukelele, o como se llame, ese demonio vudú del que me hablaste, no te susurró al oído este loco plan? —preguntó Alejandro mientras se colocaba junto a João. Al lado del gigantesco pintor, parecía un

enclenque en un falso traje de Superman. João le sonrió en el espejo, y Alejandro también sonrió involuntariamente.

—No te rías de Exu Tiriri —dijo João—. La deidad eligió a propósito un nombre tonto, del que todo el mundo se ríe, para ocultar mejor su poder. Entre otras cosas, me ha dado manos sanadoras. Cuando anteayer me pegaste tan descaradamente en las pelotas...

—Un accidente, João, un desafortunado accidente.

—El dolor pasó de inmediato una vez que abracé mis joyas con mis manos sanadoras, pequeño quisquilloso.

—Tu alegría, João, ¿es incurable?

Alejandro se sorprendió por el cambio en el rostro del pintor.

—Crees que mi alegría es real, pero eso es porque la interpreto tan a menudo que se vuelve real. Ayer: la protesta de los trabajadores portuarios en Coquimba, ¿cuántos muertos, Alejandro?

Alejandro miró de reojo a João, lleno de especulaciones sobre el verdadero estado de ánimo de su amigo.

—Más de trescientos.

El día anterior, el ejército había reprimido brutalmente una manifestación de los estibadores de Coquimba. Exigían mejores condiciones de trabajo. Un anuncio del gobierno en radio, televisión y periódicos leales al gobierno había hablado de una «intolerable perturbación de la economía terrena que fue cortada de raíz».

—Más de trescientos muertos —repitió João—. ¿Y con qué contrarrestamos esta matanza? Con un espectáculo callejero de dos bufones enmascarados. Ante nuestra impotencia, sólo tengo mi sonrisa. Y seguiré sonriendo hasta que...

La puerta del salón de baile se abrió de golpe. Cristóbal, René y Beatriz entraron. Alejandro cruzó las manos sobre su torso rojo brillante.

—No hay público en un ensayo general. Eso trae desgracias, y ya tenemos más de...

—Tengo que preguntarte algo. —René le cortó. El cura parecía no haber dormido ni comido bien en días—. ¿Reconocerías a la hija de Víctor Pérez si la vieras?

La mano izquierda de Alejandro se hundió lejos de su pecho; la otra permaneció sobre su corazón, exactamente donde se encontraba la B.

4

Cuando dejó de hablar de su nuevo plan y esperó la opinión de su compañero de mesa, Manuel se convenció de que estaba distinguido con su traje azul, camisa crema y corbata de rayas azules y blancas. Había elegido cuidadosamente un bar de hotel en una de las calles más caras de Santiago, la avenida Timparán. Chez Pierre, con su mármol italiano, sus espejos grabados y sus murales barrocos, recordaba a un castillo neoclásico francés.

Al otro lado de la mesa, Astíz frunció los labios y le miró sin expresión.

—Un plan audaz, Manuel. Se nota que has leído bien *Il Principe*.

Desde que había dejado el G2, el servicio secreto terrícola, con una generosa asignación y el grado de coronel, Astíz hacía todo lo posible por adoptar un aire intelectual.

Manuel sonrió y declaró:

—Después de una pequeña injuria, una persona se venga; después de una mayor, no puede. Por eso debemos castigar a la gente con tanta dureza que ya no tengamos que temer su venganza.

—Cierto —dijo Astíz. Tomó un sorbo de su té de flor de jengibre y mordisqueó una galleta inglesa. Manuel bebió su cóctel. Esperaba más entusiasmo por parte del coronel. El hombre mayor que tenía enfrente parecía distraído. ¿Dónde estaba la voz aguda de hace unos días que le interrogó por teléfono sobre la fuga de droga? Nunca se sabía qué esperar de Astíz. Manuel nunca había averiguado si esa imprevisibilidad formaba parte de su imagen o simplemente de su carácter.

—Si el general Pelarón pone en práctica mi plan, tendrá la oportunidad de borrar a la oposición del mapa.

El coronel Astíz seguía sin parecer concentrado en la conversación.

—Has acudido a la persona equivocada con su plan. Estoy retirado. He cumplido con mi deber para con mi país; tengo una vejez tranquila que disfrutar. —El hombre miró por la ventana hacia los jardines de estilo británico.

Manuel trató de ocultar su decepción. «Para ti es fácil decir eso, con los hilos de Patria y Sangre apretados en las manos, con todos tus amigos de alto rango en el ejército. Enderezó la espalda y bebió de su vaso. Puede que yo sea el líder de Patria y Sangre de nombre, pero tú manejas el poder real, y yo soy tu marioneta».

—Por supuesto, tú dirigirías toda la operación —dijo Manuel en tono meloso—. Te pareció buena idea difundir el rumor de que el cura belga estaba implicado en un complot contra Pelarón, ¿verdad?

Astíz se limpió las manos en la servilleta adornada con el monograma excesivamente rizado de Chez Pierre.

—Convertir al cura en objeto de sospecha: sí. Esparcir rumores sobre él para evitar que se interponga en nuestro camino: de acuerdo, bien. Pero con el plan que propones ahora, te estás sobrepasando. Odias a ese cura porque ayudó a tu mujer a divorciarse de ti, por eso te has sacado de la manga este plan tan exagerado.

—¡Mi plan es hermético! —protestó Manuel—. Informamos a varios oficiales superiores que no quieren otra cosa que medidas duras, y...

—¿Nosotros? —Astíz le interrumpió. Ya no tenía el aire de un profesor despistado. Los ojos que miraban a Manuel tenían el color de los lagos salados de los desiertos de los Andes.

—Quiero decir... Tienes tantos contactos y...

—Eres demasiado ambicioso, Durango; ése es tu problema.

Mientras Astíz colocaba con cuidado la servilleta sobre la mesa, Manuel tuvo la sensación de que los ojos del hombre le atravesaban.

—Te he pedido que encuentres cuanto antes la fuga en Patria y Sangre. Tengo preparada una sorpresa especial para el traidor que ha manipulado los suministros de droga. ¿Qué te dije en nuestra última conversación?

—Que esperabas resultados rápidos —contestó Manuel con pereza.

No se atrevió a mirar a Astíz a los ojos. Se concentró en las cejas del hombre.

Se alzaron, lentas y significativas.

5

—No me lo puedo creer —dijo Cristóbal después de que René les contara su papel en el estadio.

—¿Por qué no? —Pereira se había agitado durante el relato de René.

—El ejército terreneo es calcado al prusiano —dijo Cristóbal, un tanto condescendiente—. Ningún oficial terreneo criaría como propio al hijo de una de sus víctimas. Un niño así nunca puede ser miembro del clan. Es inconcebible.

—El hombre que lo hizo no era un oficial ordinario —replicó René—. Al menos, no llevaba uniforme, aunque los demás le llamaban capitán. Creo que pertenecía a las Fuerzas Especiales.

—No puedo creer que haya ocurrido algo así —repitió Cristóbal.

El cura se volvió hacia él:

—¿Tú crees que yo estoy detrás de un loco plan de asesinato contra Pelarón, pero esto no te lo crees?

Cristóbal tosió, marcando la indiscreción del cura.

—Los rumores en este país son como bombas de relojería.

Los rumores que te rodean pueden poner en peligro nuestra red de resistencia.

Alejandro observó a Beatriz. Vio con qué atención miraba a ambos hombres. Inesperadamente, se dio cuenta de una posibilidad. Si Carmencita seguía viva, sería una señal inequívoca del destino.

—Si lo que afirmas es cierto —le dijo a René—, deberíamos secuestrar a Carmencita y mostrarla a la prensa extranjera como ejemplo de lo que es capaz el ejército terrícola.

Cristóbal sacudió la cabeza como si alguien le hubiera hecho una oferta a la baja.

—No es momento de hacer bromas.

—Me alegro de que digas eso —dijo Alejandro—. Desde que me uní a tu descabellado plan de jugar al Superbarrio, no recuerdo lo que es gracioso y lo que no.

—Alejandro tiene razón —intervino João—. ¿Cuánto tiempo llevamos discutiendo formas de debilitar el régimen desde dentro? Si Carmencita Pérez sigue viva, podemos difundir esa historia. Golpeará como una bomba.

—Me parece un plan demencial. —Volvió a toser Cristóbal. Se volvió hacia Beatriz—. ¿Y tú?

Tenía los ojos fijos en Cristóbal, pero Alejandro sintió que su respuesta iba dirigida a él.

—Creo que deberíamos pensarlo.

—Estoy rodeado de fanáticos enloquecidos —dijo Cristóbal con un dramático movimiento de brazo—. Esto es un orden de cosas muy distinto a dar espectáculos callejeros con trajes de carnaval, animando a la gente a que haga oír su voz.

—Así es —dijo secamente João.

—¿Cómo averiguamos si tengo razón? —René Lafarge se sentó en uno de los bancos de madera contra la pared—. Durante la peña, me sobrecogió la certeza de que la hija de Fitzroy era Carmencita Pérez, pero desde entonces no estoy seguro. La hija de Pérez era aún muy pequeña cuando intenté salvarla. No reconocí a Kurt Fitzroy. Si era ese agente del servicio secreto, ha cambiado mucho.

—Sabré si es ella cuando la vea —dijo Alejandro—. Pero si esa chica es Carmencita Pérez, no entiendo por qué Kurt Fitzroy la llevó a la peña. Podría haberla reconocido allí, ¿no?

—No sabía que iba a actuar —dijo René, cansado—. Se quedó de piedra cuando Cristóbal le dijo que ibas a hacer una actuación sin avisar. Después habló conmigo. Claro que él no sabe que yo era El Enmascarado del estadio. Ya había mandado a la niña a casa, supuestamente porque el ambiente no era apropiado para un niño burgués. Fingió que yo le había incitado a actuar de nuevo. Creo que era su forma de presionarme.

—Kurt hace eso con todo el mundo —dijo Cristóbal—. Le gusta la confusión a su alrededor, un poco de emoción, un tufillo de miedo. No le subestimes.

—Podemos entrar en su casa y llevárnosla si realmente es Carmencita Pérez —dijo João. Se volvió hacia Cristóbal—: Después, podrías contactar con periodistas extranjeros.

—No sabes de lo que hablas —dijo Cristóbal, negando con la cabeza.

—Claro que lo sé. Ayer, en Coquimba, más de trescientas personas fueron masacradas porque querían una vida mejor. De eso estamos hablando. Kurt no se lo dirá a la policía ni al ejército si secuestramos a Carmencita, suponiendo que la chica sea Carmencita. Nadie del ejército o de los carabineros le ayudaría. Al adoptar a esa niña, manchó el honor del ejército terreneo y puso en grave riesgo la reputación del gobierno.

Cristóbal negó con la cabeza, pero se abstuvo de hacer comentarios.

—¿Dónde vive? —preguntó Alejandro a René.

—Cerca del parque que está junto al Cerro Santa Lucía —respondió el cura—. Su cuidador vive en una casa de portero a la entrada de sus terrenos.

—Ya no tengo treinta años, pero aún puedo con un conserje —dijo João con un deje de amargura.
—¿Qué te pasa, de repente? —dijo Cristóbal con vehemencia.

El grandullón dio un paso adelante, Cristóbal un paso atrás.
—Durante años te he escuchado. *La violencia no resuelve nada, la diplomacia sí.* Y entonces, ¿qué hemos hecho todos estos años? Falsificar algunos pasaportes, sacar de contrabando a algunas personas del país, distribuir panfletos, hablar y discutir, guisar y regañar. Después de diez años, una mujer nos ha sacado las castañas del fuego: ahora tenemos explosivos. ¿Vamos a volar por los aires al general como es debido? No, vamos a cometer un «acto simbólico de resistencia».

João sacudió la cabeza como si no pudiera creer lo que estaba diciendo.

—Lo terrible es que hemos llegado a pensar que nuestros mezquinos planes son ejemplos de resistencia heroica —continuó João—. Anteayer asesinaron a los trabajadores portuarios y esta tarde Pelarón informa en la televisión, sin decir una palabra sobre las víctimas, de que el gobierno ha reducido los precios de los alimentos básicos. Estamos tan bien entrenados que acogemos con satisfacción esa comunicación. Si no despertamos ahora, acabaremos sin una gota de sangre en las venas.

En el silencio que siguió, João los miró uno por uno.

—No se trata sólo del asesinato y homicidio de civiles por parte de los militares. Va más allá: uno de los asesinos de los padres reclamó un hijo para sí. ¿Qué resonancia tendrá esa historia si conseguimos que llegue a la prensa extranjera?

—Puedo concertar una cita con Kurt y colarte en su casa —dijo René con naturalidad.

—¿En su casa? —preguntó Alejandro.

René levantó la mirada del suelo. Sonrió con amargura:

—Le gustará cuando la mosca entre en la telaraña.

—¿Por qué dices eso? —dijo Cristóbal.

—Porque creo que es una de las personas que están detrás de los rumores sobre mí. He escuchado a los ancianos de la pocilga. Entre bastidores, el tráfico de drogas del barrio es una importante fuente de ingresos para ciertos individuos de este gobierno. Sospecho que Kurt es una de esas personas.

Alejandro cogió la máscara de carnaval que había querido ponerse al día siguiente como Superbarrio.

—No eres el único que puede ponerse una máscara —le dijo a René—. Si puedes concertar una cita, João y yo podemos escondernos en tu coche y colarnos en su casa.

Beatriz negó con la cabeza:

—Si Kurt es quien crees que es, puede traer milicias privadas cuando hayas secuestrado a la chica. Son peores que el ejército.

—He hablado con el personal del Encargado de Negocios belga —dijo René—. Puedo refugiarme en el consulado en cualquier momento. Entonces me enviarán a casa. —Por un momento, Beatriz y el cura se miraron a los ojos. Alejandro tuvo la sensación de que, de algún modo, eran cómplices.

—¿Quieres irte de Terreno? —dijo.

René le lanzó una mirada inescrutable.

—Ya es hora de que abandone este país.

—Entonces está decidido —dijo Alejandro. Se puso la máscara de Superbarrio y se miró en el espejo de la pared.

—Viva Superbarrio —murmuró.

Se dio la vuelta cuando sintió los ojos de los demás en su espalda.

6

El camino de entrada a la casa de Kurt tenía decenas de metros de largo y estaba cubierto de adoquines de mosaico. «Avisaré al conserje de que vienes», había dicho Kurt por teléfono aquella mañana. ¿Y qué le daba el honor de recibir a René Lafarge en su casa? Bueno, René tenía algo que discutir con Kurt, y ¿podría su encantadora hija estar también presente en la conversación? ¿Mi *hija*? Sí, Kurt, a la luz de los esfuerzos de ayuda a los necesitados en la porqueriza, tengo una idea en la que los jóvenes de buenas familias pueden desempeñar un papel importante. Sin duda, la prensa prestará mucha atención a la iniciativa. Quiero pedirle ayuda a Amanda con mi plan; parece muy inteligente para su edad.

—¿Por qué, sobre todo, Amanda, René?

—Monseñor Subercaseaux me recomendó a usted y a su hija cuando le propuse mi idea.

Después de eso, Kurt había sonado menos suspicaz. A René le permitieron visitarla ese mismo día justo después del mediodía. René esperaba que Kurt no se pusiera en contacto con monseñor Subercaseaux mientras tanto.

El portero, un hombrecillo de cabello ralo y brillante, dejó pasar al sacerdote por la verja de hierro forjado. Comprobó la identidad de René, pero no miró el Citroën Mehari del sacerdote.

Otros cincuenta metros. René miró por el retrovisor. El guardia había desaparecido en su casa. La espaciosa casa de Fitzroy estaba rodeada de caros sauces llorones, como los plantados en la cercana reserva natural de El Melocotón. La casa era blanca y de estilo colonial español, con acentos moriscos. Junto a ella, sobre el césped recortado, había una gran antena parabólica.

—¿Cómo va por detrás? —preguntó René.

Desde la parte trasera del Citroën, una voz apagada murmuró:

—Alejandro me está metiendo el dedo gordo del pie en el ojo izquierdo. —René sacudió la cabeza. Apagó el motor en un aparcamiento marcado con piedras blancas, salió y se dirigió a la puerta principal. Le abrió una criada. Cuando René dijo su nombre, ella asintió y le condujo a una habitación decorada con vulgar gusto americano.

—René, creí que nunca te vería en mi casa —dijo Fitzroy, que había entrado detrás de él. Kurt estaba de pie en el umbral de la puerta, con el brazo ligeramente doblado delante del pecho, la muñeca flácida: un caballero entrado en años, vestido con gusto y un poco cansado.

—¿Por qué no?

—Oh —dijo Kurt—. Una premonición que ya no tiene importancia.

—¿Dónde está tu hija? —preguntó René.

Kurt frunció los labios.

—No recuerdo que la encontraras tan interesante hace dos días. ¿Por qué estás tan nervioso, amigo mío? Estará aquí en un minuto.

—He estado recibiendo llamadas amenazadoras últimamente —dijo René—. Por eso no estoy como siempre.

—¿Alguien te está amenazando? —Kurt se sentó en un sillón opulentamente floreado—. Eso no me sorprende. Gracias a tu excelente trabajo en la porqueriza, tienes muchos enemigos en esta ciudad, viejo amigo. ¿Hasta qué punto te tomas en serio las amenazas?

—Muy en serio —dijo René—. No estoy hecho para hacer de cordero expiatorio. Y hay otra cosa: se está extendiendo el rumor de que estoy implicado en un próximo ataque a Pelarón. ¿Puede ser más ridículo?

Kurt se echó a reír.

—¿Quién se inventa esas historias?

—Sí, ¿quién? —dijo René, sintiendo un cosquilleo en la espina dorsal.

—Creía que habías venido a hablarme de tu audaz plan para la porqueriza, ¿algo que implicara a jóvenes de las mejores familias?

René no le respondió.

Por un momento, la conversación se detuvo.

Kurt le miró inquisitivamente, como si le preocupara haberle ofendido.

Entonces René sacó de su bolsillo la máscara que había llevado diez años atrás.

—¿Reconoces esto, Kurt?

—¿Esa tela? —Kurt se puso la mano derecha bajo la barbilla—. ¿Por qué debería reconocerla?

—Te refrescaré la memoria —respondió René con la boca seca, ignorando la advertencia interior: ¡demasiado pronto, tonto! Se puso la máscara.

Kurt se levantó de su sillón. La puerta se abrió de golpe y dos figuras grotescamente vestidas entraron corriendo. La primera, un hombre corpulento con un traje de lucha rojo brillante, en el que estaba escrito en letras azules brillantes: SOY FEO, PERO TENGO MUCHOS DOLARES, apuntó a Fitzroy con una pistola. El segundo, con un traje azul traqueteante con SUPERBARRIO en letras brillantes, vio la máscara negra de René y se detuvo en seco.

—No os mováis, ninguno de los dos —dijo João.

Alejandro se escabulló de su papel.

—¿Qué haces? —le espetó a René.

—Eso no es importante —respondió René—. Tenemos que encontrar a Carmencita.

—¿No es importante? —gritó Alejandro—. ¡Idiota! Nosotros...

—¿Qué significa esto? —intervino Kurt, más enfadado que asustado. El hombre miró hacia la puerta y evaluó sus posibilidades.

—Eres tonto —siseó Alejandro a René—. ¿Quieres hacer de ángel de la perdición, idiota?

La puerta se abrió por segunda vez y entró una adolescente delgada con el pelo negro como el petróleo recogido en un moño.

Dio dos pasos dentro de la habitación y luego se quedó quieta, sorprendida.

—¡Amanda! —gritó Kurt—. ¡Corre!

João empujó violentamente a Kurt. Kurt cayó contra un sofá y se desplomó hacia atrás. Alejandro corrió hacia la puerta, la cerró de un empujón, dio la vuelta a la llave y apoyó la espalda en ella.

—Carmencita —jadeó—. Carmencita, ¿te acuerdas de mí?

La chica miró fijamente al hombre enmascarado con un traje de lucha de SUPERBARRIO que tenía delante, se llevó la mano a la boca y gritó.

7

Beatriz se despertó de un sueño en el que una pared gris pizarra le impedía el paso. La pared parecía viva. Ella seguía mirando al techo, su cuerpo era un trozo de plomo. En este país, donde los verdugos querían jugar a ser padres, ella se había quedado sin hijos. En sus ensoñaciones, a menudo imaginaba cómo sería tener un hijo. Tonterías románticas de color rosa salmón, lo sabía perfectamente porque había reconocido la realidad: si su vientre hubiera sido fértil, ¿quién habría sido el padre?

¿Cristóbal? Hacía dos años, al comienzo de su divorcio, él se había comportado como un padre galante, el diplomático que no quería arriesgarse a ser rechazado. Se había retirado inmediatamente cuando João empezó a cortejarla a su manera infantil. ¿Un bebé con João? ¿Un bebé grande, de ojos sorprendentemente claros, lleno de salud y optimismo? Había algo animal en aquella idea que la perturbaba. ¿De Alejandro? Alejandro estaba cansado de la vida y sólo se preocupaba de su música, que tenía que justificarle. Su contemplación siempre terminaba de la misma manera: ¿René entonces? Y el dulce y entrañable dolor que sentía al pensar en él.

Estoy loca, pensaba, pero nadie se da cuenta. En Terreno, es lo más normal del mundo. En su opinión, efectivamente era así: la realidad en Terreno no era normal. Parecía haberlo entendido antes que los hombres. João había despertado, pero Cristóbal seguía aferrado a sus utopías. Hacía un rato, cuando Cristóbal la llevaba a casa, había dicho: "En este momento, corremos más peligro que en los últimos diez años. Cuando la Junta gobernaba con mano de hierro, sabíamos a qué atenernos. Ahora, el caos puede estallar en cualquier momento". No le preguntó por qué, entonces, había aceptado el acto de sabotaje planeado.

Sospechaba que Cristóbal hacía concesiones a los grupos militantes de la resistencia para mantener su posición de liderazgo. A pesar de su inteligencia, Cristóbal creía obstinadamente en una ideología que intentaba enterrar el presente bajo planes de futuro. Los cientos de miles de la pocilga permanecieron indiferentes a esta ideología: El mensaje de esperanza de Cristóbal se ahogaba en un charco de desolación. Cientos de miles de personas estaban cada vez más inquietas: Cristóbal no entendía su desesperanza; para él, cada persona era sólo una estadística.

Beatriz sacudió la cabeza, estiró las piernas y se estremeció. Sonó el teléfono; se puso de lado y descolgó el auricular.

Era el director del hospital universitario, que le comunicaba que su padre había muerto inesperadamente de una lesión cerebral.

Aunque contestó desapasionadamente, Beatriz volvió a ver la imagen de la pared gris frente a ella. Dio por terminada la conversación y permaneció tumbada de lado. «Papá, ¿puedo tener un perro? Tengo tantas ganas de tener un perro. Claro, cariño, puedes pedirme el mundo si sigues siendo la niña más querida y buena de papá».

No había seguido siendo la niña más querida y buena de

papá, y su amor había degenerado en generosidad interesada. Sintió malevolencia. Durante el último año, debería haberle odiado con más fervor que nunca, pero no lo había hecho. Necesitaba demasiado su dinero. Sabía que ahora no heredaría su fortuna: otros administrarían su imperio comercial, y ella sólo recibiría una magra asignación.

Guantanamera. Había tarareado aquella canción hacía mucho tiempo, el día que se frotó brillantina en el pelo frente al espejo, luciendo elegante en su traje, joven y enérgico y alegre. La había levantado y había puesto su cara junto a la suya en el espejo. *Guantanamera, canta conmigo, Beatriz, serás la chica más rica de Terreno, una princesa de cuento.*

A pesar de todo lo que había pasado entre ellos, parecía como si hubiera perdido a un protector en un país donde todo escudo contra la fatalidad era crítico.

8

El Coronel Kurt Fitzroy se levantó.

—¡Amanda! —gritó.

—¡Corre! —Se lanzó hacia adelante para liberar a la chica.

—¡Maldita sea! —dijo João. Bajó su arma y pateó a Kurt contra su esternón. El hombre volvió a caer.

Para Alejandro, lo que ocurría en la habitación parecía un espectáculo de marionetas a cargo de un titiritero borracho. La chica se abalanzó sobre él, intentando apartarlo. La agarró por el brazo izquierdo e ignoró las bofetadas que le daba con la mano libre. En su hombro izquierdo vio el pequeño lunar con forma de ratón.

—Es ella —gritó Alejandro—. ¡Carmencita! —Quiso quitarse la máscara para que la chica le reconociera, pero René se lo impidió.

—No lo hagas —dijo el cura, con un gesto de cabeza a Kurt, que intentaba levantarse. Luego llamó a João, utilizando el nombre artístico que le habían inventado unos días antes—. ¡Generalísimo! Ven con nosotros.

El pintor forcejeaba con Kurt, que se aferraba a él con todas sus fuerzas. Finalmente, por tercera vez, João empujó a Kurt hacia atrás, apuntándole a la cabeza con su pistola.

—Acabaré con él —gruñó.

—No —dijo René—. Eso no. Tenemos que sacarla...

—¡Papá! —Carmencita volvió a gritar, un grito de puro pánico que sorprendió a los tres hombres. Llorando, se debatía ferozmente en los brazos de Alejandro.

João miró a un lado. Kurt estaba inmóvil, con la boca entreabierta y la barba rubia y gris manchada de sangre. João bajó la pistola a la altura del pecho.

—Al coche —dijo.

René ayudó a Alejandro con la chica que luchaba. Con dos pasos rápidos, João se colocó frente a Kurt. Su puño salió disparado hacia delante. Kurt se desplomó.

Alejandro jugueteó con la llave de la puerta. João le empujó a un lado. El gigante golpeó la puerta con el hombro y ésta se abrió de golpe.

—Dámela —le dijo João a Alejandro. Con un solo movimiento, se echó a la chica al hombro. Corrieron por el pasillo. La criada y un hombre moreno con mono salieron de la cocina, pero cuando vieron a los tres enmascarados corriendo hacia el vestíbulo, retrocedieron con las manos sobre la cabeza. René abrió la puerta principal. Corrieron hacia el Mehari. João empujó a la muchacha que gemía a su lado en la parte delantera, y René se apretó a su lado en el lado del conductor. Alejandro se metió detrás. René arrancó el coche y pisó el acelerador con demasiada brusquedad; el motor se paró—. Arranca este puto cacharro, bufón —gruñó João. René lo miró sorprendido y volvió a arrancar el coche. El Mehari se puso en marcha. Mientras bajaban por el camino de entrada, Alejandro miró hacia atrás. Incluso antes de llegar a la curva, Kurt salió corriendo por la puerta principal abierta.

—¡Amanda! —gritó.

—¡Papá! —gritó la niña. João la empujó bruscamente. Ella se calló.

Alejandro no podía apartar los ojos del hombre que miraba fijamente a la Mehari, con los brazos tendidos a lo largo del cuerpo. «Ella lo ama, —pensó—, y él la ama a ella».

—René —dijo João—, ¿por qué demonios te has puesto la máscara delante de Kurt?

—La verja —interrumpió René, bajando bruscamente la palanca de cambios cuando el Mehari se balanceó peligrosamente al doblar la esquina—. ¿Qué hacemos en la verja?

La chica se sentó jadeante con las manos delante de los ojos entre ellos.

—El vigilante está armado —dijo Alejandro.

—Sigue conduciendo —dijo João—. Atropéllalo si es necesario.

—Esto es un Citroën —dijo René sin apartar los ojos de la carretera—. No es un tanque.

La cabaña del cuidador estaba a la vista.

—¡Agáchate! —dijo René. Con la mano izquierda, se quitó la máscara. João puso la mano en la nuca de Carmencita y presionó hacia abajo. El hombretón se dejó hundir todo lo que pudo en el fondo del coche.

René tocó la bocina desde lejos, como le había dicho el vigilante. Si Kurt conseguía llamarle, tenían que prepararse para lo peor.

El hombre salió de su casa y se dirigió a la verja. La puerta automática se abrió. Todavía había bastante distancia entre el Mehari y la valla: alguien que no sospechara mucho podría no darse cuenta de que había más gente en el coche. Cuando se acercó, René aceleró a fondo de repente, maldiciendo el débil motor del Mehari. El vigilante se quedó mirando mientras el coche se acercaba a toda velocidad y saltó a un lado.

—Lo hemos conseguido —dijo René, lanzando el viejo coche a la calle con los neumáticos chirriando.

—No, no lo logramos —dijo João, que se sentó derecho y subió a la chica—. ¿Qué te pasa, René? Si esta es Carmencita, Kurt era el principal verdugo del estadio. ¿Y delante de semejante tipo delataste que eras *El Enmascarado*? Ahora Kurt hará que te arresten. Luego sólo tiene que buscarnos en tu círculo de conocidos.

—Era un plan descabellado desde el principio —dijo Alejandro—. ¿Oíste cómo la llamaba Kurt, René? Él ama...

—Lo oí —le interrumpió el cura, con las manos en blanco alrededor del volante. Miró a João—. Me aseguraré de no traicionarte, confía en mí —dijo. João negó con la cabeza y miró al exterior.

—Debería haberle disparado —dijo el pintor. Su mano acarició su ridícula máscara de carnaval—. Maldita sea —continuó—. Es tan difícil disparar a un hombre, incluso a alguien como él.

UN FUEGO EN EL CORAZÓN

1

BEATRIZ LE ESPERABA AL PIE DE LA ESTATUA DE MARÍA, DE QUINCE metros de altura, que domina Santiago. René frenó al ver su coche, pero dejó el motor en marcha. João salió y sujetó a la chica por el brazo. Ella le acompañó con la cabeza gacha. Beatriz avanzó unos pasos y puso una mano en el brazo de João. João retrocedió de mala gana. En silencio, Beatriz abrazó a la niña. Alejandro vio a Carmencita apoyada sin fuerzas en sus brazos, con los ojos llenos de miedo y confusión.

—Hemos hecho un trabajo fantástico —dijo João con amargura—. Sobre todo nuestro padre, que ha hecho una jugarreta.

—¿Qué ha pasado? —dijo Beatriz, aún con la niña en brazos.

—Nada especial —dijo Alejandro—. Sólo una locura normal. ¿Quieres oír una buena? Kurt la quiere. Y ella *es* Carmencita, lo sé seguro. Carmencita tenía un pequeño lunar en el hombro izquierdo, más o menos en forma de ratón. —Señaló a la niña con la cabeza. Beatriz miró el hombro izquierdo. Alejandro quiso rascarse la cabeza; su mano resbaló sobre su máscara de carnaval.

—No olvidemos que hemos hecho un buen trabajo —intervino João, irritado. "Los periodistas se volverán locos por esto. Nadie pierde el sueño estos días por el *pau de arara*, las descargas eléctricas, las ejecuciones ilegales... ¡Pero esto! — Cruzó los brazos delante del pecho—. Un verdugo que cría al hijo de su víctima como lo haría un padre cariñoso. —A la luz del monumento y el brillo de la ciudad bajo ellos, su máscara patricia le hacía parecer un demonio del teatro romano.

René salió del coche y se quedó a unos metros de ellos como un espectador de una pelea callejera. Alejandro frunció el ceño al ver que el cura se había vuelto a poner la máscara negra.

—¿Qué te pasa? —preguntó Beatriz. Miró a René como si fuera un extraño. Soltó a Carmencita.

João agarró a la chica por el brazo.

—Sí, ¿qué te pasa, Lafarge? —dijo él—. ¿Por qué te has puesto esa estúpida máscara? ¿Y qué miras ahora, Sr. Horrorshow?

—¿Qué ha pasado? —dijo Beatriz.

—Déjame adivinar —intervino Alejandro—. Lo hiciste porque querías obligarte a abandonar Terreno, ¿verdad, René? Querías asegurarte de que tenías que irte.

René asintió. Su máscara negra lisa y su traje oscuro le convertían en una sombra.

—Sí —dijo en voz baja—. Eso es, Alejandro. Quería obligarme a dejar Terreno.

—¿Y cómo vas a hacerlo? —dijo João con desprecio—. Apuesto a que, en este mismo momento, Kurt está preparando un escuadrón de la muerte para ti.

Beatriz se acercó al cura. René retrocedió un paso.

—Ya lo he arreglado todo —dijo en el mismo tono llano—. Esta noche me quedo con un amigo, y mañana estaré a salvo con el Encargado de Negocios belga. Mañana por la noche estaré en un avión.

—¿Por qué lo has hecho, René? —preguntó Beatriz, que ahora estaba cerca de él.

Tiró de la tela de la máscara de René como si quisiera quitarle el polvo.

—Para mostrarme tal como soy —dijo René—. Por fin.

—¿Qué quieres decir?

El cura pareció vacilar un instante, como si le golpeara un fuerte viento de las montañas, luego se dio la vuelta y entró en su coche.

—¡René! —gritó Beatriz. El mehari retrocedió unos metros, giró y se dirigió a toda velocidad hacia Valtiago.

—Está loco —dijo João—. Nos ha puesto en grave peligro.

—João —dijo Beatriz—. ¿Sigues creyendo que todo es tan blanco o tan negro?

2

«No deberían encontrar mis cartas para ti, Gui. Les encantaría declararme loco, a mis prelados, a la junta, a la prensa».

Cuando entró en su casa, René cerró todas las puertas camino de su estudio. En la habitación, no había encendido la luz. A través de la ventana brillaba el resplandor nocturno de Santiago. Era suficiente para lo que había venido a hacer.

René se colocó oblicuamente frente a la ventana y observó la oscura barriada al otro lado del río.

Qué noche tan clara: las nubes parecían agua jabonosa contra la masa oscura de las montañas. A su izquierda estaba la ciudad, con sus caprichosos hilos de luz reflejándose en el azul medianoche del río Mayu. A lo lejos, vio el rascacielos de International Copper Mines, con la plaza delante iluminada como un estadio de fútbol.

A su derecha estaba la oscuridad casi infinita de la porqueriza, atravesada aquí y allá, como heridas que se filtran, por puntos de luz. El cura sacudió la cabeza.

«Quizá siempre supe que acabaría como tú, Gui. No me preguntes por qué. No lo sé. Debería decir que es la mano de

Dios, según las reglas de la profesión que he ejercido durante tanto tiempo».

—*Fweet* —dijo una voz nasal detrás de él. René se dio la vuelta. Los ojos del loro brillaban hipnóticamente. El pájaro miró severamente a René durante un rato antes de dar unos pasos alegres sobre el escritorio de René. Con la cabeza ladeada, volvió a mirar a René. René se arrodilló ante su escritorio. Lentamente, levantó la mano. El pico del loro se abrió y sus ojos se fijaron en René. Los dedos de René acariciaron suavemente la cabeza del ave: tan sorprendentemente suaves, aquellas gruesas plumas.

—Cojónes —susurró René—. ¿Te acuerdas? Si quieres ser educado, es cojónes, no *huevos*. —El pájaro le guiñó un ojo. René se levantó. El loro se alejó aleteando y se posó en una silla; el cura abrió la ventana. El loro voló hasta el alféizar de la ventana y miró al exterior con su intensa mirada.

—*¡Cojones!* —graznó de repente. Abrió las alas y salió volando por la ventana. René miró la figura voladora, que se hizo rápidamente más pequeña cuando la luz de las estrellas se encontró con las luces de la ciudad. Tomó las cartas que había escrito a su hermano muerto en los últimos años y las unió. Lafarge abrió las puertas que daban al exterior. Entreabrió la puerta exterior y miró hacia la calle en ambas direcciones antes de salir. El sacerdote caminó hacia el río. Al otro lado del Mayu estaba el patio del ferrocarril, un lugar desierto y feo. Frente a él, el agua oscura chapoteaba.

«Al igual que tú, nunca aprendí a nadar, Gui. Eso también debe ser la mano de Dios».

René sopesó las cartas que tenía en la mano. Con los años, se habían convertido en una mochila gruesa y pesada. Con movimientos medidos, se la ató con una cuerda al cuello. No se sentía solo cuando entró en el agua sorprendentemente fría. Las voces le rodeaban. Las imágenes brillaban en su interior. Fantasmas de su juventud era todo lo que oía y veía, como si su vida adulta no le hubiera causado ninguna impresión. René caminó sin vacilar hasta que el agua estuvo a la altura de sus labios y el peso de su ropa y de sus cartas tiró de él hacia abajo, con las manos cruzadas frente al pecho.

Hasta el último momento, esperó el resplandor de Dios: esta vez, no se dejaba venir de sí mismo, sino realmente, realmente de....

3

—QUIERO IRME A CASA.
—Ya te dije por qué eso no es posible por el momento, Carmencita.
—¡Me llamo Amanda!
—Sabes bien que tus padres te llamaban Carmencita. Todavía lo recuerdas, ¿verdad?
La chica se dio la vuelta. A la luz verde del viejo calabozo donde la retenían, sus ojos estaban bordeados de ojeras.
—¿Cuándo podré salir?
—Por ahora no es posible, Carmencita. Quiero contarte algo más sobre tus padres. Tus verdaderos padres.
La niña no contestó. Alejandro se puso a su lado y siguió su mirada; ella se asomó a la pequeña iglesia de las afueras de La Paloma. El viejo calabozo estaba justo al borde del pueblo, y la iglesia era el único edificio que podía ver a través de la pequeña ventana. La habían construido los indios. Sobre el fondo del cielo azul intenso, con nubes pantanosas flotando en él, la torre cuadrada, construida en una mezcla de estilos español e inca antiguo, tenía un aspecto sombrío.
La cima de la montaña que había detrás, alineada contra el

fondo de nubes, parecía blanca y borrosa a esta distancia. Parecía la cabeza de una oveja con las orejas aplastadas. La torre de la iglesia se alzaba en el borde de una zona delimitada por pequeñas torres de oración y cruces sobre un muro ancho y bajo. João le contó a Alejandro que incluso los habitantes más occidentalizados de La Paloma evitaban este terreno: los fantasmas de los indios vagaban por él. Alejandro había visto amanecer aquella mañana, y cuando la sombra de la torre había caído sobre él, había sentido un escalofrío que le había hecho levantar la vista con los ojos entrecerrados.

Lo achacó al cansancio de la última noche, que había pasado vigilando a la niña dormida mientras se movía inquieta de un lado a otro en el improvisado catre del calabozo. Beatriz le había relevado unas horas antes de irse a trabajar para evitar sospechas del rector militar de la universidad.

Toda la noche, y también ahora, Alejandro había mantenido la máscara puesta. Cuando Carmencita se había dormido, Beatriz le había preguntado en voz baja:

—¿Por qué no te quitas esa tontería? Se supone que ahora te reconocerá, ¿no?

—No me atrevo —había contestado él. En sus ojos, Beatriz había visto el resplandor de un pasado que ya no quería descubrir. No insistió más en el tema.

—Quiero volver con mi padre —dijo Carmencita con decisión, sin dejar de mirar al exterior—. Mi padre conoce a mucha gente importante. Te encontrarán y te meterán en la cárcel.

—Es verdad, Carmencita —intentó Alejandro—. Tarde o temprano nos encontrarán. Pero después de esto, nunca podrás olvidar quién eres en realidad.

—¡No sabes quién soy en absoluto! —estalló ella.

—Bueno —dijo Alejandro—. Te conocí muy bien cuando eras pequeña.

La chica le miró fijamente, y él lo interpretó como una

duda. ¿Por qué no se quitaba la máscara ahora? ¿Porque delante de él no había un niño risueño, sino una adolescente asustada?

—No te creo —dijo ella sombríamente—. Acabará como en una película. Mi padre viene con hombres armados. Y luego intentarás matarme. —Dio un paso atrás—. Pero no tengo miedo.

—Carmencita...

—¡Me llamo Amanda!

—¿No recuerdas a tu padre? Era un gran cantante. ¿No recuerdas el estadio? Ahí es donde estaban tu madre y tu padre...

—¡No! —gritó. Se tapó los oídos con las manos—. Esos no eran mis padres. Eran secuestradores de niños. Mi padre me salvó de ellos. Esos sinvergüenzas me habían llevado a ese lugar terrible.

—Esas son mentiras, y tú lo sabes.

—¡Eso no es verdad! —gritó mientras las lágrimas corrían por sus mejillas—. ¡Eres un mentiroso! Eres....

Alejandro la cogió por los hombros y la sacudió tan fuerte que su boca se cerró de golpe.

—No me quito esta máscara porque no me atrevo —dijo con voz ronca—. Yo era el mejor amigo de tu padre y quería a tu madre y a ti. Si me quito esta máscara y te niegas a reconocerme, ¿qué pasará entonces, Carmencita? ¿Cómo podré entonces convencerte?

—Sois todos unos mentirosos y unos asesinos —susurró la niña, tratando de soltarse—. Papá me dijo que hay gente que vive de mentiras: intentan destruirlo todo en Terreno porque están celosos de nuestro dinero.

Alejandro la soltó.

—¿Eres la hija de Lucía? —dijo él—. ¿Eres la chica que intentaba tocar con la guitarra de Víctor los domingos por la mañana cuando desayunábamos todos los miembros de

Aconcagua en tu casa? ¿Te acuerdas? ¿El olor a carne asada en el aire y la mimosa en flor? Seguro que te acuerdas. Nos hiciste reír y hasta cantaste unas estrofas de...

Con los brazos flojos a lo largo del cuerpo, Carmencita se echó a llorar. El sonido que emitía se parecía al quejumbroso de la quena que tocaba la madre de Alejandro.

—Eso no es verdad —sollozó, agotada—. Me estás mintiendo. En aquel gran edificio, el estadio, estaba aterrorizada. Papá me encontró y me trajo a casa: Cuando era muy pequeña, me secuestraron y me criaron unos padres falsos durante un tiempo, hasta que papá volvió a encontrarme. Soy Amanda Astíz-Fitzroy, ¡y nadie más!

Alejandro Jurón se tambaleó hacia atrás como si ella lo hubiera golpeado.

—¿Astíz?

Ella se irguió hasta alcanzar toda su estatura y, con los ojos febrilmente brillantes, gritó:

—¡Soy Amanda Astíz-Fitzroy!

Juron se dio la vuelta y salió corriendo del calabozo. Con manos temblorosas, cerró la puerta y salió a la calle, todavía con el traje de lucha y la máscara, ajeno a las miradas de dos transeúntes que se dirigían a los campos de judías. Al llegar a la iglesia, aminoró el paso. La luz del sol moteaba la toscamente enlucida torre de la iglesia. Se detuvo ante la primera torreta de oración del muro que rodeaba el viejo cementerio. Miró a través de los semicírculos de las aberturas hacia el nicho interior, donde los fieles depositaban sus sacrificios para la Virgen, un espacio en forma de avellana bajo la cruz de piedra que coronaba la pequeña cúpula. Metió las manos en el nicho y apoyó las palmas en la fría piedra.

El verdugo había utilizado el nombre de su propia madre para presentarse a sus víctimas; profanó el nombre de su madre.

—Así que aquí estás —dijo João Pereira detrás de él—.

¿Todavía con el traje? Te pones así en el candelero del podio principal, hombre. No quiero que mis colegas del pueblo tengan pensamientos extraños. Quítate esa cosa delante de tu fea cara, Alejandro. Este pueblo se está pareciendo más a un baile de máscaras que a otra cosa.

Alejandro giró la cabeza sin sacar las manos del nicho.

—Astíz —murmuró—. Kurt Fitzroy es el capitán Astíz. Usó el nombre de su madre en el estadio. João. Los espíritus de los indios no vuelven, pero los de los torturadores sí.

4

—Nada en la prensa —dijo Cristóbal—. Empiezo a pensar que Alejandro tenía razón. Kurt no se atreve a usar sus contactos.

—Pasé por delante de su casa. —Beatriz se asomó a la ventana del despacho de Cristóbal—. Por fuera no se ve nada especial. No me atreví a llamar al timbre.

—¿De quién hablas?

Beatriz se dio la vuelta. Cristóbal notó que tenía la cara hinchada. El maquillaje que se había aplicado no lograba disimular del todo las ojeras.

—De René.

—Seguro que ha hecho lo que dijo —dijo Cristóbal, que fingía ocuparse de todo tipo de papeles—. No dudo que ya esté sano y salvo en Bélgica.

—No lo sé, Cristóbal. Lo que hizo en casa de Kurt, ¿te parece normal? Además, hace poco... —Pensó en su violenta dominación sobre ella y en su mirada posterior.

—Te gustaba, ¿verdad? —Cristóbal evitó ansiosamente su mirada.

—Es un hombre atormentado. —Su tono delataba que quería decir algo más.

—¿No lo somos todos?

Ella sonrió, pero él se dio cuenta de que no era sincera. Sintió que Cristóbal estaba perdiendo su encanto. Intentaba mantener su antigua fachada, pero cada vez lo conseguía menos.

—Hice contactos —continuó él con indiferencia—. Periodistas de *The New York Times* y *Newsweek* están interesados en la historia. Peces gordos. A McCullerson, de The New York Times, se le ocurrió inmediatamente un título para su historia: «Sólo en Terreno los verdugos aman a sus víctimas». Apenas podía creer lo que le contábamos, y quiere entrevistar a Carmencita lo antes posible. Ahora debemos asegurarnos de que las cosas no se tuerzan. ¿Has oído los rumores? La Comunidad Europea va a imponer sanciones a Terreno por la muerte de los estibadores. —Cristóbal negó con la cabeza—. Somos la picota del mundo.

—Así se sentía René: la picota de su mundo —dijo Beatriz.

5

Después de registrar la casa, Kurt Astíz-Fitzroy guardó la pistola cuando entró por segunda vez en el despacho de René. Se sentó ante el escritorio del sacerdote. Los dos últimos días había pasado largas horas en la cama, paralizado por el cansancio y los dolores en las articulaciones, esperando una petición de rescate, un mensaje de los secuestradores. Luchó contra el impulso de enviar a miembros de Patria y Sangre a casa de René. No hubo noticias. Se instó a actuar, pero el secuestro de Amanda parecía haberle robado las ganas de vivir.

Kurt se obligó a pensar. Todo indicaba que el sacerdote había huido del país a toda prisa. Kurt había preguntado en la diócesis y se sorprendieron al saber que René no estaba en su puesto. Nadie en Canela había visto al cura en los dos últimos días. El muy imbécil no dejaba pista alguna. Los labios de Kurt se torcieron en una fina línea. Miró con ojos enrojecidos hacia la oscura ventana de la habitación.

¿Cuándo se había convertido su trabajo en algo más que su deber para con la patria? Comenzó con el imperativo de obligar a hablar a los prisioneros de cabeza dura. Poco a poco, ideó métodos inventivos para doblegar su resistencia. Los resultados que obtuvo fueron elogiados. La base ideológica de sus acciones pasó a ser menos importante que el prestigio ganado. A la larga, el mando del ejército le había permitido actuar a su antojo.

¿Qué le había dicho una vez su padre, coronel de una unidad de élite del ejército terrícola? *Un buen soldado es dos hombres en uno: el que es y el que debe ser. Debe dedicar toda su vida a convertirse en el segundo hombre.*

Ahora Kurt se daba cuenta de que había elegido una tercera posibilidad. Poco a poco, se había convertido en el hombre que creía que debía ser. El atractivo de sentirse poderoso llegó a ser más importante que el gobierno al que servía. Se convenció a sí mismo de que estaba profundizando en el arte de quebrar el espíritu humano. Poco a poco, miró en su interior y descubrió, tras los tópicos de «deber y obediencia» y «el fin justifica los medios», un *deseo* oculto.

Kurt ganó aún más influencia cuando se casó con una estadounidense, lo que le produjo numerosos contactos. Era cinco años mayor que él, hija de un ex senador y su única afición era beber en exceso. Pasaba tres meses al año en Terreno y consideraba ese tiempo como unas vacaciones en un país exótico y atrasado en el que su marido pasaba como su no tan excitante amante ocasional. Hace ocho años se divorciaron. Entretanto, Kurt se había vuelto lo bastante influyente y rico. Podía prescindir fácilmente de ella. Amanda se tragó sin rechistar la historia de que su madre había muerto poco después de su nacimiento. Como era costumbre en Terreno, incluso le había dado el nombre de su madre.

Amanda asimiló todo lo que él le había contado. Después de todo, podía creerse sus propias mentiras perfectamente. Como interrogador, Kurt no se había limitado a *interpretar* sus papeles como hacían sus colegas, sino que se había convertido en ellos. En un impulso de curiosidad, salvó a Amanda del estadio. «¿Qué ocurrirá si intento llevar por el buen camino a la hija de un padre mundialmente famoso? Es como un cachorro, una perrita tímida, un objeto de estudio».

La perrita había crecido y había aprendido a lamer la mano que le daba de comer. ¿Cuándo se había dado cuenta de lo mucho que había llegado a quererla? Al principio, el amor parecía superfluo: las mentiras hacían un trabajo excelente. Kurt le contó a Amanda que los «gitanos» Víctor y Lucía la secuestraron cuando era muy pequeña y que él siempre la había buscado. «Amanda, tienes que aprender a quererme, como yo siempre te he querido».

Amor: con esa fórmula, consiguió los resultados que deseaba. Divertido, vio cómo el miedo y la incredulidad de ella se convertían en deseo de oír la historia una y otra vez. Por la noche, ella dormía en su cama, pegada a él. Se sintió satisfecho cuando ella le pasó un brazo por el pecho y apoyó la cabeza en la cavidad de su hombro. Había conseguido ganarse su confianza y transformarla en otra persona. Era tan sencillo para alguien con su talento. A lo largo de los años, el éxito de su experimento más audaz le había proporcionado momentos de profunda satisfacción. Había reeducado a la hija de un agitador de izquierdas hasta convertirla exactamente en lo que él quería: una hija cariñosa que, como él, despreciaba a las clases bajas y que parecía haber olvidado por completo sus orígenes.

Pero, a escondidas, el hechizo mágico también le había cambiado a *él*. Se había dado cuenta de ello el día, hacía ya cinco años, en que Amanda tuvo repentinamente dificultades para respirar. La levantó y corrió hacia su coche. Condujo a toda velocidad por Santiago, ignorando los semáforos y gritando a los demás conductores. Cuando llegaron a la sala de espera del médico de familia, corrió directamente a la consulta con su hija en brazos. Resultó ser un ataque de fiebre vírica. Durante los días que Amanda tuvo que pasar en el hospital, él la vigiló constantemente.

Su hija: en eso se había convertido para él. La colmaba de

besos y le leía todas las noches hasta que se dormía. Ante sus ojos, la vio convertirse en su propia sangre.

Y como se había convertido en su hija, abandonó su cautela habitual. Poco a poco, se convirtió en un hombre maduro que no podía rechazarla. Lenta y sutilmente, ella también había cambiado. Ahora Kurt se daba cuenta de que se había perdido los cambios en Amanda. Habían sido demasiado graduales. Amanda había aprendido el poder de la seducción, las miradas de reojo, los besos, las caricias de su mano, una inflexión particular en su voz cuando pedía favores. La forma en que decía «papá».

Kurt golpeó el escritorio de metal; resonó hueco. Había hecho cada vez más concesiones. Su vida se inundó de despreocupación y de la creencia de que todo era posible. Estaba jubilado, pero era la fuerza motriz de Patria y Sangre, y tenía excelentes contactos con las altas esferas de la Junta. Vivía solo, pero había amasado una fortuna con el tráfico de drogas. Una vida hermosa y exitosa. Cuando se había dado cuenta de que alguien le estaba engañando con los ingresos de la droga de Patria y Sangre, había sentido por primera vez una vibración en los pies. Estaban hechos de arcilla, después de todo. El gigante no era invencible.

Ahora, llegó a la conclusión de que un error pedagógico le había costado aún más. Había complacido imprudentemente los deseos de su hija y, como resultado, la había perdido. En los últimos meses, a medida que Pelarón iba tolerando un poco de oposición, el interés de Amanda por la oposición había ido creciendo gradualmente. Quería saber qué tipo de gente exigía una forma diferente de sociedad y cómo se había llegado a que el gobierno. en el que su padre creía tan firmemente, tuviera que tragarse tantas críticas. Kurt le explicó su punto de vista, convencido de que, con los hechos históricos correctos, ella se convertiría en un espíritu ilustrado como él. El resultado que obtuvo fue contradictorio. Amanda asintió a sus análisis, pero, aun así, suplicó ir a la peña porque quería ver aquellas críticas con sus propios ojos. Le dijo a su padre que deseaba saber de qué estaba hecha realmente esa gente, expresión que a él le pareció cómica. Él consintió porque creía que había superado el pasado.

Superado, pero no muerto, como resultó. Kurt podía soportar cualquier cosa, excepto la pérdida de Amanda.

Un ruido de arañazos en la ventana. Mientras sacaba su pistola, Kurt se dejó deslizar desde la silla del despacho hasta el suelo. Miró por encima del borde del escritorio. Volvió a oír los arañazos, pero no vio nada. Buscó a tientas la lámpara del escritorio y la giró hacia la ventana. Quiso mirar por encima de la mesa cuando empezaron de nuevo los arañazos, acompañados esta vez de un sonido sordo. Kurt pulsó el botón de la lámpara. Un estrecho haz de luz cayó sobre la ventana. Por un momento, le pareció ver un ojo brillante y fijo, una maraña de movimiento.

La cosa era demasiado pequeña para ser un ser humano, pero el brillo de su ojo le impresionó.

Se acercó a la ventana. En algún lugar de esta ciudad de millones de habitantes, tenían cautiva a Amanda. ¿Quién era? La cooperación de René en el secuestro parecía indicar una acción de la guerrilla. ¿O habían sido grupos rivales los que querían golpear al líder de Patria y Sangre? El secuestro por parte de los hombres disfrazados de luchadores había sido torpe. Si hubieran sido miembros de escuadrones de la muerte, habrían fusilado a Amanda ante sus ojos.

Eran miembros de la resistencia; casi no había otra posibilidad. Pero, ¿por qué se habían arriesgado a secuestrar a Amanda? ¿Para hacerla de dominio público? Ningún terreneo creería que un oficial de su ejército criaría al hijo de una de sus víctimas. Sin embargo, actualmente había muchos periodistas extranjeros en el país...

Una combinación de circunstancias que Kurt nunca

hubiera soñado. Se había convencido a sí mismo de que la peña era una forma excelente de mostrar a Amanda la diferencia entre ganadores y perdedores. Y entonces, justo en esa ridícula fiesta, se había enterado de que Alejandro Jurón iba a actuar. ¡Una actuación sorpresa! Y encima vino una intervención del destino: el encuentro con el cura belga René, que resultó ser El Enmascarado del Estadio Nacional. Sin duda, el cura había reconocido a Amanda. Kurt se maldijo por haberse vuelto tan descuidado y débil. Tembló en el aire nocturno y miró por encima del hombro hacia la habitación. Su pasado profundamente católico le jugaba malas pasadas: cómo se había armado el rompecabezas tenía que ser obra del diablo.

—El interrogador es un importante instrumento judicial de un gobierno legítimo, pero también es un ser humano —declaró mientras formaba a nuevos verdugos—. Durante el interrogatorio, mantiene un contacto íntimo con el entrevistado y a menudo llega a conocerlo mejor que a sí mismo. Este proceso genera todo tipo de emociones. El interrogador debe experimentarlas si no quiere perder su humanidad, pero al mismo tiempo no debe permitir que le influyan. Debe ser consciente del ir y venir de sus emociones y tener mucho cuidado de que no cambien su opinión. En resumen, debe actuar como un maestro zen. Si no alcanza esa mentalidad particular durante la tortura del entrevistado, despertará demonios en sí mismo que tarde o temprano le destruirán.

Era irónico y aterrador que hubiera roto su código. ¿Había sido su tortura una forma pervertida de amor? ¿Su crianza de Amanda era una forma sublimada de tortura?

Su ira se mezcló con un extraño orgullo: había despertado a los demonios de los que había hablado tan pomposamente, y le habían asestado un golpe desgarrador. Fitzroy sintió que la sangre les subía a las mejillas.

—Si es así —susurró a la noche—, les demostraré que estoy preparado para enfrentarme a ustedes.

Sin embargo, esta sensación expansiva desapareció tan rápido como había llegado. De repente, Kurt se sintió viejo e impotente, un hombre lamentable en una posición demasiado débil para proteger a su propia hija. ¿A quién podía pedir ayuda? Nadie le apoyaría. Peor aún: le acusarían de actividades subversivas porque su acto de amor había desacreditado el honor del ejército terreneo. Un acto de amor: después de todos estos años, se había convertido precisamente en eso en su mente: sacó a escondidas a la niña del estadio *porque la amaba*.

La ira volvió con toda su fuerza. Un poder superior al suyo había intervenido, y él no podía soportarlo. Se volvió hacia la ventana y miró las oscuras chabolas de la orilla del río. En cualquiera de esas casuchas podrían degollar fácilmente a una niña. Un escalofrío le recorrió la espina dorsal al pensar que su hija podría estar ya tendida en el fondo del río. Kurt estuvo a punto de desplomarse. Un doloroso espasmo le retorció el cuerpo.

Entonces, de repente, sintió un destello de inspiración: podía vengarse de mucha más gente además de René.

Respiró hondo. *Podía vengarse de su dolor.* El pensamiento le vino como una muestra del poder que aún residía en su interior, a pesar de todo. Se quedó muy quieto.

De nuevo el sonido de las garras. Estuvo a punto de disparar su arma cuando una voz cruda en el tejado, por encima de él, gritó:

—¡Cojónes!

Una forma oscura se alejó revoloteando en la oscuridad. Para Kurt, la palabra era un presagio.

Demostraría a sus torturadores que tenía cojones, grandes cojones.

6

Allí estaba, Alejandro Jurón, erizado de alcohol, entrando en el calabozo, desenmascarado.

Beatriz llevaba mucho rato hablando con Carmencita. Enseguida se percató de los signos de embriaguez de Alejandro: el pelo enmarañado, la forma de sujetar la guitarra, el rubor en las mejillas, la mirada ensimismada.

—Aquí estoy, Carmencita —dijo él—. ¿Me reconoces ahora? —Sonrió torcidamente—. Ahora me ves sin la máscara. Eso era lo que querías, ¿verdad? Eso era también lo que quería tu falso padre, el padre de todos los mentirosos. Cuando me torturó a su manera especial, me susurró al oído que tenía que quitarme la máscara. Y lo hice, oh sí, lo hice.

—¡Alejandro! —dijo Beatriz.

—¿Te lo ha dicho João? —Alejandro se dirigió a ella—. ¿El segundo apellido de Fitzroy? ¿El nombre de su madre, que usaba en las cámaras de tortura del estadio?

Ella suspiró.

—Me lo dijo João.

Él asintió, pero no la miró.

—Ahora me ves tal como soy —le dijo a la chica mientras se sentaba en una silla junto a la cama—. Dime: ¿quién soy?

Carmencita volvió la cabeza hacia otro lado.

—Ya no digo nada —dijo ella. Lanzó una mirada acusadora a Beatriz, que la había hecho hablar de su vida. Beatriz había escuchado la voz de una adolescente malcriada, aferrada a lo superficial y temerosa del futuro. La chica alabó a su supuesto padre con una intensidad que a Beatriz le recordó un oculto sentimiento de culpa.

Alejandro saltó de la silla, agarró a la chica y la obligó a mirarle.

—*¿Quién soy yo?*

Al ver con qué violencia zarandeaba a la niña de un lado a otro, Beatriz le cogió del brazo.

—Para, Alejandro.

Soltó a Carmencita y apartó el brazo de Beatriz.

—No me toques —dijo como si hablara con un desconocido. Su miedo se convirtió en rabia. Saltó de la cama y empujó con ambas manos contra el pecho de él. Sorprendido, dio un paso atrás.

—¿No sabes quién eres? —preguntó Beatriz en voz tan baja que apenas pudo captar sus palabras—. Ahora sí, por desgracia. —Fue vagamente consciente del niño, acurrucado en un rincón de la litera, mirándolos. Alejandro sacudió la cabeza como si hubiera oído algo ridículo.

—Beatriz —dijo él.

Se dio la vuelta y salió del calabozo. Fuera, al sol, miró a su alrededor. La Paloma parecía más idílica que nunca.

La puerta que tenía detrás se abrió. No se oyó nada; miró hacia atrás. Alejandro no la miró a ella sino a la lejana montaña del Aconcagua, rodeada de nubes con el color del hierro oxidado.

—No lo entiendes —dijo él al fin—. Le di a Astíz la dirección donde se escondían Víctor, Lucía y Carmencita.

Destruí a su padre y a su madre. Y ahora tengo que oír que mi verdugo ha asumido el papel de su padre. ¿Cómo te sentirías tú?

Beatriz no se movió. Él dio un paso hacia ella.

—¿No me oyes?

—Te oigo perfectamente —dijo ella—. Siempre he sospechado que no decías toda la verdad. Recuerdo la expresión de tus ojos cuando me dijiste que habrías revelado su paradero a Astíz si el servicio secreto no hubiera encontrado a Víctor y a su familia aquella mañana.

Sus brazos colgaban sin fuerza a lo largo del cuerpo.

—¿Y no importa?

Ella no contestó.

—Desde luego que importa —continuó—. Acabo de ver tu mirada.

João se lo había dicho a Beatriz aquella mañana: «Alejandro descubrió que Kurt Fitzroy fue su torturador». Ella había visitado inmediatamente a Carmencita. La insistencia con que Carmencita seguía diciendo que Kurt Astíz-Fitzroy era su padre parecía indicar que la muchacha sabía en el fondo que no era verdad. Pero lo cierto era que aquel hombre la había salvado del estadio y la había criado con cariño. Lo terrible no era el destino de Carmencita. La perversión de la situación estaba en otra parte. Un verdugo resultó ser capaz de amar sinceramente al hijo de una de sus víctimas. Carmencita adoraba a Kurt. *Papá venía y se la llevaba en su corcel blanco, papá la adoraba y haría todo lo posible por recuperarla.*

—Su padre adoptivo fue tu torturador —dijo Beatriz Candalti—. ¿Y qué eres tú para ella ahora?

7

—El diez de noviembre —dijo João—. Pelarón no podría haber elegido una fecha mejor.

Cristóbal y João estaban en la biblioteca de la universidad, construida con abundancia de hormigón y cristal.

Cristóbal asintió.

—En el décimo aniversario del régimen. Con una ceremonia nocturna a partir de las diez en presencia del general que inaugurará las nuevas viviendas de Canela. Tenías razón cuando afirmabas que Pelarón considera el diez como su número de la suerte. —El bibliotecario sonrió, pero sus ojos recorrieron cuidadosamente la sala. Aún era temprano, y la biblioteca estaba vacía, salvo por un bibliotecario subalterno que se encontraba detrás del mostrador, a más de diez metros de distancia.

—¿Las diez de la noche? ¿La inauguración del proyecto de viviendas en Canela? —dijo João sorprendido—. ¿Con Pelarón en el punto de mira? ¿Estás seguro?

—Sin la menor duda. Lo tengo de una fuente oficial.

—Tiene que haber algo detrás de eso. ¿Sospecha Pelarón que estamos planeando algo?

Cristóbal tosió.

—Nos habría hecho detener hace tiempo.

—A lo mejor está esperando a ver si caen más peces en la trampa.

El bibliotecario suspiró.

—Es un riesgo que tenemos que correr.

—No me fío. ¿A las diez de la noche? ¿Con la mala iluminación de Canela? Pelarón normalmente nunca correría semejante riesgo.

—Quizá sea precisamente por eso. La gente siempre dice que nadie arriesgará la porqueriza al anochecer —dijo Cristóbal—. Pelarón quiere matar dos pájaros de un tiro: demostrar su generosidad y aumentar su reputación de hombre fuerte. Nadie se atreve a atacarle, ni siquiera en Canela en la oscuridad: ése es el mensaje que quiere transmitir.

João asintió a regañadientes.

—Podría ser.

—Hasta el diez de noviembre, Pelarón mantiene las riendas apretadas —continuó Cristóbal—. La prensa recibió el programa de la colocación de la piedra hace una semana, pero hay prohibición de publicar hasta mañana. —Sonrió agriamente—. Eso significa que nuestro Generalísimo está en guardia. Por eso la inauguración sólo se anunciará en la prensa en el último momento. Además, Pelarón no quiere un público de pobres de la porqueriza cuando ponga la primera piedra de las quinientas viviendas prometidas: tiene en mente a los medios de comunicación y, sobre todo, a la televisión.

—Primero la reducción del precio de los alimentos, ahora las casas —asintió João—. Está haciendo lo que puede, nuestro celoso líder.

—¿No sería mejor posponer nuestro ataque? Habrá otras oportunidades.

—No —respondió João—. ¿Dónde está la prometida reforma constitucional? ¿Cuándo se levantará el toque de queda? ¿Cuándo tendremos libertad de prensa? Con la toma de posesión, Pelarón celebra simbólicamente el décimo aniversario de su junta. Es nuestra oportunidad de demostrar que, durante todo este tiempo, ha sumido a nuestro país en la oscuridad.

—Pues bien —dijo Cristóbal tosiendo en la cavidad de la palma de su mano—. Espero que tengas razón. ¿Y la niña?

El pintor evitó su mirada.

—Ella sigue insistiendo en que Kurt es su padre, pero Alejandro me ha convencido de que, dentro de tres días, cuando lleguen vuestros periodistas, dirá la verdad.

—¿Sigues pensando que fue buena idea secuestrarla?

—Sí.

—René sigue desaparecido. No sabemos dónde está. Si todavía está en Terreno, y pierde todas sus canicas, entonces...

—René no sabe dónde tenemos a Carmencita. No creo que Fitzroy lo tenga.

—¿Quién lo tiene, entonces?

Una mirada insondable se deslizó por el rostro de João.

—Mi maestro en Brasil me dijo que podía ver en algunas personas que pronto estarían muertas.

—Ah —respondió Cristóbal cortésmente—. ¿Quieres decir en los enfermos?

—En gente que ha decidido morir pronto —dijo João.

Cristóbal miró al pintor con los ojos entrecerrados. Abrió la boca y volvió a cerrarla.

—Tengo que irme —dijo al fin—. Debo recibir una visita.

—Yo también. Los turistas vienen a La Paloma. Más que nunca, todo en el pueblo parece cien por cien indio.

—¿A quién elegiste para que te acompañe el diez de noviembre?

—A Jorge Espinoza. Es sensato y confiable. Fue soldado; conoce el chasquido del látigo.

—Está bien. —Cristóbal puso un momento la mano sobre el brazo izquierdo de João—. Ten cuidado, ¿vale?
—Todavía tengo que reír mucho en esta vida antes de morir, Cristóbal.

Cristóbal sonrió, se dio media vuelta.

—¿Cómo está Alejandro, después de enterarse de lo de Astíz?

—Beatriz se lo habrá dicho.

—Sí, pero te pido tu opinión.

—Creo que esos años en la cárcel lo han vuelto aún más loco que nosotros. Lo seguimos viendo como Alejandro Jurón del Aconcagua. Ya no es ese hombre. Tenemos que recordar al hombre detrás del símbolo.

—¿El hombre detrás del símbolo? —dijo Cristóbal—. A veces, creo que es una marioneta.

João Pereira levantó las cejas.

—¿Quién es el titiritero?

LA OSCURIDAD EN EL ALMA

1

ERA COMO SI LA CHICA HUBIERA GUARDADO TODO SU MIEDO Y SU rabia hasta que Alejandro apareciera de nuevo. Cuando él entró con su guitarra, ella saltó de la cama y corrió hacia él. Se golpeó la cabeza contra su pecho en un intento de huida a ciegas. Alejandro dejó caer la guitarra.

Ella le golpeó el pecho con los puños y sollozó. Él la agarró por los brazos y tiró silenciosamente de ella hacia la cama. Ella se resistió con todas sus fuerzas, pero cuando él la arrojó sobre el catre, yacía inerte y llorando.

Alejandro se inclinó sobre ella y le acercó la boca a la cabeza.

—Cuando tenías cuatro años, poco antes de que los soldados os llevaran a ti y a tus padres al estadio, tu padre, tu verdadero padre, soñó contigo. Soñó con quién serías cuando él ya no estuviera. Y tu padre, Víctor Pérez, el cantor de Aconcagua, sabía muy bien que había gente poderosa que lo quería muerto. También sabía por qué. Porque defendía a los pobres y quería que tuvieran una vida mejor.

»En su sueño, tu padre te vio como una prostituta en Santiago, una chica huérfana que tenía que vender su cuerpo porque no tenía otra cosa. Ese sueño conmocionó profundamente a tu padre porque él te quería más que a nada y quería que pudieras elegir lo que hacías en tu vida.

»En los meses anteriores a su muerte, se preguntó si debía abandonar el país contigo y con tu madre. Era un artista de fama mundial, no un hombre pobre. Podría haber emigrado fácilmente. Pero también era un hombre que veía su compasión como un deber. Sentía que no podía irse. Era su destino ser quien era: Víctor Pérez, el defensor de los pobres. Unió su rabia, su tristeza y su miedo en una canción de protesta que arremetía duramente contra la junta.

»Tú fuiste la primera en escuchar esa canción, Carmencita, y cuando te la cantó, al final se le quebró la voz y lloró. Tú no entendías la letra, así que bailabas con el estribillo, y me preguntabas: *tío, tío, tío, ¿soy guapa?* Estabas muy guapa, Carmencita, y yo miraba de un lado a otro tu cara sonriente y las lágrimas en las mejillas de tu padre. Víctor apretó los dientes y siguió cantando. *Réquiem por Carmencita*, la canción que había escrito después de soñar contigo.

La niña permaneció inmóvil en la cama. Alejandro cogió su guitarra y cantó.

La calle, Carmencita, es tu salón de baile.
La calle que nunca duerme
y vende cuerpos como mercancía.
Tienes los pies hinchados, Carmencita,
Estás atrapada, tus brazos en cuerdas:
una marioneta en la calle donde bosteza la muerte.

Nunca había cantado Alejandro con más sentimiento, nunca había tenido su voz un timbre más hermoso. Nunca había sido más él mismo que en aquel momento: había nacido para esto, para no tener miedo.

Beatriz había entrado con sigilo y se había quedado

LA OSCURIDAD EN EL ALMA

mirándole a él y al niño. Vio lo hermoso que podía ser Alejandro y cómo las lágrimas de la niña corrían libremente. Carmencita cambió ante sus ojos: una nueva expresión se deslizó por sus facciones: triste y dolorida.

Alejandro dejó que se apagaran las últimas notas y levantó la vista de la guitarra. Dejó el instrumento sobre la cama y se sentó junto a Carmencita.

—El sueño de tu padre se ha hecho realidad, pero al revés: en lugar de una pobre chica que vende su cuerpo, te has convertido en una chica rica que vende su alma. *Tío, ¿me quieres?* Sí, te quería, Carmencita; te quería tanto que no me cansaba de verte bailar.

Con un sonido agudo, como el de un pájaro, Carmencita se arrojó a los brazos de Jurón. Él la acarició y murmuró palabras dulces.

Levantó la vista, vio a Beatriz en la puerta y tembló de pies a cabeza.

2

—Qué cielo más bonito para nuestra fiesta nacional —murmuró João. Contemplando el cielo claro, estrellado y violeta, enderezó su mochila—. ¿No te parece, Jorge?

Jorge Espinoza, el intérprete turístico de La Paloma, era pequeño y fogoso. Poseía una dignidad anticuada que parecía demasiado grande para su cuerpo compacto. Jorge era uno de los hombres más apacibles que João conocía, pero se había ofrecido voluntario para esta misión. Durante el servicio militar aprendió a manejar explosivos.

—Cuando Pelarón organiza algo, lo organiza bien —respondió secamente el intérprete.

—¿Sabías que el diez es el número de la suerte de Pelarón? El diez de noviembre, el décimo aniversario de su junta, a las diez en punto.

Jorge sacudió la cabeza como si le hubieran contado un chiste ridículo.

João se volvió y miró hacia abajo. Debajo de ellos yacía Valtiago, una maraña de polvo de estrellas abandonado. A su izquierda, una hilera de sauces hacía invisible la porqueriza. Detrás de la ciudad se extendía la sierra, apenas más oscura que el cielo púrpura. El río Mayu, bordeado por cintas de luz, fluía junto a la vía férrea.

Si los árboles no hubieran obstruido la vista, João habría podido ver un punto irregular y luminoso en la abertura de la barriada: la tribuna donde los artistas actuaban en previsión de la colocación de la primera piedra.

El ejército colocó un cordón sanitario de tanques y vehículos semioruga alrededor del escenario. Las cámaras de televisión iban y venían; los flashes captaban el «momento histórico».

—Vamos —dijo João—. Tenemos que darnos prisa.

Tenían que subir otros dos kilómetros hasta la reserva natural, El Melocotón. Junto al parque estaba la villa privada amurallada de la compañía eléctrica nacional. Una caseta de vigilancia revocada de blanco flanqueaba la amplia puerta de entrada. Un poco más adelante, oyeron el ruido del río Cilata que fluía desde una gran altura hacia el valle.

—Espero que hayamos llegado a tiempo —dijo João.

—Estaría bien que Pelarón acabara de beber del cuerno del toro —respondió Jorge flemáticamente. Todos los años, en la fiesta nacional, Pelarón bebía una chicha especialmente preparada de un cuerno de toro, símbolo de su indestructible masculinidad.

Subieron más alto. La central hidroeléctrica que tenían encima estaba construida a mil trescientos metros de altura. Las turbinas giraban con el «carbón blanco» suministrado por el río Cilata: enormes tuberías de acero conducían el agua del río con una velocidad desgarradora montaña abajo, tras lo cual se desplomaba con fuerza ensordecedora en un estrecho canal hasta una cuenca de captación excavada especialmente.

João Pereira y Jorge Espinoza cruzaron el puente de hierro. Debajo de ellos, el río se desbocaba. El agua silbaba y rugía. La maquinaria central estaba más alta, brillantemente iluminada por la noche, un edificio macizo y cuadrado construido con ladrillos oscuros.

—¡Este es un buen sitio! —gritó Espinoza. El ruido del río era tan feroz que, incluso muy juntos, tuvieron que gritar.

—¡Bien! —João desabrochó su pesada mochila. Sacó las barritas de explosivos mientras Jorge se afanaba con el detonador.

João se sentó a su lado y armó su fusil.

—Sabes, Jorge —exclamó—, no sé si ahora podría acertar a alguien con él, aunque antes tenía buena puntería.

Jorge Espinoza estaba ocupado conectando los explosivos y el detonador. Aun así, respondió con la cabeza agachada:

—Cuando estaba en el servicio, me destinaron durante un tiempo al equipo de guardaespaldas de Pelarón. Los reclutas formábamos el anillo exterior. Los soldados profesionales formaban el segundo anillo, y los francotiradores cerraban el anillo alrededor del general. En caso de asalto, teníamos las posiciones de mayor riesgo porque éramos el anillo exterior. Siempre teníamos que apuntar con el cañón hacia el suelo.

—¿Por qué?

Por un momento, Jorge levantó la vista de su trabajo.

—Si nos atrevíamos a mantener el arma en posición horizontal, los soldados profesionales y los francotiradores nos disparaban porque eso significaba que estábamos planeando un atentado contra el generalísimo.

—No lo dices en serio.

—Jesús —respondió Jorge—, no te inventas algo así.

João negó con la cabeza.

—Listo —dijo Jorge, poniéndose de pie. Colocó la bomba lo más cerca posible de las turbinas.

Pereira miró los gruesos tubos de acero que dirigían el agua hacia abajo.

—Un «acto simbólico de resistencia» como éste te deja con ganas de más —murmuró.

—¿Qué has dicho?
—Nada. Vámonos.
Corrieron por el puente. João tenía el fusil preparado. En esta zona, los soldados patrullaban regularmente las estrechas, pero bien cuidadas carreteras de hormigón.
—¿A qué distancia debemos estar?
—Tenemos control por radio —respondió Jorge—. Nuestros amigos cubanos son muy modernos en esa zona. Podemos alejarnos mucho más antes de que nos estalle la fiesta.
Rápidamente, descendieron hacia la ciudad. Al pasar junto a los sauces, João miró a la izquierda, donde, sobre el fondo de la torre de la iglesia de Canela, se veía el gran punto de luz irregular de la tribuna de honor.
—Una mancha de luz cancerígena —dijo—. Debería tener más tiempo para pintar esta escena, Jorge.
Jorge Espinoza sonrió.
—Espera unos minutos más. Mucho menos trabajo de pintura: todo tu lienzo será negro.

3

Manuel estaba sentado en la tribuna VIP levantada junto a las obras de Canela. Detrás de las vallas había tres filas de soldados con sus ametralladoras en la mano; más allá, se había congregado una oscura multitud. Al otro lado del río, algunos habitantes de la porqueriza observaban, sorprendentemente pocos. En el puente mismo, en cambio, había filas repletas de espectadores de barrios mejores, protegidos por dos vehículos semioruga, uno a cada lado del puente.

En cualquier otro momento, esta imagen habría divertido a Manuel. Ahora no, con Kurt Astíz-Fitzroy sentado a su lado. Los artistas que tenían que alegrar la fiesta nacional bailaban y cantaban en un gran escenario abovedado por una empalizada de focos. El equipo de la televisión nacional dejó muy clara su presencia. La gente de la radio intentaba trabajar con la misma discreción, y los periodistas de prensa se servían de una gran mesa cargada de bebidas y aperitivos.

Manuel miró de reojo a Kurt Astíz-Fitzroy. Su piel bronceada contrastaba atractivamente con su barba de pimienta y sal. Su pelo, aunque canoso, seguía siendo frondoso. Hablaba con la esposa de Don Böhmer, importador de productos electrónicos y proveedor del ejército. Ella le devolvía las pestañas. Su rostro y su pecho parecían juveniles, pero la mano que puso en el brazo de Kurt estaba arrugada y veteada. Kurt murmuró palabras divertidas que hicieron chirriar a doña Böhmer como una jovencita. Kurt tenía encanto. Manuel lo sabía muy bien: a menudo le había visto abusar de él.

Kurt había llamado a Manuel hacía unos días para darle el visto bueno a su plan de permitir que el general Pelarón restableciera el orden en el país. Manuel no se esperaba este repentino cambio de opinión. Aún no sabía qué pensar, sobre todo cuando Fitzroy le dijo que había convencido a Pelarón de que la Fiesta Nacional debía celebrarse cerca de la porqueriza y coincidir con la colocación de la primera piedra. Kurt insistió en que había informado a Pelarón del plan de Manuel y que el general estaba de acuerdo con todos los puntos.

A pesar de un persistente malestar, Manuel veía ante sí un futuro glorioso, con el patrocinio y el respeto de personas tan influyentes. También sabía que no podía echarse atrás ahora que el líder del país contaba con él.

Por los altavoces sonaba música marcial. Los motociclistas militares se arremolinaron. La limusina del general Pelarón, decorada con la bandera nacional terrena, se detuvo frente a la tribuna. Kurt sonrió a Doña y señaló al general cuando se apeó. Hubo aplausos. Varios hombres con elegantes trajes rodearon a Pelarón. Era un hombre pequeño, con el pelo negro azabache bien peinado y un bigote gris y fino. En su uniforme, cinco estrellas brillaban como diamantes, distinguiéndole de los demás generales de la Junta, que llevaban cuatro. Se acercó enérgicamente al atril. Su voz sonora elevó los eslóganes populares.

—El valor del general al asistir a este acto público es ejemplar, ¿no te parece, Manuel? —dijo Kurt sin apartar la mirada de Pelarón.

—Sí —dijo Manuel.

—Es la hora. —Kurt hizo un gesto con la cabeza hacia la salida de la caseta.

A Manuel se le secó la garganta. Se levantó y se dirigió hacia la salida, disculpándose cortésmente con la gente de su fila. Detrás de la tribuna había una figura oscura apoyada en un jeep. El hombre saludó cuando Manuel se acercó. Bajo el casco, sus ojos brillaban bajo las brillantes luces.

—Venga, señor —dijo el teniente sin presentarse. Aún era joven, pero llevaba el uniforme de guardaespaldas personal de Pelarón. Sus guardaespaldas eran un grupo de élite que había jurado lealtad eterna al dictador.

Subieron al jeep y el teniente condujo rápidamente hasta el comienzo del cordón que rodeaba el recinto del festival. No dijo ni una palabra durante el trayecto. Manuel sospechaba que el propio Pelarón había ordenado al teniente que se quedara con él y le disparara si tenía la menor duda sobre el éxito de su plan. Sin embargo, estaba seguro.

Su plan no fracasaría.

Esta noche se sentía invencible. Había puesto en marcha poderosos mecanismos con su audaz plan. Manuel recordó la voz de Kurt a través del teléfono:

—He reconsiderado tu plan y lo he hablado con viejos amigos. Se acercaron al general. Al principio dudó, pero debido a las crecientes tensiones en el país, aceptó.

—Hay una cosa más, Manuel: necesito que la persona que lleve a cabo tu plan sea de total confianza. La filtración en el manejo de la cocaína que descubrí hace poco me ha impedido confiar en Patria y Sangre. Sólo confío en ti. Tienes que llevar a cabo tu plan tú mismo.

Por teléfono, había dicho:

—¿Yo? —Se sentía orgulloso y nervioso al oír sus palabras.

—Tú —había respondido Fitzroy secamente—. Eres un francotirador, y tu lealtad está fuera de toda duda. Los demás generales de la Junta no saben nada de él. Después de ejecutar tu plan, Pelarón quiere reforzar su posición como comandante en jefe del ejército. Tu plan le da la oportunidad de recuperar el control total no sólo del país, sino también de sus generales.

Su plan había desencadenado un complicado movimiento político. En el jeep a toda velocidad, Manuel pensó en su futuro y en Beatriz, de rodillas suplicándole perdón.

4

—Señora, la invito a una pequeña aventura —dijo Alejandro cuando Beatriz abrió la puerta de su casa. Alejandro había ensayado su frase inicial. Sin embargo, sintió que sonaba angustiado y tonto. Había aparcado el Datsun que le prestó Cristóbal en la acera—. Eres demasiado guapa para encerrarte como una monja con verruga.

Beatriz sonrió, pero se quedó en la puerta sin pedirle que entrara.

—Además, tengo la guitarra conmigo —traqueteó Alejandro, cambiando constantemente el peso de un pie a otro —. Vamos a hacer una serenata, Beatriz, no a la luna sino a la oscuridad. —Miró el reloj—. Quedan veinte minutos. Hay mucha gente en Canela. Hoy es un gran día para Terreno. Después de diez años, el «General de los Pobres» se ha presentado por fin en la frontera de la tierra de nadie.

—¿Y los controles policiales? —preguntó Beatriz.

—Los policías son educados esta noche. Incluso ayudan a las ancianas a cruzar la calle.

—¿Por qué quieres ir, Alejandro?

Alejandro miró el ancho carril bordeado de olmos.

—Para encontrar inspiración.

—Será peligroso. La policía cargará cuando João y Jorge detonen la bomba.

—¿Cargar? ¿Contra espectadores inocentes? Todo el mundo, hasta el periodista más derechista, comprenderá que los autores de este vil atentado terrorista desde lo alto de las montañas no están en Valtiago, viendo inocentemente la ceremonia. En cualquier caso, los policías tendrán mucho trabajo con la evacuación de Pelarón y su séquito. —Sonrió—. ¿Tienes miedo?

Beatriz negó con la cabeza. Se dio cuenta de que quería ver las consecuencias del acto de sabotaje que había hecho posible con su avión.

—¿Por qué te veo tan poco últimamente? —preguntó Alejandro con rencor. Con una intuición que la sorprendió, añadió—: ¿Te duele René?

Ella mantuvo el rostro neutro.

—Actúas como si René estuviera muerto.

"Cuando João y yo fuimos a su casa, la noche en que íbamos a secuestrar a Carmencita, él tenía un libro abierto sobre el escritorio. Había subrayado una frase en rojo: *la tarea más difícil de tu vida es prepararte para tu muerte, y una buena preparación sólo es posible a través del autoconocimiento*. Alejandro se encogió de hombros.

—Lafarge ha desaparecido sin dejar rastro desde hace días. Era tu amigo. ¿Es normal que no se ponga en contacto contigo?

—No —dijo ella con ecuanimidad.

Decidió cambiar de rumbo y conjuró una sonrisa infantil.

—¿Vienes? Al fin y al cabo, es una fiesta nacional. Faltar sería imperdonable.

—¿Por qué quieres ir? —repitió ella.

—Ya te lo he dicho, ¿verdad? La escena me hará componer una canción que pegará como una bomba.

—¿Por qué, Alejandro?

Su tono tranquilo le hizo recuperar la sobriedad. Señaló las montañas en dirección a La Paloma.

—Cualquier cosa es mejor que estar ahí sentado con esa pobre niña. ¿Qué he empezado, Beatriz? Por una vez en mi vida he querido ser un héroe. ¿Y cuál es el resultado?

Ella conocía el resultado y permaneció en silencio. Los ojos de Alejandro recorrieron su rostro como si se preguntara si aún tenía crédito suficiente.

—Pensé que liberaría a la hija de Víctor de las manos de un torturador. Esa idea me dio la ilusión de haber recuperado el valor. Pero el verdugo resultó ser un padre cariñoso. Por una vez me sentí en el lado correcto de la línea divisoria, ¿y cuál es el resultado? Que la línea no existe. —Señaló con la cabeza hacia la parte baja de la ciudad—. Creo que Astíz-Fitzroy también pensó una vez que estaba en el lado correcto de la línea divisoria... Ven conmigo, Beatriz, tómame por los hombros. Al menos puedo ser tu amigo, ¿no?

5

EN EL CAMPANARIO, MANUEL TENÍA UNA VISTA EXCELENTE DE LA ceremonia. Utilizar la iglesia del cura belga fue idea de Astíz-Fitzroy. Le había explicado los detalles a Manuel hacía dos días, en su última reunión. Kurt parecía cansado. En el transcurso de la conversación, Manuel le preguntó amablemente cómo le iba a Amanda y le sorprendió la expresión de los ojos de Astíz-Fitzroy. No recibió respuesta.

—La torre de la iglesia es muy adecuada —dijo Astíz-Fitzroy un momento después. Muy brevemente, una expresión extraña apareció en su rostro, como si estuviera luchando por abstenerse de decir algo más—. Lafarge será acusada de complicidad en la conspiración. —Por un momento, la máscara del hombre se desvaneció. Manuel Durango vio el verdadero rostro de Fitzroy que se escondía debajo. Bajó los ojos y asintió.

Manuel miró por el visor nocturno. Vio que las bailarinas folclóricas terminaban su actuación y siguió a Pelarón con los hilos cruzados de su fusil mientras el general se dirigía al atril. Durango relajó los hombros, reguló la respiración. Admiró la precisión de los hilos cruzados del visor nocturno y curvó ligeramente el dedo índice derecho en torno al gatillo. Un arma preciosa, este fusil de asalto Fal belga. Kurt no había pasado por alto ni un solo detalle. Manuel se concentró. Tardó unos instantes en dar en el blanco, pero entonces una oleada de júbilo le inundó y le hizo estremecerse de pies a cabeza.

«Beatriz, con este gatillo, tengo tu destino en mis manos».

Espiró completamente, despejó su mente, sólo vio la pequeña figura en los hilos cruzados.

Disparó.

6

—Heredé el avión de mi padre —dijo Beatriz, de pie junto a Alejandro, en medio de miles de personas que asistían a la ceremonia en Canela. Mucha gente seguía el espectáculo desde sus casas, pero la multitud llenaba también las calles. El ambiente era festivo. Lo que les había ocurrido a los estibadores en Coquimba parecía ahora realmente sólo un «lamentable error tanto de los manifestantes como de los agentes del orden», como había declarado Pelarón en su discurso del día anterior, «una provocación de los agitadores comunistas seguida de una reacción exaltada de los carabineros». Había prometido la apertura de una investigación y el castigo de los culpables. *El gobierno y los ciudadanos debían trabajar juntos para conducir a Terreno, el país más progresista y económicamente desarrollado del continente, hacia un futuro brillante.* Mientras pronunciaba estas palabras, en la gran pantalla de televisión había parecido como si el general tuviera que contener las lágrimas. Las cámaras hicieron zoom con impaciencia.

—¿El Cessna? Es fantástico —respondió con cuidado Alejandro Jurón. No sabía muy bien cómo reaccionar. Beatriz le había mencionado brevemente la muerte de su padre. Alejandro no había hecho más preguntas. Ninguno de los dos había hablado últimamente de su relación o de su ausencia.

Alejandro tuvo la sensación de que la tensión se acumulaba bajo la tersa piel del rostro de Beatriz, los dolores de parto de una nueva Beatriz Candalti. Decidió esperar y ver. No tenía nada más que perder. Pero su corazón era confuso y testarudo. En un momento pensó que la amaba; al siguiente, sintió amargura en la boca ante la idea de estar con ella.

—Eso significa que podríamos volar juntos —continuó. Intentó sonar despreocupado—. ¿Serías capaz de sobrevolar las cimas de las montañas desde aquí?

—Desde luego que podría en Arini —respondió ella pensativa—. Y puede que incluso aquí. Hay unos cuantos pasos de montaña. —Se rió—. Me encantan los vuelos peligrosos.

—¿Te gustaría que voláramos juntos? —preguntó él.

—Deja de soñar, Alejandro —dijo ella amistosamente. A pesar de todo, su tímida mirada la encariñaba. Pero a estas alturas ya conocía sus trucos, y aunque sentía las mismas incertidumbres que él y a veces sentía oleadas de deseo por él, por el momento quería mantener esa distancia amistosa.

—¿Puedes ver bastante del espectáculo? —le preguntó.

—Me temo que no mucho. —Rió ella—. Nuestro general es tan pequeño a esta distancia.

—De cerca también, me han dicho. Pelarón lleva zapatos con tacones de cinco centímetros. Así que un total de diez. —Se rió entre dientes—. Intenta relacionar todas las cosas importantes con ese número.

—¿Cómo sabes todo eso?

—Pelarón era uno de los temas favoritos en La Última Cena.

¿Se lo estaba inventando sobre la marcha? Ella sabía que era capaz de hacerlo. De repente, le pareció raro. No pudo contenerse y le pasó un brazo por los hombros. Él la miró agradecido.

Beatriz se puso de puntillas y, más cerca del río, vio una onda en la multitud que presenciaba la ceremonia de inauguración. En los focos se veían pequeñas formas que agitaban los brazos. La ondulación se hizo más fuerte, se movió en su dirección, se convirtió en una ola.

—¿Qué es....?

—¡Dios mío! —gritó una mujer unas tres filas delante de ellos—. Alguien está disparando a Pelarón.

Alejandro y Beatriz vieron ahora cómo la ola estaba formada por gente que huía hacia Canela.

Haciendo eco contra las montañas a sus espaldas, un sordo estruendo rugió como una tormenta que se aproximaba.

De repente, la ciudad quedó envuelta en una oscuridad total.

7

Kurt Astíz-Fitzroy saltó a la grada como los demás cuando el guardaespaldas situado a la derecha de Pelarón se desplomó. El primer disparo apenas se oyó. El segundo, sin embargo, retumbó como si se hubiera encendido un petardo en algún lugar a lo lejos. Un segundo guardaespaldas cayó hacia delante. No murió al instante y se retorció por el escenario. Los soldados saltaron delante de Pelarón, le sacaron del escenario y corrieron con él hacia la fila de limusinas.

Astíz-Fitzroy se abrió paso entre la multitud horrorizada. Había previsto el caos. Un jeep militar con chófer le esperaba detrás del escenario.

«Esto es todo lo que podía hacer, Amanda, la única manera de vengarte». Al pensar en esto, su corazón se encogió. Se detuvo un momento.

A su derecha, densas multitudes chocaban apresuradas por huir. Los coches arrancaban, los motores aullaban. La confusión le consumía. Motociclistas militares se arremolinaban entre los vehículos que huían, haciendo todo lo posible por restablecer el orden. Astíz-Fitzroy rodeó rápidamente la caseta. El jeep le esperaba con el motor en marcha; subió.

En ese momento sonó un estruendo lejano y se apagaron todas las luces de la ciudad.

—¡Sangre! —maldijo el conductor. Delante de ellos, dos coches chocaron entre sí. El estallido de su colisión sonó más fuerte que la explosión que había apagado la central eléctrica de la ciudad en las montañas. Los músculos abdominales de Astíz se tensaron, pero el conductor giró bruscamente el volante. El jeep se inclinó un momento hacia el río, pero volvió a la carretera.

—¿Qué ha pasado? —preguntó el sargento al volante. Había encendido las luces del jeep y navegaba ágilmente entre otros coches que circulaban a toda velocidad. Astíz miró de reojo. Según lo acordado con Pelarón, los tanques y semiorugas habían entrado en acción. Pero la explosión que había paralizado la central eléctrica confundió a los soldados. Los tanques habían recibido instrucciones de intervenir con fuerza a la menor perturbación, pero no habían esperado un asalto. Astíz-Fitzroy y sus partidarios militares habían convencido a Pelarón de que un falso asesinato, orquestado por ellos, era la mejor manera de restablecer el orden en la porqueriza con el apoyo de la opinión pública.

—La resistencia voló la central eléctrica —dijo Kurt. Se echó a reír—. Esos idiotas. ¡Justo ahora! ¡Minutos después del ataque al general! No podían haber elegido mejor momento.

Poco después, cuando el jeep atravesaba la calle principal de Canela en dirección a la iglesia, la oscuridad fue atravesada por potentes reflectores. Unas siluetas de gran tamaño aparecieron sobre el telón de fondo de las casas de los trabajadores. Un fogonazo desgarró la noche y el estruendo de un cañón de 105 mm aturdió a los dos ocupantes del jeep. El conductor frenó en seco. Diez años antes, Kurt había visto cómo dos disparos del cañón de un tanque bastaban para destruir una cuarta parte del palacio presidencial. Se dio cuenta de que la repentina oscuridad y la confusión general hacían que los tanques fueran peligrosos para todos. Bajó del jeep. El sargento gritó algo. Kurt no le entendió. Sus oídos silbaban demasiado por la explosión del cañón. ¿A qué objetivo disparaban esos locos?

Una fuente de agua, a unos cien metros de distancia, le dio la respuesta a esa pregunta.

8

EL CORONEL LÁZARO FRANCO, COMANDANTE DE LAS *TANQUETAS* reunidas a orillas del Mayu, se plantó con su Sherman en el puente y olvidó sus buenos modales militares, profiriendo un chorro de viles maldiciones por el micrófono de su casco. Canela era un hervidero de masas en fuga a su derecha, y la porqueriza a su izquierda era un lugar de caos. Algún idiota en uno de sus tanques había disparado un tiro de advertencia en el agua y sembrado el pánico entre la multitud.

—¿Quién disparó? —gruñó a su ayudante—. ¡Ese imbécil se enfrentará a un consejo de guerra! ¡Retirada! Reagrúpense en los barracones.

Los dos tanques del puente rugieron en dirección a Canela, donde estaban los dos blindados. El coronel Franco cogió sus prismáticos e intentó averiguar en la oscuridad qué estaba pasando exactamente. ¿Qué debía hacer si el pánico entre la multitud era tan intenso que todos huían y se pisoteaban?

9

El jeep estaba rodeado de gente corriendo. Embistieron a Kurt. Éste gritó al sargento, pero vio cómo el hombre era arrastrado por la turba descontrolada. La multitud en estampida golpeaba su cuerpo de un lado a otro como si fuera un muñeco de trapo. Kurt perdió el equilibrio y habría caído si un fuerte brazo no le hubiera agarrado.

Manuel le arrastró hacia arriba. Un furgón blindado giró cien metros delante de ellos hacia una calle sin asfaltar. La presión de la multitud que corría aumentó. Manuel sacó una pistola del bolsillo y disparó al aire; la gente se abanicó en todas direcciones. El semioruga del principio de la calle intentó girar y retroceder. Maniobrar era complicado en las estrechas calles del barrio obrero. Alguien lanzó contra el vehículo una botella encendida de licor destilado casero. La primitiva bomba incendiaria estalló sin causar daños reales en el flanco del blindado, pero el conductor del semioruga entró en pánico. El vehículo giró demasiado bruscamente: hubo una nube de polvo y arenilla al chocar contra la fachada de una casa esquinera.

Manuel subió a Kurt al jeep. Arrancó el motor y se metió por una calle lateral sin miramientos. Sonó un fuerte estruendo; por un momento, un cuerpo quedó tendido sobre el capó con los brazos agitados, y luego desapareció. Manuel condujo en dirección al paso elevado que llevaba al centro de la ciudad. La gente que huía sólo conocía una dirección: desde Canela hacia el interior de la porqueriza. A nadie se le ocurrió escapar en dirección a Valtiago.

Incluso en este aterrador momento, la gente creía que sólo estaría a salvo en los oscuros callejones de la barriada. Tras el viaducto que cruzaba la autopista, Manuel giró a la derecha y entró a toda pastilla en la avenida Santiaguillo. Kurt le puso una mano en el brazo.

—Para un momento —le dijo, señalando con la cabeza el arcén. Manuel obedeció y condujo hasta un aparcamiento. En este punto, tenían una buena vista de Canela. Kurt miró a la multitud, que a esta distancia no era más que una mancha ondulada de color marrón. Los coches de medio carril estaban atascados en las orillas del río: bandadas de gente corriendo les bloqueaban el paso. Justo entonces volvieron a encenderse las farolas del paso elevado, y aquí y allá un farol solitario en el barrio obrero. Astíz-Fitzroy miró su reloj: el generador de emergencia de la central había tardado veinte minutos en arrancar. Vio el cañón del primer tanque girando en la luz, seguido de un disparo atronador.

El agua del río salpicó hasta la altura de una casa. Con este segundo disparo de advertencia en el río, el comandante de los blindados quiso forzar un paso a través de la multitud. La multitud no se movió por un momento, pero luego se extendió rápidamente como una masa acuarelada de caos. Kurt giró la cabeza más a la derecha: un reguero de limusinas, escoltadas por militares, desapareció rápidamente en dirección al Cerro Santa Lucía. Los refuerzos estaban en marcha: camiones militares avanzaban entre los vertederos de basura a lo largo del río.

Kurt hizo una señal silenciosa a Manuel.

—¿Adónde? —preguntó Durango. Estaba impresionado. En combinación con el repentino ataque terrorista a la central eléctrica, su plan estaba teniendo consecuencias inesperadas.

—A mi casa —dijo Kurt.

Antes de que Manuel se volviera hacia la carretera principal, vio a los soldados saltar de los camiones que se acercaban. El ejército terreneo iba a avanzar contra civiles. No había vuelta atrás.

10

—¡Alejandro!

Los camiones se detuvieron con el chirrido de los neumáticos. Los soldados saltaron de las bodegas de carga.

—El puente —dijo Alejandro Juron—. Tenemos que ir a...

Intentaron escapar a contracorriente. Resultó imposible. Un blindado se estrelló contra la casa de la esquina, sobresaltándoles con su ruido.

—¡A la iglesia entonces! —gritó Alejandro, aún abrazado a Beatriz en medio del mar de gente que se arremolinaba—. ¡Allí no harán nada!

Sonaron disparos. La gente de las primeras filas caía: una cacofonía de gritos y alaridos. Beatriz nunca había imaginado que los disparos pudieran sonar tan débiles contra el ruido de una multitud.

—¡Tenemos que entrar en una casa! —gritó ella.

Habiendo llegado más tarde que la mayoría de los espectadores, seguían al fondo, cerca de la última fila de casas de Canela. Las luces de la calle volvieron a encenderse. Desde la pared de un café, unos hombres arrancaron un cartel que promocionaba una marca de cerveza que ya no existía para servir de escudo contra los soldados. De nuevo retumbó un cañonazo ensordecedor. Una fuente de varios metros de altura se elevó desde el río antes de derrumbarse. La multitud se dispersó en todas direcciones. Alejandro empujó en dirección al café y arrastró a Beatriz con él. La puerta doble estaba entreabierta; entraron corriendo. Poco después, otras dos personas entraron dando tumbos. Se miraron como si no pudieran creerse que, de momento, estaban a salvo.

—Tenemos que barricar la puerta —dijo Alejandro.

—No debemos quedarnos aquí —dijo uno de los recién llegados, una mujer mayor con un vestido floral sucio y mechones de cabello gris en los ojos—. Los tanques pasarán por encima de las casas. —Se rió—. La Parca engordará esta noche.

—¿Tanques destruyendo casas? —dijo Alejandro—. Nunca harían eso intencionalmente. Y estamos en medio de la calle. Solo las casas de la esquina están en riesgo. Necesitamos cerrar las puertas.

—Tiene razón —dijo el hombre que llegó con la mujer, un hombre oscuro con un sombrero de fieltro, hablando con acento de mestizo—. Estamos a salvo aquí.

—Cuando entren los soldados, estaremos muertos —dijo la mujer. Volvió a reír—. Pero tarde o temprano, todos tenemos que morir, ¿verdad, Giajo?

—Antes de hacerlo, aún podemos cerrar la puerta por un tiempo —respondió lacónicamente el mestizo—. Si más personas entran, los cerdos militares nos encontrarán.

Alejandro y Giajo cerraron las puertas.

—Unas cuantas mesas para barricar —dijo Alejandro.

Juntos, llevaron mesas a la puerta. Detrás de las ventanas con las cortinas de red sucias, se intensificaba el zumbido de motores masivos. Se escucharon disparos de armas automáticas. Un resplandor malva brillaba a través de las persianas cerradas.

—Hay licor —susurró Beatriz a los demás que estaban apiñados en la oscura taberna. Empezó a poner vasos en la barra y sirvió aguardiente. Por un momento, los demás se quedaron en medio de la pequeña habitación como un grupo de ladrones indecisos, pero luego Alejandro se adelantó y se bebió el brandy de un trago. Los otros dos siguieron rápidamente su ejemplo.

Alejandro empujó su vaso sobre la barra hacia Beatriz:

—Bebe. Será una larga noche.

11

—Desde esta perspectiva, es como un juego de sombras — dijo Manuel. Quería mostrarle al silencioso Kurt Astíz-Fitzroy a su lado que era un hombre cultivado con un vocabulario creativo—. ¿No crees que habrá críticas por la dura reacción del ejército?

— Alguien intenta matar al presidente, y dos de sus guardaespaldas están muertos. Simultáneamente, hay un ataque a la central eléctrica de la ciudad. Este sabotaje deja nuestra capital a oscuras durante veinte minutos. Entonces, el ejército declara el estado de sitio. ¿Una sobre reacción, después de todo eso? No lo creo. —Destellos de luz parpadeaban en la lejana porqueriza mientras jeeps equipados con ametralladoras comenzaban a disparar. Solo despertaron inquietud en Kurt. La exhibición militar de poder acentuaba su impotencia.

—Hemos vuelto a poner al país en el buen camino, Kurt — dijo Manuel—. Estoy agradecido por tu apoyo. Nunca lo habría logrado sin ti. Y sabes lo necesario que era. Ese brutal ataque a la planta de energía: ¡en diez años, nadie se ha atrevido a intentar algo así! Aunque como dijiste tú mismo: la resistencia no podría haber elegido un mejor momento. —Disfrutando del sonido de su voz, Manuel dio grandes sorbos a su coñac. El miedo de que Kurt descubriera quién robó la grieta se había convertido en una sensación de camaradería con el hombre mayor. Kurt había puesto su plan en marcha. Y él, a su vez, había salvado a Kurt cuando estaba en peligro de ser pisoteado —. Es como el carnaval en Río —dijo, señalando los destellos de luz—. Los pobres idiotas no saben lo que les está pasando.

—No —dijo la voz de Kurt detrás de él—. Ellos no saben. Pero conozco a un imbécil que pronto lo sabrá.

Manuel se dio la vuelta. Kurt le apuntaba con una pistola.

—Coronel Astíz —dijo Manuel, su sonrisa congelándose en su rostro.

—Adivina dos veces —dijo Astíz.

—¡Hice todo lo que dijiste! ¡Estamos del mismo lado!

—Claro, hiciste todo lo que dije. Y el ejército regular nunca debe saber que así fue como sucedió. Por eso, mis contactos y yo acordamos que tenías que morir después de completar tu misión. El generalísimo también estuvo de acuerdo en esto. Somos muy conscientes de tu lengua suelta, Manuel. Entonces, ¿por qué correr riesgos? Esa es una razón. La segunda es que no me gusta que me engañen, especialmente no por ti y por un sodomita que se hacía llamar el rey de la pocilga.

«Él sabe sobre la grieta. Sabía todo este tiempo que era yo, y me tendió una trampa».

—Coronel, devolveré todo y...

El disparo hizo girar a Manuel. Dio dos pasos hacia adelante, y Kurt dos pasos hacia atrás como si fueran bailarines de tango vacilantes. Kurt disparó de nuevo, y Manuel cayó contra un sofá. Kurt no perdió tiempo. Agarró una bolsa para cadáveres detrás de las cortinas. Tres movimientos rápidos y la cabeza y el cuerpo de Manuel desaparecieron detrás de la cremallera.

«Tú, devolviéndome todo, jodido arrogante. Nunca podrás devolverme lo que perdí. Nadie puede».

12

BEATRIZ, QUE HABÍA CAÍDO EN UN SUEÑO INTRANQUILO JUNTO A Alejandro, se despertó lentamente en la sofocante taberna. Levantó la cabeza y miró hacia la ventana. Detrás de ella se veía un débil resplandor.

Alejandro murmuró algo en sueños. Ella le miró atentamente a la cara.

¿Te visito como un fantasma en sueños, Alejandro? Nací cuando la luna no tenía sangre. Por eso los hombres vierten en mí sus deseos y sus miedos. René me contó lo que le hizo en su juventud a la prometida de su hermano. Lo resumió todo en un auricular de teléfono: su hermano que le hizo beber cerveza en Carnaval a los doce años, la novia de su hermano ya borracha, su hermano mayor, embriagado hasta el coma. Sólo un niño, espiándolos en el cobertizo y luego, como un zorrito, haciendo lo que su hermano dormido no podía hacer a causa del alcohol. La chica, que le había cubierto la cabeza de besos, se le abrió de par en par, como un animal hembra. Después de eso, dijo, había distorsionado la historia en su cabeza hasta convertir a su hermano en un violador a medias.

Su ambiguo arrepentimiento me sonó artificioso. Me invadió una especie de certeza tras su «confesión»: Sabía que se había inventado esa historia disparatada para justificar su fracaso en la cama conmigo. Me enfadé con su ego, que intentaba hacerme tragar un pasado inventado. Pero al mismo tiempo, me reprochaba haber supuesto sin pruebas que me había ofrecido una fantasía. Quizá René fue el único hombre del que me enamoré. Es triste que sólo lo descubriera después de que me tratara en la cama como a una pesadilla que tenía que exorcizar.

Beatriz estudió las facciones de Alejandro a la luz tímida de la mañana. «Entonces, Alejandro, ¿qué pesadilla has tenido que exorcizar?»

Su mirada se desvió hacia la ventana. Se sentía perezosa por culpa del exceso de aguardiente. La noche anterior, habían seguido bebiendo mientras el traqueteo de las armas automáticas se acercaba a la porqueriza.

De repente, con un potente chasquido, el cristal de la ventana estalló casi graciosamente en oscuras astillas. Antes de darse cuenta, Beatriz gritó.

Los demás empezaron a agitarse como marionetas de mano desgastadas. Alejandro se encogió cuando se oyeron golpes en la puerta y una voz fuerte gritó:

—¡Abran!

Una salva de un rifle de tiro rápido atravesó la puerta. Detrás de ellos, algunas botellas se hicieron astillas. Se tiraron al suelo y se cubrieron la cabeza con los brazos.

—¡Ya vamos! —gritó Alejandro—. ¡Cumplimos!

Los disparos cesaron. Alejandro lanzó a Beatriz una mirada llena de miedo mortal antes de levantarse de un salto, apartar las mesas y abrir la puerta.

En el umbral, dos soldados permanecían de pie, de color gris caqui, bajo la luz nacarada de la mañana. El primero era muy joven, se dio cuenta Beatriz. Se levantó, junto con la mujer mayor y el mestizo.

—Bebida —dijo el soldado más joven con su voz quebrada—. ¿Hay bebida aquí? —Se movía como si tuviera una bobina enrollada demasiado fuerte en su interior. El otro, un sargento, era un hombre moreno y mayor, de nariz afilada y profundas arrugas en la frente. Cerró la puerta tras ellos. El chico se acercó al mostrador cubierto de Formica y utilizó la culata de su pistola para limpiar las gafas que había sobre él. El sargento miró a Alejandro y le dijo en voz baja—: Mi amigo está un poco emocionado por el trabajo que hemos hecho.

Alejandro se fijó en que el hombre tenía los ojos grises pálidos, del color de las paredes de hormigón de La última cena.

—Haz algo de luz, maldita sea —gruñó el chico. Se balanceó sobre las puntas de los pies y miró por encima del hombro—: Eh, vieja bruja, sírveme un trago. Uno bien fuerte.

La mujer mayor fue detrás del mostrador y encendió los fluorescentes sucios.

—No, Pedro —dijo el soldado más viejo—. Si vamos a disfrutar de una copa, prefiero una camarera encantadora. —Señaló a Beatriz, que estaba de pie en medio de la cantina, con las manos en las caderas. A Alejandro le pareció que Beatriz se movía muy despacio cuando se puso detrás del mostrador. Se hizo el silencio en la sala cuando ella cogió la botella de aguardiente y sirvió dos vasos. Pedro bebió un buen sorbo y escupió el líquido sobre el mostrador. Beatriz retrocedió. El chico dio una patada a una silla—. Orina de cerdo. Vinagre en vez de alcohol. —Con unos pocos pasos, se colocó detrás del mostrador, agarró a Beatriz por el pelo y le apretó la garganta con el otro brazo como si la acción fuera rutinaria. Su rostro era delgado y alargado en las sombras diseminadas por las dos lámparas, su sonrisa inquietante—. Querías envenenarme —dijo—. Eso no es amable por tu parte, nada amable.

—Déjala en paz —dijo la mujer mayor—. ¿Aún no has tenido bastante, incluso después de esta noche?

—Guarda silencio, Imelda —dijo la mestiza—. De todas formas no me escucharán.

El sargento se dio la vuelta tranquilamente, apuntó con su arma y disparó cuatro veces. En la pequeña habitación, las ráfagas sonaron casi tan fuertes como los cañonazos de horas antes. Alejandro vio cómo la mujer y el mestizo salían despedidos hacia atrás por el impacto de las balas. Sus ojos se vidriaron rápidamente. Era la primera vez que veía morir a gente tan de cerca. Era algo irreal.

—Ricardo —dijo el joven soldado—. ¿Dónde están tus buenos modales? —Se rió, pero sus ojos delataban inquietud.

Ricardo suspiró.

—Me temo que tienes razón —dijo, siempre con la misma educación—. Lo que vivimos anoche me desequilibró.

Alejandro volvió los ojos hacia Beatriz en una súplica de apoyo sin palabras, pero en las sombras proyectadas por las lámparas fluorescentes apenas podía verle la cara. Lo que vio aumentó su sensación de irrealidad: La mano derecha de Pedro bajaba desde su garganta y jugueteaba con los botones de su blusa.

Beatriz no dijo nada. Alejandro no hizo nada. Se dio cuenta de que lo había previsto desde el momento en que entraron los dos soldados. Por un instante, esta conciencia le produjo una extraña satisfacción, una especie de lujuria relacionada con la complicidad, como si pudiera intercambiar pensamientos íntimos con el joven soldado larguirucho.

Ricardo volvió hacia él sus ojos concretos.

—Pareces un caballero, una raza rara —le dijo de un modo insoportablemente amistoso—. Si se comporta como es debido, saldrá vivo de este lugar. ¿Es esta mujer tu novia?

Alejandro se dio cuenta de que ninguna respuesta podía proporcionarle seguridad. Asintió con la cabeza.

—Debes comprender que anoche pasamos por muchas cosas —continuó el sargento con su aire enfermizo—. Muchas cosas chocantes. Así que mi joven amigo está angustiado en este momento. Así que, por favor, considere lo que está haciendo sólo como una descarga de tensión nerviosa. Eso se lo hará más fácil.

Alejandro estaba seguro ahora: el joven soldado, jadeando pesadamente y besando el cuello de Beatriz, no estaba loco; era el oficial mayor quien hablaba como un purasangre orgulloso.

13

En un rincón del estudio de Cristóbal estaba encendida la televisión. Cristóbal miraba la pantalla y se mordía el labio inferior. A pesar de lo temprano de la hora, la rueda de prensa de Pelarón estaba abarrotada de periodistas. Cristóbal se acarició el cráneo calvo cuando se dio cuenta de que Pelarón llevaba gafas de sol, como en su rueda de prensa de diez años antes, tras su golpe de Estado.

Más tarde, un artista callejero anónimo había pintado una serie especial de retratos de Pelarón con dos colmillos ensangrentados, que daban al general un aspecto a la vez ridículo y siniestro. Cristóbal sabía que Pelarón no se había puesto las gafas negras en el momento de su golpe para dar efecto. El general tenía entonces cincuenta y ocho años, y había pasado setenta y dos horas sin dormir, durante las cuales coordinó el golpe desde su escuela de paracaidistas en Las Vertientes.

Llevaba las gafas por vanidad. Quería ocultar las ojeras, pero esta vez, Cristóbal estaba convencido de que el general se ponía las gafas de sol para conseguir un efecto concreto: *Sé por quién me tomas, y te arrepentirás de tener razón.* El pelo teñido de negro de Pelarón estaba cuidadosamente peinado hacia atrás y brillaba de forma antinatural bajo la intensa luz de la sala de prensa. Su rostro no tenía nada del tío simpático que habitualmente le gustaba interpretar.

Cristóbal se retorció involuntariamente las manos entre las rodillas. La declaración que el general leyó para el micrófono, sin levantar la vista de su papel, fue como una serie de golpes en su cara: la proclamación del estado de excepción, el cierre de las fronteras durante quince días, la limpieza a fondo de «elementos asesinos de izquierdas», una limpia en el propio Gobierno.

—Una vez más, ha quedado claro que, sin mi pleno liderazgo, este país se hunde en el caos —concluyó Pelarón—. Estoy dispuesto a asumir mi responsabilidad con todas las consecuencias que ello conlleva.

Cristóbal se levantó y apagó el televisor. Sus pensamientos daban tumbos.

—No quisieron escucharme —murmuró—. No quisieron escucharme, ¿y cuál es el resultado? Los que sobrevivan tendrán que escucharme a partir de ahora.

14

Ricardo llamó a Alejandro para que le sirviera. Bebiendo en silencio, había observado las escapadas de Pedro con Beatriz. Duro como una piedra por dentro, Alejandro había escuchado las súplicas de Beatriz, sus gritos, luego sus gemidos, los jadeos de Pedro ante su decepcionante follada cuando se corría demasiado deprisa. La energía con la que el chico abordó de nuevo a Beatriz pareció exprimirse en Alejandro. Le temblaban las piernas, el corazón se le aceleraba en el pecho. Ricardo miró a la pareja en el suelo, asintiendo para sí con ojos ausentes.

—Puedo hacerlo cinco veces seguidas —jadeó Pedro.

Alejandro miró hacia la puerta, adivinó la distancia. Pedir ayuda era todo lo que podía hacer por Beatriz. Con un golpe seco, Ricardo dejó el vaso vacío. Un escalofrío recorrió a Alejandro cuando vio los ojos de Ricardo fijos en él. Ricardo señaló su vaso con la cabeza; Alejandro se lo llenó. Ricardo recogió su copa y se dio la vuelta. Ahora hay que correr, se dijo Alejandro. Volvió a mirar hacia la puerta. Cuando volvió a mirar, Ricardo estaba unos pasos más cerca de Pedro, bebiendo y observando al soldado.

En el suelo, Beatriz giró la cabeza y miró directamente a Alejandro. Alejandro tardó unos segundos en darse cuenta de que no le miraba a él. Siguió su mirada hacia el mostrador donde Ricardo había dejado descuidadamente su rifle. Alejandro sólo tuvo que dar dos pasos para cogerlo. Su cabeza giró con breves sacudidas sobre el suelo de piedra. Ahora le miraba a él, con unos ojos que lo decían todo: *por favor, coge el arma, dispara...*

Alejandro se quedó detrás de la barra. Sus piernas se negaban a moverse; tenía los ojos clavados en Ricardo cuando éste se arrodilló a la altura de la cabeza de Beatriz, en diagonal junto a la boca entreabierta y jadeante de Pedro.

—Funciona, Ricardo —gimió Pedro feliz—. Voy a...

—Ya veo —le interrumpió Ricardo secamente—. Tu diosa del amor se calienta con los minutos, sí, hasta caliente diría yo. —Con un brusco movimiento de muñeca, vertió el licor de su copa sobre la cara de Beatriz. Su otra mano emergió, y antes de que el grito de Beatriz se apagara, su pulgar chasqueó su encendedor. El alcohol que goteaba sobre las mejillas y el cuello de Beatriz ardía con una llama azul, que parpadeaba espasmódicamente.

—¿Qué haces, hombre? —exclamó Pedro por encima de los gritos de Beatriz. Se apartó de su cuerpo y, sin pensar en los pantalones que aún tenía en los tobillos, se quitó la chaqueta. Intentó apagarle las llamas de la cara mientras Beatriz sollozaba, retorciéndose de dolor.

Gritó una vez más antes de perder el conocimiento. Despertó a Alejandro de su letargo. Ricardo había retrocedido unos pasos. Con una sonrisa satisfecha, sacudiendo la cabeza como un padre que amonesta, miró al semidesnudo Pedro, que gritó algo ininteligible, apretando su abrigo contra la cara de Beatriz para matar las últimas llamas.

Alejandro salió corriendo de detrás de la barra. La salida parecía saltar hacia él; las puertas parecían abrirse automáticamente. Corrió hacia la calle, dio media vuelta en el centro como un caballo desbocado y se precipitó hacia una calle lateral.

Detrás de él no se oían pasos ni sonaban disparos.

15

Sus pasos resonaban en el puente metálico. Beatriz los oía jadear. «Soy más pesada de lo que pensaban». Apenas podía tolerar el sol naciente sobre su rostro quemado. Beatriz intentó apartarlo, pero no encontró fuerzas para hacerlo. Se aferró al dolor.

Era el cumplimiento de algo que siempre la había perseguido, provocado por un comentario que le hizo su padre en su juventud: *acabarás mal porque eres una niña desobediente.*

La predicción de su padre se había cumplido. Oyó el golpeteo de las botas en la pasarela de hierro, el viejo puente sobre el Mayu que nunca debió cruzar para escuchar los sermones de René en su iglesia. Ella había querido enganchar a René. Ver adónde la había llevado ese pecado.

Los pasos se detuvieron. Las lágrimas corrieron por las mejillas encendidas de Beatriz sin que ella hiciera ningún ruido. No abrió los ojos.

—Un viaje al fin de la noche —dijo una voz civilizada en la pálida irrealidad que había sobre ella. Beatriz lo había esperado todo: un agudo dolor de muerte, un golpe sordo, resonando sin cesar en su cerebro, pero no esto: el estómago saltándole a la garganta, una sensación lastimera en todas las articulaciones que le hizo olvidar por un momento el dolor de la cara y el cuello. Abrió los ojos y la boca justo en el momento en que golpeó con fuerza el agua sucia y marrón del Mayu.

Sus pensamientos desaparecieron y dieron paso a un instinto que la dominaba. No quería terminar así su viaje, permitirles una victoria así. Del mismo modo que su padre había entrado en el baño y sujetado sus muñecas abiertas hasta que llegó la ambulancia, ella se aferró a su destino. A través del dolor, encontró la fuerza de voluntad que puso en movimiento sus brazos y piernas. Levantó la cabeza por encima del agua maloliente y tosió. Miró a la derecha. Allí, bajo el sol de la mañana, la ciudad parecía el decorado de una película de fantasía.

Beatriz giró la cabeza hacia la izquierda. Humo y un mar gris y marrón. A lo lejos se veía el nuevo y gran puente sobre el río: camiones militares iban y venían. El Mayu tenía una fuerte corriente y un aliento pestilente. El agua refrescaba sus quemaduras. Durante la noche anterior, bastantes cosas habían acabado en el agua. Los proyectiles habían explotado en el río, provocando cantidades anormalmente grandes de lodo. Inhaló agua y volvió a toser. El cuerpo le pesaba y se hundía. Estaba a punto de abandonarse. Chapoteó con los brazos y trató de volver a subir.

Si se dejaba ahogar ahora, Alejandro, el cobarde que no la había ayudado, no volvería a cantarle otra canción de amor: eso era lo único que el debilucho era capaz de hacer. Beatriz se metió otro trago dentro. Con un último esfuerzo, sus dedos agarraron algo que flotaba en diagonal sobre ella. Su cabeza salió a la superficie.

Era un cadáver al que se aferraba, una de las docenas arrojadas al agua aquella noche.

16

—No, señor —dijo Cristóbal—. Comprenderá que, dado el estado de excepción tras los sucesos de ayer, la universidad ha cancelado todas las exposiciones y actos culturales por tiempo indeterminado.

—Cristóbal —dijo Alejandro al otro lado de la línea—. ¿No puedes hablar libremente?

—Deme su número de teléfono —dijo Cristóbal con una mirada neutra al soldado armado que estaba en la puerta de su despacho, con cara de aburrimiento—. Si la situación se normaliza, me pondré en contacto con usted.

—Cristóbal —dijo Alejandro desde la cabina telefónica, mirando con angustia las fuentes de la Plaza del Centenario, desierta a esas horas tempranas—. No me atrevo a volver a mi habitación. Después de lo de ayer por la tarde, seguro que me vienen a buscar. Y Beatriz, ¿sabes lo que le ha pasado? Estábamos...

—Que tenga un buen día, señor —dijo Cristóbal.

—¡Espere! Tengo el coche de Beatriz, pero no me atrevo a usarlo mucho tiempo. Tengo la llave de su casa, pero no sé si

puedo ir. Todas esas patrullas... Algo terrible le ha pasado a Beatriz, Yo...
—Quizá deberías ponerte en contacto con João Pereira —dijo Cristóbal—. En este momento, hay turistas norteamericanos en la aldea modelo La Paloma. Se llega por la carretera que pasa por el Cerro Santa Lucía. No hace falta que me dé las gracias, señor, que tenga un buen día.

Alejandro colgó. Sus ojos recorrieron la plaza, con su arco de triunfo y el estanque lleno de nenúfares, hasta las montañas que había detrás de la ciudad. Alejandro permaneció un rato en el sitio, parpadeando contra el brillante cielo azul. Alguien dio unos golpecitos a sus espaldas contra el cristal de la cabina telefónica. Alejandro se dio la vuelta y miró a los ojos enfadados de un soldado, un joven corpulento con un grueso labio inferior que le indicó irasciblemente que saliera.

Alejandro abrió la puerta. Así que éste era el final, mucho más prosaico de lo que había imaginado. Empezó a temblar de pies a cabeza. El miedo dominaba sus sentidos, pero no sus pensamientos. Le formularon lo que tenía que afrontar: *dijiste que la amabas, pero nunca lo hiciste. Eres alguien que se aferra a los demás para dar una apariencia de autenticidad a sus sueños. Podrías haberla salvado; podrías haberlo intentado; ahora mueres tan inútilmente como viviste.*

Las lágrimas corrían por sus mejillas.

El soldado frunció el ceño y sacudió la cabeza. La ira desapareció de sus ojos.

—Lárgate, amigo —dijo malhumorado—. Entiendo que estés triste porque tu chica te ha dejado, pero tengo que hacer una llamada urgente. Venga, sal de mi vista y búscate otra mujer. Ya hay suficientes mujeres en el mundo.

Alejandro sintió que se hundía en la tierra. Este tonto malentendido sólo podía ser una señal del destino.

17

João se dirigió al grupo de estadounidenses que tenía delante.

—No tenéis que preocuparos, amigos: los hoteles de la ciudad funcionan con normalidad. Toda la vida pública de Terreno, a pesar de los disturbios de ayer, ha vuelto a la normalidad. He solicitado una escolta militar sólo para su tranquilidad. Espero que vuelvan a visitar nuestro pueblo amigo, en otra ocasión, en mejores circunstancias.

Jorge Espinoza tradujo para los turistas que esperaban impacientes. Los estadounidenses aplaudieron cortésmente y se dirigieron hacia los autobuses que esperaban. Una vez llenos, giraron hacia la carretera de Valtiago. Siguiendo la tradición, los lugareños se pararon a saludar junto a la carretera. Dos motociclistas militares van delante de los autobuses. Otros dos les seguían.

—Deberíamos haberlos retenido como rehenes —dice Jorge—. Habría sido noticia mundial. Esos gringos habrían gritado fuego y asesinato. Ya se estaban meando en los pantalones.

—Y nosotros también, casi —suspiró João.

Jorge levantó sus ojos oscuros hacia él.

—¿Te sientes culpable, João?

—¿Qué quieres decir?

—Creo que ese ataque a Pelarón fue falso —continuó Jorge—. Escenificado para aumentar su aura de invencibilidad. Y en el momento exacto, o más bien en el momento equivocado, añadimos un pequeño extra con el apagón de la ciudad. ¿El resultado? Cientos de víctimas y Pelarón más firme que nunca. El destino ayudó a Pelarón, lo admito, pero jugó inteligentemente. ¿Y nosotros? Tuvimos mala suerte.

—Nadie podía prever esto.

—No, pero tendríamos que haber hecho caso a Cristóbal.

—Jorge negó con la cabeza—. Quizá no era el momento, como él decía.

—Para Cristóbal, el momento nunca está maduro —dijo João bruscamente—. Por la misma razón, podría decir que toda la operación fracasó porque Exu Tiriri no estaba satisfecho.

—Sí —dijo Jorge. Miró los valles bajo ellos, que brillaban con un amarillo dorado a la luz del sol—. ¿Por qué ese diablo brasileño tuyo sólo sirve a los ricos y a los poderosos? Le vendería mi alma por tener a Pelarón delante de mi punto de mira una vez, sólo unos segundos.

—¡Maldita sea! —soltó João al ver que un convoy militar se acercaba por el valle que tenían debajo.

Jorge siguió su mirada.

—Oh, no encontrarán nada —dijo—. No es la primera vez que nos revisan. Quizá cierren el pueblo unos días para intimidarnos, pero nada más. Venga, vamos con los demás. Vamos a....

—Escucha, Jorge —interrumpió Pereira—. Conduciré la camioneta hasta las salinas muertas y, desde allí, tomaré el camino viejo hasta Valtiago. Luego, cuando pregunten por mí, diles que me fui de compras a la ciudad. ¿De acuerdo?

—Pero van a...

João no escuchó más. Corrió a su casa, entró, cogió un rifle de caza de la pared y munición de un cajón. Cogió las llaves de la pequeña camioneta del clavo que había junto a la puerta: la camioneta estaba en el descampado, junto a la vieja iglesia aymara. Pereira arrancó el motor y corrió hacia el calabozo situado al final del pueblo. Algunos transeúntes le miraron sorprendidos. Uno de ellos le llamó por su nombre. João saludó y siguió conduciendo.

En el depósito, se detuvo en medio de una nube de polvo, bajó del camión y abrió la puerta. Carmencita estaba de pie frente a la ventana y se volvió cuando João entró.

—Ven —dijo João en un tono que no admitía contradicciones. Vio el miedo en su rostro y, por un momento, sintió compasión. La agarró del brazo. Sus músculos temblaron.

—No te haré nada si haces lo que te digo —le dijo—. Tenemos que irnos.

18

Con las manos sobre las rodillas, Alejandro contemplaba el tapiz de diseño indio del salón de Beatriz. El incidente de la cabina telefónica le había infundido valor para conducir de todos modos hasta la casa de Candalti. Para su sorpresa, ningún soldado patrullaba el barrio. El ejército había concentrado las tropas en torno a los barrios de los pobres. Alejandro luchó contra una punzada de culpabilidad tan aguda y fría como un punzón de hielo. Intentó contenerla. «Sigue el consejo del soldado de la cabina telefónica, —pensó—. Busca a otro, olvídate de ella».

Se dijo a sí mismo que debía analizar la situación con pragmatismo. Pelarón había declarado el estado de excepción y sustituido a uno de los generales de la Junta. Las fronteras estaban cerradas. Pelarón volvía a controlar el país. Alejandro estaba seguro de que la policía o el ejército le detendrían si comprobaban su identidad. Pero era imposible esconderse mucho tiempo en aquella casa. Tarde o temprano, Manuel Durango vendría aquí. Era casi inconcebible que Beatriz siguiera viva. Era la hija de Ernesto Candalti, un hombre respetado por la Junta. Tenía un puesto en el consejo de administración de una de las mayores empresas del país. Los soldados de la cantina probablemente no lo sabían.

Sin embargo, se darían cuenta de que el ejército iniciaría una investigación si se descubría su crimen. Lo más probable era que la hubieran matado y hecho desaparecer el cadáver. En el pandemónium de la porqueriza, eso no habría supuesto ningún problema.

Alejandro volvió a concentrarse en la cuestión de cuánto tiempo estaría a salvo en esta casa. Sonó el timbre de la puerta principal. Se levantó de un salto y se deslizó por el patio hasta el jardín. Ya estaba en la puerta trasera cuando volvió a sonar el timbre. Manuel no tocaría el timbre; ya lo había dejado claro. Los soldados tampoco lo hacían en el ambiente actual. A lo mejor Beatriz estaba en la puerta y no podía entrar en su casa porque las llaves de su casa estaban en el bolsillo, pegadas a las llaves de su Land Rover.

João y Carmencita entraron en el patio. Alejandro dio unos pasos como si aún quisiera huir.

—João —dijo como un padre agraviado a un hijo estúpido—. Más te valdría colgarle un cartel enorme al cuello con la leyenda «Soy la hija del capitán Astíz». La ciudad está a reventar de soldados.

—Ahora están demasiado ocupados en los barrios bajos. —El pintor estaba agitado—. Tuvimos que sacarla del pueblo. Llegó un convoy. ¿Dónde está Beatriz?

Alejandro respiró hondo.

—No está aquí.

—¿Qué? Su coche está en la entrada.

—No te alteres tanto, João —dijo Alejandro con cansancio—. Pronto volarás por los aires. Y en retrospectiva, habría sido mejor idea que volar esa central idiota.

Carmencita hizo caso omiso de las miradas furiosas que

intercambiaron los dos hombres y echó los brazos al cuello de Alejandro.

—Alejandro —susurró ella—. Quiero creer lo que me has dicho, pero no puedo. No hasta que pueda hablar con mi padre y mirarle a los ojos. ¿Por qué no puedo hablar con mi papá?

19

—Empiezo a preguntarme si eres el tipo de persona que trae mala suerte, Alejandro —dijo João.

Durante el relato de Alejandro sobre lo ocurrido la noche anterior, en el que había envuelto su cobardía en niebla, Carmencita se acurrucó a su lado en el sofá, pálida y ansiosa. El pintor la observaba como un gato concentrado en un ratón.

Alejandro se masajeó los ojos.

—No tengo inmediatamente una respuesta divertida para eso. ¿Habrías hecho algo diferente?

—¿Debería oír todo esto? —preguntó João, señalando a la niña.

—Este es el régimen al que su padre adoptivo sirvió tan fielmente. Ahora por lo menos sabe lo que puede hacerle a la gente. Carmencita, ¿sigues pensando que te mentimos? ¿Crees que me inventaría lo que le pasó a Beatriz?

Los ojos de la chica estaban negros como el carbón por el miedo y la incredulidad. No contestó, hundió más la cabeza entre los hombros, encorvada por completo. Alejandro la miró, frustrado. Era tan difícil calibrar sus sentimientos. La instaba continuamente a elegir, y cada vez la elección se volvía más opaca.

—Ella no cree nada de lo que has dicho —dijo João—. Ella ama a ese imbécil.

—No puedes culparla por ser leal.

—Basta —soltó João con maldad—. Hablas igual que Cristóbal.

—¿Qué te pasa? Por favor, cálmate; te tiene miedo.

—¿Calma? —dijo João—. ¿Sabes cuánta gente murió ayer? Encima, estás aquí sentado contándome en ese tono tuyo de culto a la muerte lo que le hicieron a Beatriz. Y luego dices: por favor, mantén la calma.

—¿Por qué debería creerte? —dijo de repente Carmencita—. Los dos estáis locos. —Miró a Alejandro—. Quizá papá me puso con unos padres de acogida durante un tiempo cuando tenía cuatro años, y yo era demasiado pequeña para recordarlo de antes de eso. —El triunfo iluminó su rostro—. Pero no, yo le recuerdo de cuando era aún más pequeño: cómo se inclinaba sobre mi cuna y yo le agarraba la barba.

—Víctor Pérez, tu verdadero padre, tuvo barba durante un tiempo —dijo Alejandro. Lamentó haberse dejado la guitarra en el Land Rover. Había perdido el pequeño avance que había forzado en el encierro de La Paloma con *Réquiem por Carmencita*. Tal vez, tenía que intentarlo de nuevo. Creyó entender lo que amargaba a Pereira: era el amor de Carmencita, encerrada como una ostra, por un asesino.

Carmencita miraba obstinadamente al suelo. Alejandro sacudió la cabeza. ¿Sentía una pizca de admiración por su inquebrantable fidelidad, una cualidad de la que él había carecido tan flagrantemente en su vida?

Pereira saltó del sofá, dio unos pasos y se inclinó hacia ella.

—Ganso tonto, después de lo que pasó ayer, todavía te atreves...

La chica se acurrucó y empezó a llorar.

—Para ya —dijo Alejandro—. Sólo estás empeorando las cosas.

João enderezó la espalda y se dio la vuelta.

—Si no hubiera volado aquella planta ayer, quizá toda la tragedia no hubiera sido... —Se le cortó la voz.

—Me mientes porque quieres que me vuelva loca —susurró Carmencita. Se puso las manos delante de la cara y gritó con todas sus fuerzas—: ¡Papá! —Saltó del sofá y corrió hacia la puerta. Pereira maldijo y fue tras ella. Le apartó las manos del pomo y la tiró hacia el sofá mientras ella pataleaba y gritaba. La tiró al sofá. La chica se acurrucó como un feto y escondió la cabeza entre los brazos.

—Enhorabuena, João —dijo Alejandro—. Podemos estar orgullosos. Entregamos a una niña de catorce años a merced de un caleidoscopio de desesperación, miedo, duda y desconfianza. Y todo esto sin resultado, que es lo mejor de todo.

Sonó el timbre de la puerta principal.

20

La cama era como un abismo flotante, en el aire y bajo tierra al mismo tiempo. Su vuelo relegaba el dolor a un segundo plano, como el resplandor de una hoguera moribunda. Voces resonantes llenas de autoridad le hablaban desde un gran vacío. Beatriz intentó huir de lo que se veía obligada a escuchar, pero la anchura y la longitud ya no existían, sólo el arriba y el abajo, y las voces atronadoras resonando en medio. ¿Qué decían? Parloteaban sin piedad sobre delicados secretos ahogados por el ruido y el murmullo, sobre las más lúcidas intuiciones malditas con una cola de oscuridad y, finalmente, sobre la muerte como forma de existencia sin todas esas contradicciones.

La enfermera que entró en la habitación oyó murmurar a la paciente sedada y se inclinó sobre el rostro quemado. Pensó que la mujer había tenido suerte: el tejido cutáneo no estaba profundamente afectado.

Una oleada de habladurías siguió a su ingreso en el hospital: se decía que era una de las novias de Pelarón que había cruzado ayer el puente, atraída por las violentas escenas de la porqueriza. Allí, los «cretinos embrutecidos» de la barriada la habían atrapado y torturado.

La enfermera dobló las rodillas y miró más de cerca. Probablemente la piel cicatrizaría razonablemente bien, y las quemaduras no dejarían a la mujer horribles cicatrices después de la operación. Pero ya no sería hermosa.

La paciente abrió los ojos. La enfermera miró esos ojos y sintió que el fuego que ardía en el interior de la mujer era mucho peor que el alcohol llameante que alguien había vertido sobre sus mejillas y su cuello.

De lo que ardía en su interior, nunca sanaría.

21

—Me llamó su médico —dijo Cristóbal—. Beatriz está en el mismo hospital que su padre. —Tosió—. Sus quemaduras no parecen muy graves. —Lanzó una mirada enigmática a Alejandro.

Alejandro estaba sentado junto a Carmencita. La chica fingía hojear una revista de moda, pero sus ojos no dejaban de ir de un interlocutor a otro. El ambiente del espacioso salón de Beatriz le recordó a Alejandro la angustia de su celda, una desesperación lasciva que extendía su membrana, sobre todo.

—¿Qué quiere decir ese tono tuyo, Cristóbal? ¿Qué debería haberme quedado con ella y haberla defendido? ¿Quieres decir, como un galante caballero con un taburete de bar contra dos locos con rifles automáticos, mmm?

—Sólo quería decirte que sus heridas no son tan graves como pensabas —contestó Cristóbal con suavidad—. En tu mente, estaba muerta o al menos mutilada. —Alejandro sintió el peso de las miradas de ambos hombres en la habitación. ¿Qué trato tenía realmente con aquella gente? Lo habían arrastrado en su estúpida revuelta, ¿y cuál era el resultado? Que se miraban unos a otros llenos de sospechas. Sería mejor que se marchara y se asegurara de no volver a tener nada que ver con esos perdedores.

Alejandro se levantó.

—Tengo que irme. Tengo que hablar con ella.

João, de pie frente a la ventana que daba al jardín, se dio la vuelta.

—Es demasiado peligroso que salgas. Harás que te detengan enseguida.

—Tiene razón —dijo Cristóbal—. Además, estará sedada.

—No me encontraré con ninguna patrulla —replicó Alejandro. Miró a João a los ojos—. Tu demonio vudú brasileño Exu Tiriri acaba de susurrármelo al oído. Es un camarada mío.

though
LA CRUEL NECESIDAD DE AMAR

1

El autobús se detuvo unas decenas de metros antes del hospital católico. Durante el trayecto, a través de la ciudad, Alejandro había visto una abrumadora presencia militar, pero se realizaban pocos controles. La ciudad y el ejército parecían estar recuperándose de la conmoción.

Llegó quince minutos antes de lo previsto. La ciudad estaba mucho menos abarrotada que de costumbre, y el autobús se había abierto paso entre el tráfico con una rapidez inusitada. El edificio principal del gran hospital había sido reformado, y nuevos carteles rodeaban la obra junto a él. Presumían de que en la nueva ala se instalaría el escáner más moderno de Sudamérica. En ninguna parte estaba escrito que esta clínica fuera inasequible para tres cuartas partes de los habitantes de la ciudad.

Beatriz había sido encontrada por un empleado del Banco del Estado, que tenía oficinas a orillas del Mayu, río arriba, donde el río ya no era la línea divisoria entre los barrios marginales y los barrios prósperos de la ciudad. La había visto inconsciente en la orilla del río durante su pausa para comer. Tras escanear su pasaporte, sus superiores llamaron inmediatamente al presidente del consejo de administración de la empresa Candalti. Humberto dispuso que la ingresaran directamente en la clínica.

Alejandro entró en el jardín situado a la izquierda del edificio principal. Césped pulcramente rasurado, cenadores, robles americanos y abedules plateados.

—Si hubiera sido yo el que perecía en la orilla, me habrían devuelto a la zanja de una patada —murmuró. Se hizo un pliegue en los pantalones y se sentó en un banco pintado de vivos colores. El resentimiento que sentía era tan esquivo, tan carente de un origen claro, que no podía luchar contra él. Había albergado el mismo tipo de resentimiento contra Víctor.

Posiblemente, el amor era su motor.

Había fracasado con cualquiera a quien amara porque el amor le servía de espejo.

Sus ojos recorrieron los árboles atractivamente podados. Sus pensamientos saltaban de un recuerdo a otro como una ardilla, dispuesta a cambiar de dirección con la menor brisa.

Cuando le dijo a su padre que quería dejar los estudios para tocar la guitarra con Aconcagua, su padre le había mirado con ojos tristes.

—¿Por qué siempre quieres hacer daño a todos los que te quieren, muchacho? —Más de quince años después, la paciencia monjil de su padre le hizo doler de repente la garganta.

—Sí, viejo —dijo Alejandro—. Tenías más que razón, ¿vale? ¿Contento ahora?

Cruel es mi deseo de amar. Era un verso de una de las canciones de Aconcagua que una vez le hizo un nudo en la garganta. Ahora le parecía poesía pomposa, que sonaba tan fuerte como los planes políticos de Cristóbal y las fantasías revolucionarias de João. Alejandro sabía que en él el deseo de amar era engañoso.

Alejandro sacudió la cabeza, sacudido por una tempestad

de autocompasión. En lugar de las cumbres de la fama que había imaginado en su juventud, tenía a sus espaldas una vida arruinada. ¿Quién era Alejandro Jurón? Ni un trovador, regodeándose en el calor del público, ni un ciudadano concienzudo, ni un canalla de sangre fría. Se dio cuenta de que tenía algo de todos esos hombres. Le invadió la resignación. Quiso deshacerse de su pasado como un perro que sacude su pelaje mojado.

—¿Sabes quién me gustaría ser? —murmuró Alejandro al envoltorio de caramelo que soplaba entre sus pies—. Exu Kukeleku en persona. Eso produciría algunas chispas, ¿no?

Levantó la vista. Los visitantes caminaban por los senderos hacia las puertas automáticas del hospital.

Era la hora, la hora de todo.

2

CRISTÓBAL ESTABA VIENDO LA TELEVISIÓN EN EL SALÓN DE Beatriz, pero su atención estaba en otra parte. Se preguntaba por qué sus compañeros de militancia no parecían entender la dialéctica de sus objetivos políticos. Cometían demasiados errores tontos, errores derivados de procesos de pensamiento caóticos.

Se preguntó si diez años de dictadura habían condicionado el cerebro de los terrícolas. Tenía que haber una explicación de por qué todo parpadeaba en rojo. A mediodía, había vuelto a casa de Beatriz para asegurarse de que João no había hecho ninguna estupidez tras la marcha de Alejandro. La pantalla del televisor repitió por enésima vez el atentado contra el general.

La imagen se congeló dramáticamente cuando el segundo guardaespaldas fue levantado del suelo por el impacto de las balas. Entonces Pelarón apareció en la pantalla durante su rueda de prensa, explicando con sombría dignidad cómo las fuerzas comunistas intentaron matarle. Pelarón dijo a los periodistas presentes en la sala de prensa que posteriormente provocaron una matanza de los menos pudientes en Canela, con la esperanza de minar la moral de la nación.

Su tono se tensó aún más cuando les dijo que había ordenado a su ejército que interviniera. Mostró remordimiento y rabia cuando habló de las «horribles consecuencias para el barrio pobre». Se llevó la mano a la frente y le tembló la voz. Por un momento, la cabeza del general flotó en primer plano como si se hubiera separado de su cuerpo y hubiera adquirido validez eterna. Cuando Pelarón volvió a levantar la cabeza, la cámara se retiró para que el general pudiera mirar a su pueblo con ojos penetrantes. Anunció cambios trascendentales que beneficiarían a todos los terreneos, ricos y pobres.

Cristóbal miró a João, que observaba con él la actuación del general.

—El circo acabará antes de lo que pensábamos —dijo. Se levantó y apagó el televisor—. Dentro de unos días, probablemente, las fronteras volverán a estar abiertas. Hoy están emitiendo la misma historia por sexta vez; señal de que Pelarón cree que la situación está controlada.

—Me pregunto quién cometió el atentado contra Pelarón —dijo João—. ¿Has visto cómo, ehm, *fotogénicamente* grabaron las cámaras la muerte de esos guardaespaldas?

Cristóbal tosió.

—Y cómo giraron hacia la iglesia de Canela justo después de los asesinatos.

—René no puede estar detrás de todo esto —dijo João—. Pelarón debe haber ordenado un atentado ficticio contra sí mismo; no hay otra explicación. Ese pedazo de mierda es capaz de eso.

—Los periódicos dicen que las balas fueron disparadas desde la torre de la iglesia.

—Ay, Cristóbal. No empieces otra vez.

—¿Por qué si no René le mostró la cara a Kurt? Explícamelo. —Cristóbal parecía cansado. A la luz del sol que brillaba a través de las puertas correderas abiertas del patio, su

cráneo desnudo relucía como si lo hubiera untado de grasa—.
¿Hemos pasado algo por alto?

—Hemos pasado por alto muchas cosas —dijo João—. Sobre todo que no somos tan buenos maquinando como creíamos. —Suspiró—. Tengo que volver a La Paloma.

—¿No es demasiado peligroso?

João se encogió de hombros.

—La gente del pueblo depende de mí. Nadie sospechará de mí; he sido prudente. Siempre he escuchado tus consejos, hasta ahora. Y mira dónde estamos parados.

—¿Crees que soy demasiado prudente?

Los dos hombres habían salido de una agria discusión. João había querido sacar a Carmencita y Alejandro del país. Según él, la historia de Carmencita se captaría mucho mejor en el extranjero. Además, en un país extranjero, la niña podría separarse de la influencia que sufría tan intensamente aquí. Cristóbal pensó que era demasiado peligroso intentar sacarlos de contrabando.

João miró por la ventana.

—Basta de chapuzas, eso es lo que pienso. Una guerrilla armada en la montaña es nuestra última esperanza. Pelarón no entiende otro idioma.

Cristóbal no contestó. João se dio la vuelta. De repente, estaban frente a frente. Lo vieron en los ojos del otro: sus caminos se separaban irrevocablemente.

3

Beatriz dormía. Claro que dormía. ¿Acaso había venido Alejandro para eso? ¿Para despedirse sin que ella le mirara acusadoramente?

Había atravesado los pasillos del hospital sin problemas. Cristóbal le había dado el número de la habitación. Con un traje que le había prestado Manuel, tenía un aspecto elegante, muy propio de un representante de la Compañía de Importación Candalti.

Hacía calor en la habitación. Beatriz sudaba en su pálida bata de hospital; estaba tumbada de lado frente a la ventana, con las persianas medio bajadas. Tenía grandes tiritas pegadas a la cara. Vio manchas de piel descolorida en su cuello. ¿Acaso ahora no sentía nada, a pesar de que en el jardín del hospital le habían embargado oleadas de intensa emoción? Se sentó junto a la cama en un sillón de piel sintética, la miró fijamente y volvió la cabeza hacia otro lado. Su mirada vagó por la ventana. El jardín le pareció de pronto un lugar incomprensible, separado del mundo. En él, Juron había llegado a la conclusión de que nunca sería capaz de hacer nada con su vida. Sus actos estaban controlados por una cobardía imprevisible.

—¿Sabes por qué soy tan cobarde, Beatriz? —murmuró Alejandro—. La disociación es la culpable, no yo. Astíz se jactaba ante mí de haber estudiado la influencia del miedo y el estrés en la mente humana. Hubiera sido mejor que me quedara en mi celda. Allí, en ensoñaciones, podría huir a cualquier lugar que eligiera y ser quien quisiera. En la cárcel, creé un nuevo Alejandro Jurón. Pero no era más que un espantapájaros que picoteaba desnudo en el mundo exterior.

—Beatriz se quitó las mantas de encima mientras dormía y se dio la vuelta; se le subió la camiseta del hospital. Pudo verle las nalgas. Alejandro las miró y sacudió la cabeza. Su desnudez no despertaba lujuria, sino tristeza; ni deseo, sino pérdida. Se arrodilló frente a la cama y apoyó la cabeza en sus nalgas. Ella gimió. «¿Podrías haberme ayudado a curarme, Beatriz? Qué pregunta de alguien que te defraudó tanto».

Una enfermera entró en la habitación. Alejandro levantó la cabeza.

—Ah —dijo la mujer, de mediana edad y robusta. Sus ojos se volvieron oscuros de ira. Se dio la vuelta y salió corriendo. Alejandro la siguió de cerca y cuando ella corrió hacia la derecha, gritando—: ¡Miguel! —Él giró a la izquierda. Juron corrió por el pasadizo, no esperó a los ascensores, sino que se precipitó con pies retumbantes escaleras abajo. Atravesó rápidamente el vestíbulo principal.

Cuando las puertas automáticas se abrieron para él, corrió hacia la parada del autobús sin mirar atrás. Corriendo, se dio cuenta más claramente que nunca de que no había nacido para escribir baladas de amor o canciones revolucionarias como había hecho Víctor. Aunque podía imitarlas, tenía un punto ciego para la belleza, el amor y la emoción. Alejandro sabía que sólo tenía talento para representar lo brutal, lo grotesco y lo feo. En realidad, no podía cantar con contundencia sobre un primer beso, los dulces sueños, la ternura pastel.

—¿Yo, un espantapájaros desplumado? —murmuró—. Ni siquiera eso.

4

Beatriz se despertó. Alguien había cerrado las cortinas. Se sintió como si la hubieran arrastrado hasta la orilla después de una agotadora batalla contra un mar embravecido. Cuando se dio cuenta de que estaba en la habitación de un hospital, inmediatamente pensó que era la habitación donde había muerto su padre. Era inevitable que en cualquier momento oyera al espíritu de su padre decir:

—¿No te dije siempre lo mal que acabarías, hija desobediente? —Vio sus ojos flotando burlonamente por la habitación. Le brillaban la cara, el cuello y el pecho. En su fiebre, vio el rostro de René envuelto en llamas, con los ojos cerrados. Oyó su voz susurrándole al oído: *Estoy ardiendo en el infierno, Beatriz, no porque haya perdido la fe, sino porque no me atreví a amar.* Intentó negar la presencia de René y no pudo. «Sólo los muertos vienen a visitarme», pensó vagamente. Se dio la vuelta; el dolor de su cuerpo se disparaba en todas direcciones, pero seguía siendo soportable gracias a los analgésicos y los somníferos. El recuerdo de los inquietantes ojos entumecidos de Alejandro en la cantina era mucho más doloroso. Sus ojos habían delatado que había comprendido su súplica sin palabras de que cogiera el rifle del mostrador, pero no se atrevió a hacerlo.

—Ay, Alejandro —gimió ella, arrastrada de un lado a otro por la rabia y la lástima.

Se quedó reflexionando en la cama durante largo rato. Luego intentó levantarse. Aparte de la sensación de entumecimiento en el cuerpo y el resplandor en la cara y el cuello, sentía muy poco. Encendió la lámpara de la mesilla, se deslizó suavemente de la cama y se dirigió al armario de la pared. Humberto había traído ropa nueva. Beatriz eligió un elegante traje negro. Cuando estuvo vestida, se miró en el espejo que había sobre el lavabo. Su cara hinchada tenía el color de una patata vieja bajo la luz intensa. Los ojos, la frente y la mejilla izquierda estaban libres de vendajes.

Había varios analgésicos en la mesilla de noche; se los tomó todos con un vaso de agua y abrió la puerta de la habitación. El pasillo del hospital estaba desierto. Un reloj de pared indicaba que faltaban treinta minutos para medianoche. Beatriz salió y corrió con los zapatos en la mano por el pasillo.

Dobló la esquina en dirección a los ascensores. Dos puertas más allá, oyó que hablaban: las enfermeras de noche. Pasó con aire seguro por delante de la puerta abierta. Nadie reaccionó. El primer ascensor estaba disponible. Entró y pulsó el botón de la planta baja. Poco después, se apeó en el vestíbulo del hospital, dominado por una gran cúpula de cristal. Allí tampoco había nadie. El vestíbulo estaba tan poco iluminado como el resto del lugar. Al final de la fila de ascensores, Beatriz giró a la izquierda hacia la entrada de urgencias nocturnas. Este pasillo era estrecho y estaba muy bien iluminado. Al final había una cabina de cristal en la que se sentaban a hablar tres enfermeras. Junto a ella había una puerta para introducir los casos de urgencia. Beatriz se agachó y se puso los zapatos. Pasó corriendo junto a la jaula de cristal. No oyó nada, pero por el rabillo del ojo derecho vio movimiento. Abrió la puerta de un tirón y corrió por el pasillo de ambulancias hasta la entrada. En cuanto llegó a la primera fila de árboles, miró hacia atrás. Había tres figuras en el aparcamiento; una de ellas la llamó. Beatriz corrió bajo los árboles hacia la calle. Trepó por el cerramiento pintado de blanco -sólo le llegaba a la altura de las rodillas- y siguió corriendo. El calor de su cuerpo la impulsó hacia delante; nunca había corrido tanto.

5

—Basta —dijo João—. Ya estoy harto.
—¿Ah? —dijo Alejandro, que estaba jugando a las corrientes con Carmencita en el salón de Beatriz—. ¿Y a qué se lo debemos? —Tras el regreso de Alejandro a la casa, liberó a Carmencita del dormitorio de Beatriz. La chica parecía más dispuesta y menos preocupada por el futuro.
—¿Deber qué? —dijo João.
—Tu turno, Carmencita —dijo Alejandro al notar que la muchacha lanzaba miradas ansiosas en dirección a João—. Por tus palabras, deduzco que crees que no estamos haciendo lo suficiente y que vas a hacer algo.
—Ya nadie entiende tus sandeces —retumbó João abriendo las cortinas de la ventana delantera—. Ya nadie puede entender nada en este país.

En el autobús lleno, de regreso a casa de Beatriz, Alejandro se sentía confuso y culpable. Pero, como le ocurría a menudo, no tardó en surgir una reacción contraria. ¿Tenía que dejarse intimidar por *él mismo*? La contrarreacción desencadenó un gran entusiasmo por la vida. Hasta ahora, había sobrevivido a las más arduas dificultades, ¿no? Debería estar orgulloso de ello. Y tarde o temprano, los altibajos de su mente darían lugar a un álbum completo, un monumento de belleza perdurable que le haría inmortal.

De vuelta en casa de Beatriz, la cara oscura de João volvió a poner los pies de Alejandro en el suelo. Cristóbal se marchó tras gritar que «se había lavado las manos». Alejandro había intentado aplacar a João. El efecto fue contraproducente.

Alejandro se dio cuenta de que Carmencita estaba cada vez más recelosa e intentó distraerla:

—¿Quieres venir conmigo a ver la televisión?

—Ver la televisión —repitió João, negando con la cabeza—. Hazlo: habrá mucho que ver, estoy seguro. Yo no me quedo aquí. Me vuelvo a la sierra.

—¿Qué puedes hacer allí?

—Allí empezó todo —dijo Pereira—. En las montañas, los terrenos lucharon una vez contra la dominación española. Desde allí, ahora debemos enfrentarnos a Pelarón.

—¿Qué te parecería viajar conmigo a Europa? —Alejandro le dijo a Carmencita—. Podría enseñarte a cantar. Estoy seguro de que cantarás muy bien después de un poco de práctica. Tu madre podía hacerlo, pero no quería actuar en un escenario porque tu padre era muy famoso.

Carmencita le miró desconcertada. Una vez más, Alejandro se dio cuenta de lo delgada que era. Intentaba crear un aura de indiferencia a su alrededor, pero él se dio cuenta de que había empezado a entrecerrar los ojos. No se parecía en nada a su madre ni a la niña que él había conocido. *No la secuestramos; eso ocurrió hace mucho tiempo.*

—Mi padre no canta —dijo ella en voz baja. Se le llenaron los ojos de lágrimas. Se aferraba a la vida que había conocido. En aquel momento, Alejandro tuvo claro que Carmencita nunca desempeñaría el papel que le habían asignado. Pero tampoco podría seguir siendo la devota hija de Kurt Astíz-Fitzroy, ahora que la duda se había colado en su corazón. La muchacha que tenía delante era el producto combinado de su constitución genética y diez años de pelarónismo, un híbrido desdichado que sólo podía suscitar crueldad o lástima.

—¿Estás vomitando estupideces otra vez, Juron? —preguntó João—. ¿Tienes una varita mágica que te lleve a pie caliente a Europa? —Alejandro guardó silencio, pero pensó en su fuero interno: «no te pareces en nada al pintor que nos hablaba en La Paloma de los arcos iris que le gustaba pintar. Todos fuimos secuestrados hace mucho tiempo y empezamos a interpretar a alguien distinto de nosotros mismos».

—Escucha —dijo Alejandro—. Ya es demasiado tarde para irnos. Esperemos otra noche y mañana podrás decidir qué hacer. —Se encogió de hombros—. Ya no me hago ilusiones.

—Yo tampoco —respondió João, que en toda su vida las había acariciado más que ahora.

6

El rugido de una moto acelerada resonó en la calle. Beatriz miró por encima del hombro, bajó corriendo unas escaleras hasta un sótano y se hizo lo más pequeña posible. Su miedo a ser descubierta en la calle después del toque de queda no era mero instinto de conservación. Surgió de su determinación de alcanzar el objetivo que tenía en mente. El staccato de un fusil automático tensó sus músculos. Las calles estaban desiertas; el toque de queda era estricto, pero ella ya había llegado hasta aquí y tenía que continuar.

Una nueva salva. Beatriz escondió la cara entre las manos. Sintió que alguien estaba cerca y levantó la vista. Un hombre venía corriendo por la calle. Le hizo recordar el día en que había vuelto a ver a Juron tras su primer encuentro. Fue ese recuerdo, y no la impactante imagen de un hombre corriendo por su vida, lo que la hizo llorar con violentos espasmos del diafragma. Detrás de ella, un jeep giró en la calle y aceleró ruidosamente. Una nueva ráfaga de disparos, luego un ruido como de ropa desgarrada y un grito que se desvaneció rápidamente en la calle oscura y desierta. Con el cuerpo pegado al suelo, Beatriz sabía dónde quería estar.

En lo alto.

7

Alejandro no estaba soñando cuando oyó que Beatriz le llamaba por su nombre en la tierra de nadie de su dormitar mañanero. Se tumbó en el sofá del salón y parpadeó.

João se dio la vuelta en el otro sofá.

—Alejandro —susurró—. ¿Oyes eso?

—Sí.

Más aguda que de costumbre, pero inconfundible, su voz sonó en el jardín.

—Alejandro, abre. Sé que estás dentro.

Alejandro empezó a reírse. João se levantó y lo miró asombrado.

—¿Qué haces, hombre? —susurró.

Alejandro graznó:

—Ella ha venido a buscarme. Nunca me dejará en paz, nunca.

João negó con la cabeza.

—Ha visto su coche parado en la entrada —continuó Alejandro, más tranquilo—. No puede entrar en su casa porque yo tengo sus llaves. —Levantó las piernas del sofá.

—¡Alejandro! —Beatriz jugueteó con la puerta trasera.

—Tienes que abrir la puerta. Si no, despertará a todo el vecindario a gritos —continuó Alejandro.

—¿Por qué no lo haces tú?

—Vamos, abre, João. No llevo pantalones.

João maldijo en voz baja y se dirigió a las puertas correderas de cristal del patio. Las abrió de un tirón, atravesó el patio y encendió las lámparas del jardín, aunque el cielo ya tenía el color del hielo viejo. Alejandro miró la espalda musculosa de João y pensó en el sargento loco de la cafetería que había permanecido de espaldas a él mientras su fusil yacía sobre el mostrador cercano.

La diferencia de luz entre el interior y el exterior hizo que Beatriz y João parecieran dos sombras alargadas cuando entraron en la habitación. Beatriz entró primero. Su rostro era un amasijo de vendas blancas grisáceas y piel roja e hinchada. Su pelo parecía más negro y hermoso que nunca: nunca había lucido tan brillante y delicado.

—Cariño —dijo Alejandro—. ¡No es un sueño!

Beatriz le miró como si acabara de mentirle. De pie frente a ella, con los brazos sueltos junto al cuerpo, recordó cómo, en La última cena, había remodelado su pasado para convertirse en un héroe artístico que se volvía contra la Junta y sufría por ello. ¿Había, en realidad, alguna diferencia entre Kurt Astíz-Fitzroy y Alejandro Jurón?

Beatriz se apartó de él y se dirigió a João.

—En cuanto amanezca, llamaré a Humberto —dijo ella—. Necesito que envíe un chofer con una limusina oficial de la empresa de papá. Debe recogernos lo antes posible.

Carmencita aporreó la puerta del dormitorio y gritó:

—¡Abre! ¿Quién está ahí, Alejandro?

Beatriz miró un momento hacia la puerta, pero no reaccionó. Eso fascinó a Alejandro aún más que su cara.

—Cálmate —la llamó—. Vuelve a dormir, Carmencita. Todavía es muy temprano, aún no son las siete.

—¡Quiero volver con papá! ¿Cuándo puedo volver con papá, Alejandro? —La niña detrás de la puerta empezó a gemir.
—¿Limusina? —João dijo—. ¿Adónde quieres ir, Beatriz? No podemos ir a ninguna parte. —Sacudió la cabeza; su mirada se deslizó tímidamente por el rostro de ella—. ¿Cuándo va a acabar todo esto? —dijo con impotencia.

8

Su plan, dijo Beatriz, era el siguiente: le diría a Laínez que había salido del hospital y que la limusina tenía que recogerla. Sin embargo, ordenaría al chófer que la llevara al club de vuelo. Con el pretexto de que había documentos esenciales en su avión. No tendrían problemas de camino al aeropuerto: las grandes limusinas americanas, abanderadas con la Casa de Importación Candalti, eran intocables, incluso en aquel momento de tensión. Con el Cessna podrían cruzar la Cordillera y volar hacia la libertad. Cruzar las cordilleras cercanas a Valtiago era arriesgado, pero no imposible. Durante el golpe de Pelarón, los miembros del Gobierno Popular habían huido de la misma manera.

João escuchaba su tranquilo discurso con los brazos sobre las rodillas y sacudía la cabeza cada vez con más vigor.

—¿Por qué tanta prisa? —dijo—. ¿Dejando a todo el mundo atrás? ¿Y Cristóbal?

—Cristóbal está a salvo por su posición —respondió ella con calma—. Nadie sospecha de él. Además, nunca querrá venir.

João dudó.

—Tú ayudaste a secuestrar a Carmencita y a atacar la central —continuó Beatriz en el mismo tono racional—. Tarde o temprano te buscarán y, sin duda, también detendrán a Alejandro. Y en cuanto a la niña... —Volvió la mirada hacia la ventana y el cielo pálido que había detrás—. Tiene que irse de aquí.

—Pero La Paloma... —empezó Pereira.

—El pueblo se las arreglará sin ti. Si te atrapan, tu reputación se reflejará en La Paloma.

João asintió lentamente mientras miraba al suelo.

—Cuando estés en Brasil, podrás volver a visitar a tu dios vudú —dijo Alejandro—. Eso te hará bien.

Sintió los ojos de Beatriz clavados en él. ¿Resplandecían de ironía y aversión? Alejandro bajó los ojos.

—¿De acuerdo? —dijo Beatriz.

9

El centinela de piedra
y el viento del cielo
son hermanos nocturnos.
Cuando las montañas gimen
en lo profundo de su regazo
el viento se convierte en flecha
y el Guardián se vuelve rojo.

Alejandro se preguntó si su voz era lo bastante clara. Varias veces sintió que se le entrecortaba la voz. Beatriz le había pedido que cantara algo. Carmencita se sentó cerca de él en el sofá, como si buscara protección. Juron creyó sentir su confusión. El Centinela de Piedra había sido una de sus canciones favoritas; su padre se la había cantado a menudo.

Beatriz llamó a Humberto Laínez, que se sorprendió de que ya estuviera en casa, pero prometió que la limusina llegaría lo antes posible. Beatriz había insistido en que se diera prisa porque sabía que, tarde o temprano, el personal del hospital le llamaría para decirle que se había marchado sin el consentimiento de un médico. Sólo podía esperar que el hospital esperara lo más posible antes de reconocer que un paciente simplemente se había marchado.

Cuando Beatriz le había pedido a Alejandro que cantara una canción para matar el tiempo, él intuyó un doble sentido detrás de todo lo que ella decía. Estaba convencido de que ella no había olvidado su comunicación sin palabras en el café, aunque no había dicho ni una palabra al respecto.

—Cántanos una canción, Alejandro. Me vendría bien —había dicho ella cuando se hizo un silencio incómodo en el salón. Él obedeció y cantó con cuerpo y alma. Aquella vieja canción llena de simbolismo, que Víctor había adaptado de una leyenda india, le pareció de pronto ambigua.

El centinela de piedra,
guardián de lo blanco
que no acepta un paso
sólo pide inocencia.

Las palabras resonaron con profundo significado en Alejandro. No pudo protegerse de la tristeza que desencadenaban. Despertaron sonidos hipnotizantes y llorosos en su guitarra. No levantó la vista cuando Carmencita empezó a llorar a su lado, esta vez en silencio. Se acercaba la última estrofa. Alejandro no lo sabía, pero nunca se había parecido tanto a Víctor Pérez como en ese momento.

Sonó la campana. Carmencita se levantó de un salto, corrió hacia la puerta y la abrió tan bruscamente que golpeó contra la pared. Alejandro dejó caer la guitarra al suelo; Beatriz se quedó dónde estaba, João se levantó de un salto, maldiciendo.

Carmencita ya estaba en el vestíbulo y abría la puerta principal. El chófer de Beatriz estaba de pie en la acera. La niña trató de aferrarse al sorprendido hombre.

—¡Quiero ir con mi papá! Ayudadme. Me tienen cautiva.

Cuando la niña intentó pasar por delante del conductor, João se lanzó por la puerta abierta y la agarró con más fuerza de la que pretendía. Una nueva histeria se apoderó de su rostro.

—Señorita Candalti —dijo el conductor, asombrado—. ¿Dónde está? Tenía que recogerla aquí. ¿Quién es usted? ¿Qué hace? —Iba vestido con un bonito traje, un hombre de modales impecables, orgulloso de su función, acostumbrado a transportar hombres atareados y apresurados. Dio un paso en dirección a João, pero cambió de opinión cuando el tamaño del pintor se le hizo evidente.

Beatriz apareció en el vestíbulo, seguida de cerca por Alejandro. João tiró de Carmencita hacia el pasillo y la llevó al dormitorio.

Beatriz se plantó frente al chófer.

—Manolo —dijo—. Qué rápido.

El conductor bajó los ojos. Alejandro no sabía si era por su cara o por lo que acababa de ver.

—Alejandro —continuó Beatriz sin mirarle—. Tenemos que ir al banco. Necesito dinero. ¿Me acompañas? Volveremos enseguida a recoger a los demás. Así Carmencita podrá tranquilizarse. —Señaló con la cabeza al chófer—: La niña es hija de un artista de La Paloma. Su padre está desaparecido en Canela desde ayer. La pobre niña está angustiada. —El conductor asintió con simpatía. Beatriz se volvió hacia Alejandro—. ¿Estás listo?

Alejandro la miró a los ojos y no supo qué contestar. Cuando un grito apagado salió del dormitorio, asintió, aunque no le gustaba la perspectiva de quedarse solo en el coche con Beatriz. Bajó por el sendero del jardín y pasó junto al conductor hasta el Buick negro de la calle. Alejandro cerró la puerta y la siguió. Miró su espalda y, de repente, recordó los últimos versos de la canción que había cantado.

El centinela de piedra,
hueco como un árbol milenario
Guardián del sueño.

10

El viaje en el denso tráfico de la avenida central de Santiago transcurrió entre sacudidas y baches. La limusina subía y bajaba con constantes aceleraciones y frenazos. Alejandro creía sentir un calor furioso a su lado, donde estaba sentada Beatriz, pero miraba hacia delante y de vez en cuando se encontraba con los ojos de la conductora en el espejo retrovisor.

—Has cantado muy bien —dijo Beatriz.
—Gracias.
—Ahora me doy cuenta de lo bien que cantas. —Se rió.
—Beatriz...
Le cortó.
—¿Crees que lo lograremos, Alejandro? ¿Volando sobre las montañas?
—No lo sé.
—Hablas como si ya no te interesara.

Quiso contestar: *No, Beatriz, parece como si ya no te interesara.* En lugar de eso, dijo:

—Hemos amontonado metedura de pata sobre metedura de pata.

—Así son las cosas si quieres quedarte hueca como un árbol viejo frente al Centinela de Piedra.

No había rastro de ironía en su voz.

—¿Qué harás si nos alejamos de aquí?

—Volver a ser guapa —dijo Beatriz. Se rió.

—¿Cómo reaccionará Cristóbal?

—Formará un nuevo comité revolucionario y se dirá a sí mismo que era el único de nuestro grupo que tenía sentido común. A lo mejor hasta es verdad.

Alejandro se dio cuenta de que quería pedirle perdón. Pero no pudo hacerlo o no se atrevió. La razón se le escapaba.

—Ya hemos llegado, señorita Beatriz —dijo el conductor.

—Muy bien —dijo ella con calma.

Se detuvieron en el estacionamiento del Banco del Estado, una pequeña piscina en el bullicio de Santiago. Las crestas de las montañas brillaban como mármol al sol. Beatriz sacó una llave; Alejandro por fin volvió la cabeza hacia ella. Su mirada era abierta, sin ninguna acusación en ella. Ella le dio la llave y le dijo:

—Es mejor que entres: yo andaría demasiado a la luz de los focos. Esta es la llave de mi taquilla en la sala pública. Es la número 242. Mi nombre figura en ella. No vayas a las cajas fuertes. Allí piden pruebas de identidad. Encontrarás un sobre marrón en la taquilla. Es todo lo que tienes que llevar.

Asintió y cogió la llave, pero no pudo reprimir un escalofrío cuando las yemas de sus dedos se tocaron.

—Beatriz...

Qué radiantes e indulgentes eran sus ojos, qué suave y melodiosa su voz cuando respondió:

—Vete, Alejandro.

Se bajó. Se dio la vuelta a dos pasos del coche; ella le miró y bajó la ventanilla. Alejandro sintió un cosquilleo en el cuerpo.

—Se trata de dejarse llevar, Alejandro —dijo ella con tono uniforme. La ventanilla eléctrica del Buick se deslizó hacia arriba. Alejandro se volvió, confuso, a punto de descubrirse, al parecer, pero luego asintió. Ella era su ángel redentor que, a pesar de todo su egoísmo, de todo lo que había hecho mal, seguía dedicada a él. Ese ángel se lo llevaría lejos de esta tierra, su nido natal que había contaminado, y que quería dejar atrás, para poder purificarse. Incluso cuando era mucho más joven, había soñado con la salvación, con un amor que persistía a pesar del mal.

Alejandro entró confiado en el banco. Con paso firme, se dirigió a la taquilla y la abrió.

Estaba vacía.

Alejandro dio media vuelta y salió corriendo del edificio. Unas señoras mayores, vestidas a la última moda parisina, le miran fijamente y levantan la barbilla. Un agente de seguridad uniformado se puso en guardia y se dio cuenta entonces de que el sospechoso salía del banco en lugar de intentar atracarlo.

—¡Beatriz! —llamó Alejandro, corriendo a través de la puerta giratoria de cristal.

Salió corriendo.

La limusina negra ya no estaba en el aparcamiento.

LA INSOPORTABLE LEVEDAD DEL SENTIDO DEL HONOR

1

Cuando vio la alambrada de acero a lo largo de la pista del Aeródromo Olímpico, Beatriz Candalti pensó en Carmencita. Lamentó no haber tenido la oportunidad de conocer mejor a la niña.

—Podría haberte enseñado mucho, niña —murmuró.

—¿Ha dicho algo, señorita? —preguntó el conductor. Sólo entonces Beatriz reparó en sus ojos inquisitivos en el espejo retrovisor. Se mordió el labio inferior. Le había dicho que primero tenía que recoger unos papeles importantes de su avión antes de conducir hasta la sede de la Casa de Importación Candalti, donde la esperaba Humberto. El conductor aceptó su explicación, pero ella debía tener cuidado. Ya había presenciado algunos sucesos bastante insólitos.

—Que todavía me duele la cara —dijo ella, mirándole a los ojos espejados. Él desvió la mirada y se detuvo en la puerta del pequeño aeropuerto—. No tardaré mucho —dijo, saliendo—. Tómate un tiempo para leer el periódico.

Él sonrió.

—Sólo hay malas noticias, señorita —dijo. Miró a Beatriz y

se dio cuenta de que tal vez había malinterpretado su broma—. ¿La acompaño para ayudarla?

—No —dijo ella—. No será necesario.

Beatriz abrió la puerta con su llave y volvió a cerrarla tras de sí, como exigían las normas del aeropuerto privado. Se dirigió al hangar donde estaba aparcado su avión. A esa hora tan temprana, ya había algunas personas en la pequeña torre de control. Tenía que presentar un plan de vuelo. Sabía cómo evitarlo. Irónicamente, Manuel le había servido de inspiración cuando le contó cómo los terroristas podían planear ataques aéreos contra la ciudad. Parpadeó al sol y sintió su calor extendiéndose dolorosamente por su cara. Su rostro, el rostro indefenso que había mostrado a todos los hombres de su vida, se había ganado el derecho a doler. El dolor la mantenía alerta. Beatriz abrió el hangar donde estaba aparcado el Cessna y lo recorrió. Le vinieron imágenes de películas en las que los aviones realizaban maniobras arriesgadas. Al fondo del hangar había latas de aceite y un bidón con gasolina.

Echar gasolina y mezclarla con el aceite no fue una tarea pesada: se sintió hábil, segura y decidida. Acercar la llama de un mechero a esta mezcla fue una alegría; verla arder fue una auto confirmación. El humo, negro y abultado como una aparición de pesadilla, pronto sería visible fuera del hangar. Beatriz subió a la cabina del Cessna. Normalmente, el personal del aeropuerto empujaba el avión fuera del hangar, pero ella no dudaba de que podría sacarlo rodando. El sol se reflejaba en la cabina y la cegó por un momento. Las alas vibraron al cruzar la franja de hierba que la separaba de la pista. Fue demasiado rápido, resbaló un poco y corrigió inmediatamente.

—N641C, no ha facilitado su trayectoria de vuelo —dijo la radio. Beatriz no contestó, frenó al principio de la pista y salió del avión. Uno de los bidones de aceite que había colocado cerca del fuego estalló. Una densa humareda ondulaba en el exterior. Agitó los brazos hacia la torre e hizo gestos de sorpresa y pánico hacia el hangar. Al poco rato, un hombre abrió de golpe la puerta de cristal de la torre de control y salió corriendo. Beatriz volvió a entrar en su avión. El hormigón rodó bajo ella cuando despegó. La radio permaneció en silencio. Debajo de ella vio a varios hombres que corrían hacia el hangar.

Como ella esperaba, el hangar en llamas absorbió la atención de los tres miembros del personal. En una ocasión, Manuel se pasó días contándole escenarios en los que los terroristas podían atacar la capital. Durante su relato sobre el aeropuerto, ella no se había aburrido porque le gustara volar. El aeropuerto dependía del Ministerio de Aviación Civil de Terrene, que rendía cuentas a las fuerzas aéreas militares. Cualquier avión que despegara sin plan de vuelo era denunciado por la torre de control a la base militar situada al norte de Valtiago. Si un avión despegaba sin permiso, pasaban menos de diez minutos -un plazo que Manuel había subrayado con mucho patriotismo- antes de que los aviones del ejército lo rodearan. Anoche, en el hospital, en medio de una neblina de dolor y amargura, pensó en cómo evitarlo: distrayendo tanto en el aeropuerto que nadie informara de su partida durante varios minutos.

Ese fue todo el tiempo que necesitó.

Se levantó del valle en el que se encontraba Santiago. Podía imaginarse a su chófer, que sin duda había mirado hacia arriba con asombro cuando ella despegó.

Habría sido mucho mejor si Alejandro hubiera estado allí.

2

—¿Cómo que *se fue*? —Humberto no sólo estaba irritado, sino también desconcertado.

—Sí, señor —respondió el conductor al teléfono del coche—. La señorita Candalti me dijo que condujera hasta el aeropuerto y que la esperara. No sospechaba nada, señor.

—¿Se fue? —repitió Humberto Laínez—. ¿Cuándo?

—Hace un momento, señor. Y hay un incendio en el aeropuerto. El hangar que albergaba el avión de la señorita Candalti está ardiendo. Están ocupados apagándolo.

El conductor había tenido que lidiar a menudo con el comportamiento dominante de Laínez. El silencio al otro lado de la línea era más hermoso que cualquier música en sus oídos. Miró al cielo a través de las ventanillas reflectantes de la limusina. El avión ya no era visible.

—Hay algo más, señor —dijo, ocultando su regodeo ante la confusión de su jefe.

—¿Entonces qué?

—Cuando llegué a casa de la señorita Candalti, noté algunas cosas raras, señor.

3

—Más rápido, Pedro —dijo el sargento Ricardo Córdone Cerdá—. ¿Tus neumáticos son de espuma de jabón? —En la parte trasera del jeep, los tres soldados sonrieron. Se habían acostumbrado a la inusual forma de expresarse de su sargento. Cerdá podría haber escalado más alto en la jerarquía militar si no fuera por su altiva ironía hacia sus superiores. Los soldados habían oído historias del pasado del sargento Cerdá. Hace diez años, sirvió en un grupo especial que había llevado a cabo torturas y ejecuciones en grupo en el estadio de fútbol.

—¿Qué podemos esperar, sargento? —preguntó uno de los soldados, un joven campesino con el cráneo bien afeitado—. Por cierto, ¿no vamos en dirección equivocada? Por aquí sólo vive sangre azul. —El chico obtuvo lo que esperaba: todos se rieron.

—Esta es la casa de una tal señorita Candalti —dijo Cerdá—. Su padre era el dueño de una gran empresa; murió hace poco. Uno de sus colegas acaba de ponerse en contacto con el capitán para informarle de unos extraños sucesos en su casa. Probablemente sea una falsa alarma, pero aun así despertó al capitán de su siesta. —Los soldados rieron algo inquietos.

Había que tener cuidado con Cerdá. Si entraba en uno de sus estados de ánimo, podías encontrarte rápidamente en la sopa.

El conductor entró en la calle Ordoñez.

—Número 44, ahí está —dijo. Se detuvo a poca distancia de la moderna casa de estilo americano.

—Escuchad bien —dijo Cerdá—. Ésta es una zona elegante. La gente es sensible. Si les das la lata, se enfadan y empiezan a mover el dinero. Así que llamamos al timbre como soldados bien educados. Probablemente no pasa nada. Y límpiate los pies cuando te dejen entrar, horrible campesino.

Los hombres se rieron a sus espaldas.

4

René, ¿me creerías si te dijera que te amo? Porque te amaba. Lo extraño era: Yo sabía exactamente por qué. Eras mi figura paterna; contigo, pensaba que no tenía que estar en guardia. Por muy «moderna» que intentara ser, seguía sintiéndome segura a tu lado porque, a mis ojos, eras un hombre que tenía un propósito superior en su vida en el que todo, incluido el deseo sexual, estaba subordinado. Como me sentía segura, podía permitirme burlarme de ti. Para cosechar tu admiración, te daba vistazos de mi cuerpo, fingiendo no darme cuenta. Quería convertirte en un padre al que pudiera apretar contra mis pechos sin resentimiento, culpa ni miedo.

Quería demasiado, ¿verdad, René? Quería que Alejandro interpretara a mi héroe trágico, aunque no era eso, y tenía que hacer que tú interpretaras al hombre que se había entregado a la trascendencia. Mis padres solían regañarme en mi juventud porque siempre quería demasiado, así que toda mi vida me vi como una mujer tonta llena de sueños románticos.

Ahora comprendo que yo no era eso, René. Lo sé ahora que estoy sentada en mi avión y, por primera vez en mi vida, me siento totalmente libre. Hay un miedo en esta libertad que siento a través de mi cuerpo, pero también hay una certeza irrevocable.

Tenía derecho a desear tanto de la vida. Por eso moriré de forma diferente a ti, René: estoy convencido de que has puesto fin a tu vida porque te sentías obligado a ello por ti mismo.

Yo he tomado una decisión; por fin, he tomado una decisión.

5

—Por el amor de Dios, enciende la televisión, Carmencita —dijo João—. No te quedes ahí sentada mirando al suelo, que me pones nerviosa. Y come algo. No has comido en todo el día.

La chica no levantó la cabeza. Se sentó inclinada en el sofá, con los brazos alrededor de las rodillas. João dio un paso en su dirección; la chica no se movió ni un milímetro. Se dio la vuelta con un suspiro y se acercó a la ventana.

—¿Dónde están? —En la última hora había repetido constantemente la misma pregunta.

Miró por la ventana y, de repente, levantó los hombros como un toro preparado para el ataque. Se dio la vuelta y cogió el rifle de caza de la mesa del sofá. En ese momento, sonó el timbre de la puerta.

João sacó a Carmencita del sofá y le tapó la boca con la mano izquierda.

—¡Silencio!

La niña mordió la mano de João con fuerza desesperada. No pudo reprimir un grito. Instintivamente, soltó a la chica. Carmencita corrió hacia la puerta del salón, la abrió de par en par y gritó. João saltó por encima de la mesita y la agarró por una de las trenzas. Carmencita volvió a gritar, justo cuando empezaban los golpes en la puerta. João supo que estaba atrapado. Rugiendo, vació su rifle en la puerta.

6

Alejandro llegó a pie a casa de Beatriz, oyó los disparos, vio a un soldado caer al suelo y a otro lanzarse al vacío. El soldado herido intentó arrastrarse hacia atrás, dejando un rastro de sangre en la hierba. Alejandro sintió una opresión en el corazón: sabía que aquello acabaría mal. «Víctor, tu hija estaba en malas manos conmigo, por muy buenas intenciones que tuviera».

Alejandro se detuvo en casa de los vecinos. Tenía la intención de no huir esta vez y miró mientras los soldados buscaban refugio tras los arbustos de mimosas y el buzón de Beatriz. Los oyó gritarse unos a otros. Uno de ellos hizo un gesto de mando. Dos soldados se agacharon y corrieron hacia la parte trasera de la casa. El sargento que los dirigía disparó una salva que hizo añicos la ventana del salón. Grandes trozos de cristal cayeron dentro de la casa.

Una y otra vez, era más fuerte que él. A pesar de su intención, cuando el sargento lanzó una granada a través de la ventana rota, Alejandro salió corriendo.

7

¿No habría sido de lo más íntimo, Alejandro, que te sentaras a mi lado en este avión y nos cogiéramos de la mano hasta el último momento? Durante siete minutos, habríamos sido felices. ¿Dónde estás, Alejandro, ahora que me vendría bien tu apoyo y tu confianza, más aún que en la cantina cuando me viste desnuda e indefensa? Alejandro, pobre Alejandro, ante mis ojos te veo caminando por la ciudad. No sabes a dónde ir; tienes la mirada de un perro apaleado, tus pies trotan sin rumbo. Oigo la canción de tu corazón, Alejandro, y el sonido que hace es un lamento de la noche lejana. ¿Hay gente que nace para la desgracia? Si es así, también hay gente que muere para ahuyentar el mal, Alejandro, pobre Alejandro, Alejandro de mis sueños.

8

La granada de gas lacrimógeno esparció espesas nubes amarillas. João Pereira no perdió ni un segundo; empujó a Carmencita escaleras arriba. La chica tropezó. João se la echó al hombro con un potente movimiento y siguió subiendo. Apretó los dientes cuando recordó que las granadas de gas lacrimógeno utilizadas por el ejército terreneo contenían sustancias tóxicas que no se ajustaban a la normativa internacional.

João jadeaba con fuerza al entrar en el cuarto de baño. Quiso abrir la puerta corredera que daba acceso a la terraza soleada, pero en ese momento, una salva astilló el cristal. Se agachó en el suelo. El cuerpo de Carmencita se tensó brevemente y luego quedó inerte. João deslizó a la chica inconsciente desde su hombro hasta el suelo. Se acarició la cara con ambas manos y sintió cómo las astillas de cristal le atravesaban la piel. Se dio cuenta de lo silencioso que se había vuelto todo. Abajo, el silbido del gas lacrimógeno había cesado.

Todos los músculos de su cuello se tensaron mientras gritaba a través de la ventana rota:

—Tengo a la hija de Kurt Astíz-Fitzroy, coronel del servicio secreto del maldito ejército terreneo. Está aquí conmigo. Juro que la mataré si no te retiras.

9

Alejandro pasó por delante del antiguo estadio de fútbol, el camino más corto para salir de la ciudad. Alguien había rociado con letras negras y temblorosas de casi un metro de altura el muro exterior de hormigón: LAS REGLAS DE LA MUERTE ESTÁN BIEN ESCRITAS. Alejandro se detuvo justo delante de la U de MUERTE, y no pudo resistirse; después de todo lo que había pasado, seguía sin poder resistirse.

*Las reglas de la muerte están bien escritas,
los niños aprenden a escribirlas
sin entender por qué.
La muerte los mantiene en la oscuridad.*

Se apoyó en la pared, con el puño en U. Sus ojos se fijaron en las montañas lejanas. Hace diez años, tres semanas antes de que este estadio fuera su destino final, su padre le dijo:

—Si tuviera que huir de este país de improviso y sin medios, intentaría cruzar las montañas.

La situación en Terreno había sido tensa entonces, y

Alejandro había comprendido a qué se refería su padre. Pero debido a su reputación artística, tan importante para él a aquella edad, Alejandro le miró impasible. Estaban en el antiguo campus universitario y tenían una vista despejada de las montañas.

—Si alguna vez es necesario, puedes escapar por las montañas, usando sólo determinación y fuerza de voluntad —había añadido su padre sin mirar a su hijo—. ¿Ves ese gracioso desgarrón entre los dos picos de allí? Es un camino de herradura. Se llega a él tras unos mil doscientos metros de escalada hasta la cima. Detrás hay un valle. Puedes ver su comienzo, ese gran árbol de ahí, ese maitenes. Estaba allí mucho antes de que naciera mi padre. Te llevará días, pero si sigues el viejo camino de herradura, acabarás en Argentina. El primer valle que encontrarás es un antiguo lugar de contrabandistas que llaman el valle de los pastores. Fue un sangriento campo de batalla cuando los españoles avanzaron en el siglo XVI. La creencia popular es que ciertos días aún se oyen las lenguas ardientes de los guerreros caídos entonando sus canciones.

Alejandro recordó la forma en que su padre le había mirado, el dedo índice con el que le había empujado las gafas sobre la nariz. De repente, le había parecido viejo y confuso.

—Las cosas irán bien, padre. Irán bien —dijo Alejandro.

10

—¿Ha oído eso, sargento? —El joven soldado se echó a reír—. ¿Ha oído lo que grita ese loco de ahí? La hija de un coronel de...

Se calló al ver la mirada de Ricardo. Ya había visto al sargento así de pensativo: una noche en que había prendido fuego a la casa de un periodista después de atar al hombre a su cama.

—Kurt Astíz-Fitzroy. Ese canalla usó el nombre completo del coronel —se dijo Cerdá, adoptando una pose de coqueta cavilación que recordaba a Mussolini—. ¿Cómo lo sabe ese cabrón?

El enigma pareció divertir al sargento.

—Tú te quedas aquí —dijo—. Vigílalo, eso es todo, ¿entendido? No dispares.

Cerdá pasó corriendo por delante de la casa hacia el patio.

11

João se sentó con el fusil en ambas manos frente a la ventana rota y miró hacia el jardín. No vio ningún movimiento. La hierba nunca había parecido más verde. Los árboles eran como un cáliz, donados por la tierra al cielo azul. Su ojo de pintor vio lo hermoso que era el mundo. Miró las montañas. Cada vez más alto, su mirada se elevó hasta que se mareó por todo aquel brillo azul, y sus ojos empezaron a llenarse de lágrimas.

—Hablaba en serio. Te dispararé si los soldados atacan —dijo lenta y claramente—. Primero a ti, luego a mí. —Miró a los lados. Carmencita estaba sentada en un rincón junto a la puerta que él había cerrado. Sus ojos no se apartaban del rostro de João.

João no apartó la mirada, él que tantas veces en su vida había pintado las caras de los niños más entrañables.

12

PELARÓN ASEGURÓ BIEN SU CASA CUANDO SE LA CONSTRUYÓ HACE casi nueve años. El joven dictador eligió un auténtico nido de águilas en lo alto de las montañas detrás de Valtiago. La única forma de llegar a la pomposa villa con sus jardines de regadío era a través de una carretera de hormigón que atravesaba los terrenos de un complejo militar. Nadie sin alas podía llegar hasta el «General de los Pobres», como le gustaba llamarse a sí mismo Pelarón, sin pasar antes por el cuartel. E incluso desde el aire, un ataque parecía imposible: todo avión que despegaba sin plan de vuelo era interceptado por los reactores de Pelarón. La artillería antiaérea pesada derribaba cualquier aparato que por cualquier motivo no fuera capturado. Pero, como Manuel le había dicho a Beatriz, disfrutando de la exhibición de su «genio estratégico», un avión que volara en dirección a Argentina y virara a mitad de camino podía acercarse a la villa de Pelarón por la retaguardia, sin verse amenazado por la artillería antiaérea. Por supuesto, había añadido Manuel, este hipotético avión sería destruido por cazas a reacción poco después del despegue, por lo que tal escenario era imposible.

Beatriz tardó unos minutos en llegar al punto de inflexión. Estaba segura de que su plan no fallaría.

Qué azul era el cielo que la rodeaba, totalmente distinto del muro gris que había visto tantas veces en sueños. Durante años, Beatriz había pensado que el muro de sus sueños simbolizaba su muerte.

Ahora comprendía que el muro gris había sido su vida.

13

El sargento Ricardo Córdone Cerdá estaba en el salón de Beatriz y hojeaba la guía telefónica. Su antiguo superior aparecía como Kurt Fitzroy, sin ninguna referencia a su profesión o rango. Diez años atrás, este ex oficial del Servicio de Inteligencia, más conocido como G2, había sido el superior de Cerdá en el servicio secreto. Fitzroy había hecho un excelente trabajo en el estadio. Justo antes de su jubilación, fue nombrado coronel. ¿Cómo lo sabía el terrorista atrincherado en el primer piso de la casa? En el G2, Fitzroy había adoptado la costumbre de trabajar bajo el nombre de su madre, como hacían muchos torturadores. Pero el hombre del piso de arriba había gritado el nombre completo de Fitzroy. Ricardo Cerdá imaginó la posición del subversivo: el miedo, la pesadumbre, el pánico de un gato en apuros. Los gatos en apuros dan saltos extraños; Ricardo Córdone Cerdá lo sabía.

Mientras marcaba el número del coronel Astíz, sintió de pronto la piel de gallina en los brazos. Se estremeció de placer.

Cómo le gustaban esos saltos extraños.

14

—¿Qué? —ladró Kurt Astíz-Fitzroy al auricular. Escuchó atentamente.
—Un momento —dijo, contenido—. Estoy dejando salir a un visitante. No cuelgue.

Kurt apretó el auricular del teléfono contra su cadera, sus pensamientos una espiral giratoria. Sargento Cerdá: ¿cómo olvidar a aquel psicópata? Un soldado brillante; lástima que estuviera loco. Cerdá podría haber llegado lejos, pero tenía un exceso de confianza y se creía imparable. Lo domaron y ahora era un sargento que sabía cuál era su sitio. Así que avisó a un antiguo superior de que un terrorista campaba a sus anchas por la casa de Beatriz Candalti, había disparado contra sus soldados y había herido gravemente a uno. Pero eso no era todo: el terrorista afirmó que la hija del coronel Kurt Astíz-Fitzroy era su rehén.

—Mencionó su nombre completo y su rango, coronel... Sr. Astíz, me pareció extraño que lo supiera. Disculpe, señor, pero... usted no tiene hijos, ¿verdad? Amenaza con matar a su rehén si atacamos.

Astíz recordó las palabras de su primer instructor en la «escuela de verdugos» del G2.

—La crueldad es un instinto que te ayuda a descubrir la verdad. El corazón se delata a través de los ojos. Por eso hay que practicar: mirar al entrevistado directamente a los ojos. No es fácil al principio, pero se aprende mirándose a los ojos en el espejo y sosteniendo la mirada el mayor tiempo posible.

Kurt Astíz-Fitzroy estaba de pie en su terraza, en bata, frente a las puertas de su casa; no se había puesto otra prenda en todo el día. El sol reflejaba el cristal. Se vio de pie, con el auricular apoyado en la cadera. No podía ver sus ojos con claridad; el cristal no los reflejaba lo suficiente.

«Deshonor, vergüenza, una grave violación del código de honor del ejército terrícola si digo "sí". Cerdá sin duda sacará provecho de ello. Mi instinto, ¿qué dice mi instinto?»

Lentamente, Kurt Astíz-Fitzroy se llevó el auricular del teléfono a la boca. Al hacerlo, su pelo en el cristal del espejo se volvió blanco, tan blanco que parecía desaparecer. Kurt se vio a sí mismo encogiéndose. ¿Cómo era posible que, de repente, uno pudiera volverse tan viejo y débil, con un corazón que latía débilmente y cuya energía vital se agotaba con cada contracción?

—No tengo ninguna hija, sargento. ¿En qué está pensando ese loco? —dijo Kurt Astíz-Fitzroy con voz firme—. ¿Recuerdas lo que se inventaron todos en el estadio para seguir vivos? Tengo una cita urgente, así que le ruego que me disculpe. Que te vaya bien con tu activista, Cerdá. Supongo que tomará las medidas necesarias.

Kurt Astíz-Fitzroy ya no sintió que se encogía al oír que su voz seca salvaba el honor de un coronel, pero privaba a un padre de su mayor amor. Rígido en una postura militar, permaneció de pie, tenso y erguido, mirando fijamente su imagen en las puertas de la terraza, mientras el auricular del teléfono se le escapaba de los dedos.

Kurt sintió que aquello no era más que el principio de su autotortura, pero, aun así, no pudo mirar al entrevistado a los ojos.

15

Beatriz vio luces de guerra: farolas de un metro de altura cuya luz formaba conos amarillos en el suelo. Luego seguía un hermoso jardín con piscina que rodeaba la villa de Pelarón como una ostra acurrucando su perla.

Beatriz empujó el joystick hacia delante y sacudió la cabeza, de modo que su pelo negro y brillante se abrió en abanico. No había sufrido bajo el fuego más ligero de Cerdán y brillaba más que nunca con un resplandor profundo.

Bajó el avión como un cóndor. La cuestión de si el general Pelarón estaba en casa o si la vería llegar ya no era crítica.

Sólo había una pregunta.

«¿Es ésta una muerte honorable?»

16

Cuando el sargento Cerdá volvió a reunirse con sus hombres, parecía engreído, como si acabara de oír un buen chiste.

El sargento echó un vistazo a la terraza del primer piso, donde nada se movía, donde todo parecía esperar.

—Lo bajamos —dijo el sargento. Se rió entre dientes—. Ese payaso de ahí arriba es hombre muerto.

17

Durante muchos segundos, las montañas reflejaron la explosión del avión de Beatriz estrellándose contra la casa de Pelarón, pero en Valtiago, sólo las antenas de los grillos captaron el lejano estruendo. Huyeron hacia grietas y fisuras, convencidos de que la vibración que habían sentido era el presagio de un terremoto. Los insectos permanecerían vigilantes durante horas.

18

—¿Qué ha dicho, señor? —dijo Cristóbal.
Hacía diez minutos que el rector militar de la universidad había convocado a su personal a una reunión de urgencia. Cuando Cristóbal recibió la citación, tosió con fuerza. Con las rodillas temblorosas, había adelantado a los nerviosos guardias en la puerta del gran paraninfo. Tras el anuncio del rector, Cristóbal tembló aún más, pero no tanto como el rector. El hombre estaba tan nervioso que el cigarrillo le temblaba en la boca. Esquivó las miradas del personal de la universidad mientras, en respuesta a la pregunta de Cristóbal, repetía en voz alta el boletín oficial que acababa de leer.
Se hizo un silencio de estupefacción en el paraninfo. El rector se aclaró la garganta.
—El Gobierno quiere sentarse cuanto antes con representantes de la sociedad civil para facilitar la transición a la democracia. —Alguien preguntó qué implicaba «lo antes posible». El rector levantó la vista de sus papeles—. Se habla de un plazo inferior a tres meses. —De nuevo se hizo el silencio en el auditorio. Cristóbal temía que todos pudieran ver la imagen que se le venía encima: una reunión de delegados de diversos

grupos de la resistencia bajo su dirección después de que él los hubiera forjado en tres meses en un amplio partido político listo para tomar las riendas del Gobierno. Tenía que informar a la prensa de sus intenciones y preparar un discurso para los miembros de su grupo sobre este brusco giro de los acontecimientos, el primero de muchos por venir. Se aseguraría de que sus palabras tuvieran el brillo de un estadista.

Cristóbal corrió por los pasillos hasta su despacho. Necesitaba llamar urgentemente a varias personas. Le vino a la mente una historia que le había contado una vez Alejandro, sobre un terremoto que, según la leyenda, se producía cada vez que había un brutal cambio de poder en Terreno. Cuando cayó el Gobierno Popular, Cristóbal no había sentido nada, pero ahora le vino una inspiración peculiar: la ola de renovación que imaginaba que sacudiría Terreno hasta sus cimientos. Y por eso Cristóbal sintió esa certeza que sólo se siente una vez en la vida: dentro de poco, se sentaría a la cabeza de las mesas de conferencias del antiguo parlamento bajo las deslumbrantes luces.

19

AQUELLA NOCHE SE DESATÓ EN LOS ANDES LA TORMENTA SECA, la temida tormenta seca con rayos kilométricos. Alejandro Jurón no vio el espectáculo sobre su cabeza ni el marrón rojizo de las montañas brillando bajo los relámpagos. Dejó atrás una pista trillada y se miró los pies cansados. El Valle de los Pastores tenía decenas de kilómetros por delante, una extensión gris claro en la noche que se acercaba, salpicada aquí y allá por el marrón de los cactus y los árboles de Quillay.

Alejandro arrastró los pies. Alejandro sacudió la cabeza. Alejandro se humedeció los labios secos como el corcho.

«La noche está enojada con las montañas, padre. He caminado todo el día, y mis pies están cansados, pero no he subido tan alto como quería. No oigo el batir de las alas de un solo cóndor ni una caprichosa melodía en tu quena, madre. Todo el mundo está callado; todo el mundo está en silencio. Ni siquiera oigo las lenguas ardientes de los guerreros que murieron aquí hace mucho tiempo. Sólo oigo mi voz, y no puedo acallarla. ¿No es una miseria sin fondo, una voz que no puede callar? ¿Quieres oír lo que me dice, padre? ¿Quieres saber lo que canta, madre?»

Alejandro avanzó a mil doscientos metros de altura en una dirección que podría llevarle a Argentina. La tormenta redobló su fuerza. Alejandro levantó la vista tímidamente, sabiendo lo peligrosa que podía ser una tormenta en los Andes. Pero la fuente de sus temores, que antes le parecía inagotable, se estaba agotando. Cansado hasta los huesos, buscó refugio detrás de una roca alta como una casa. Se estiró en el duro suelo, con el rostro vuelto hacia el cielo. Sintió que la inspiración brotaba, y esta vez se expresaba en un sonido que creyó oír tras el trueno, un canto lejano.

«¿Oigo a los pastores que, hace mucho tiempo, bloquearon al comandante San Martín en estas montañas en su carrera hacia la conquista de Terreno, padre? ¿Cantan "oh y ay" porque no lograron detener al enceguecido cabeza caliente que había sufrido una fuerte insolación en los Andes pero que finalmente logró convertirse en el fundador de este país maldito? Pero no, no cantan lamentos: el trueno es su bombo favorito, el gran tambor diseñado para acompañar sus ansias de guerra. Las canciones, las tradiciones y las leyendas desafían a los siglos: son los verdaderos héroes del pueblo. Encandilan a la realidad. Por eso he sido inteligente por primera vez en mi vida, padre: He huido de Terreno sin dejar rastro, y si sigo siendo listo, no volveré nunca más. No he podido ser el héroe que otros creyeron ver en mí, pero con un poco de suerte, aún puedo convertirme en una trágica leyenda.

Una vez en Argentina, no recordaré mi nombre, padre. La fiebre de los Andes y las penurias y torturas de los jefes del G2 crearon un vacío en mi cabeza. "Te pareces a Alejandro Jurón; eres Alejandro Jurón", dirán en Argentina. Me obstinaré en negarlo. Anónimamente, enviaré canciones a artistas que se parezcan a Víctor Pérez, y así cumpliré penitencia. Estas canciones, padre, se convertirán en los verdaderos héroes populares porque yo los presentaré: Beatriz, João, Cristóbal,

Carmencita, todos los que creyeron tratar con el verdadero Alejandro Juron y encontraron su Destino.

A ti, Beatriz, te convertiré en una de las mujeres valientes de este continente. Tú eres la heroína que mata al escorpión Pelarón. Él grita y se enrosca, muestra el material inferior del que está hecho, y tú ríes tu sonrisa más deslumbrante mientras lo envías al mundo inferior.

A ti, João, te convertiré en un guerrero mítico de las montañas, un comandante feroz y decidido, un idealista obligado a pintar escenas de sangre pero que aún sueña con perseguir el arco iris en el horizonte.

A ti, Cristóbal, te convertiré en el nuevo presidente de Terreno, un líder que se atreve a recorrer las calles en coche descubierto, estallando en carcajadas, proclamando fiestas nacionales por docenas; un presidente que da buenas noticias por la radio y se atreve a bailar ante las cámaras.

A ti, Carmencita, te convertiré en una niña que nunca crece y prefiere experimentar todo tipo de estilos de baile cuando su padre toca la guitarra. Tu pelo tiene el color del cobre recién pulido, y seguirás teniendo cuatro años para siempre. Tu cuerpo es marrón dorado, y cuando ríes, te hace cosquillas en la barriga.

Y para mí, creo un trovador, un amante indestructible, alguien que siempre dice la verdad y nunca pronuncia una palabra sin una inflexión musical en la garganta.

Todos tendréis noticias mías».

La tierra vibraba bajo Alejandro Jurón. No tuvo tiempo de pensar en el mito de que en Terreno la Tierra tiembla tras un cambio inesperado de poder. Aterrorizado, se levantó de un salto, echó la cabeza hacia atrás y abrió los ojos al cielo que parecía rasgado por la mitad por una gigantesca espada de luz.

¡*Querida!*

Durante una eternidad, los relámpagos lo aclararon todo.

Querido lector,

Esperamos que hayas disfrutado leyendo *La Mentira de Alejandro*. Tómese un momento para dejar una reseña, incluso si es breve. Tu opinión es importante para nosotros.

Atentamente,

Bob Van Laerhoven y el equipo de Next Chapter

ACERCA DEL AUTOR

Bob Van Laerhoven es un autor belga/flamenco de 67 años que ha publicado (tradicionalmente) más de 45 libros en Holanda y Bélgica. Su cruce entre literatura y cine negro/suspenso se publica en francés, inglés, alemán, español, sueco, esloveno, italiano, polaco, portugués (brasileño) y ruso. En Bélgica, Laerhoven fue finalista en cuatro ocasiones del Premio Hercule Poirot a la mejor novela de misterio del año con las novelas «Djinn», «The Finger of God», «Return to Hiroshima» y «The Firehand Files». En 2007, ganó el Premio Hercule Poirot con «Baudelaire's Revenge». La novela se publicó en 2014 en EE. UU. y ganó el premio USA Best Book Award 2014 en la categoría misterio/suspenso.

Su colección de cuentos, «Dangerous Obsessions», publicada por primera vez en EE. UU. en 2015, fue elegida como la mejor colección de cuentos de 2015 por San Diego Book Review. La colección está traducida al italiano, portugués, español y sueco.

El contexto y los temas de las historias de Laerhoven no se inventan detrás de su escritorio; más bien, están arraigados en la experiencia personal. Como escritor de viajes independiente, explora conflictos y puntos problemáticos en todo el mundo entre 1990 y 2003: Somalia, Serbia, Bosnia, Liberia, Sudán, Gaza, Irán, Irak, Líbano, Mozambique, Myanmar... por nombrar sólo algunos. Los ecos de sus experiencias en la carretera se filtran en sus novelas.

La Mentira de Alejandro
ISBN: 978-4-82419-098-7
Edición estándar de tapa dura

Publicado por
Next Chapter
2-5-6 SANNO
SANNO BRIDGE
143-0023 Ota-Ku, Tokyo
+818035793528

24 marzo 2024